Neues Glück in Kreiental

Anni Lechner wuchs in einem kleinen Dorf in Oberbayern auf und arbeitete bis zu ihrer Heirat auf einem Bauernhof. Auch später kehrte sie immer wieder zu ihren Verwandten zurück, um auszuhelfen, wenn Not am Mann war. Inzwischen lebt sie mit ihrem Mann am Stadtrand von München, besucht aber regelmäßig ihre Nichte, die den heimatlichen Hof übernommen hat. Dort sammelt sie die vielen kleinen Anekdoten des Dorflebens, die in ihren Romanen so lebendig Gestalt annehmen.

ANNI LECHNER

Neues Glück in Kreiental

Roman

Weltbild

Besuchen Sie uns im Internet:
www.weltbild.de

Umschlaggestaltung: Höpfner-Thoma, Planegg
Umschlagmotiv: mauritius images, Mittenwald (© Nikky)
Gesamtherstellung: CPI Moravia Books s.r.o., Pohorelice
Printed in the EU
ISBN 978-3-86365-446-7

2015 2014 2013 2012
Die letzte Jahreszahl gibt die aktuelle Lizenzausgabe an.

Ein Hilferuf

1

Christine starrte auf die Ringe im Schaufenster und spürte einen bitteren Geschmack im Mund. Zwei Wochen war es jetzt her, dass Jens und sie dieses eine Paar aus Rotgold mit den kleinen Diamanten als Verlobungsringe ausgesucht hatten. Damals hatte sie sich riesig gefreut und geglaubt, bei ihrem Freund wäre es ebenso. Dabei musste Jens zu dem Zeitpunkt schon die Entscheidung getroffen haben, ohne sie ins Ausland zu gehen. Während ihr Blick sich an den beiden Ringen festsaugte, fragte sie sich, weshalb sie nichts bemerkt hatte. War sie denn wirklich so begriffsstutzig gewesen, wie Jens ihr gestern bei seinem Abschied wütend ins Gesicht geschleudert hatte? Vielleicht hatte sie wirklich zu sehr auf Verlobung, Heirat und Kinder gedrängt und nicht erkannt, dass Jens bei dieser Vorstellung Fluchtgedanken bekam.

Er hätte mir auch anders beibringen können, dass es mit uns nichts wird, dachte sie.

Christine seufzte, begriff aber gleichzeitig, dass die Wunde in ihrem Herzen nicht so sehr schmerzte und der Zorn über Jens' feiges Verhalten überwog. Anstatt ihr klipp und klar zu sagen: So geht es nicht, hatte er hinter ihrem Rücken seinen Jobwechsel ins Ausland geplant und sie erst an dem Tag damit konfrontiert, an dem er abreisen musste.

Mit einer energischen Bewegung wandte sie dem Schaufenster des Juwelierladens den Rücken zu.

»Aus und vorbei. Der Teufel soll Jens holen und alle anderen Männer dazu!« Christine erschreckte damit einen jungen Mann, der gerade an ihr vorbeihastete, sich kurz umdrehte und verwundert den Kopf schüttelte.

Weshalb ein so hübsches Mädchen auf die Männerwelt sauer war, konnte er nicht verstehen. Gut einsfünfundsiebzig groß, schlank, aber mit guten Formen, einem hübschen, frischen Gesicht und strahlend blauen Augen sowie langem, seidigem Blondhaar – damit entsprach sie genau seinen Vorstellungen. Er überlegte, ob er sie ansprechen sollte, um ihr zu zeigen, dass es Männer gab, die eine Erscheinung wie die ihre durchaus zu schätzen wussten. Doch als er auf sie zuging, eilte Christine bereits mit raschen Schritten davon, ohne ihn zu beachten. Ein wenig zögerte er noch, dann setzte er seinen Weg fort. Schließlich gab es genug hübsche Mädchen auf der Welt, und es war gewiss lustiger, mit einem zu flirten, das nicht so schlechter Laune war wie dieser Blondschopf.

Der Anblick eines Reisebüros erinnerte Christine an eine weitere Gemeinheit ihres Verflossenen. In vierzehn Tagen begann ihr Urlaub, und sie hatte sich extra fünf Wochen freigenommen, um Jens' großen Traum erfüllen zu helfen: die USA mit dem Wohnmobil von Küste zu Küste zu durchqueren. Jens wollte buchen, hatte es aber natürlich nicht getan.

Was mache ich bloß mit fünf Wochen Urlaub?, dachte Christine wütend und trat in das Reisebüro ein. Eine noch recht junge Angestellte saß hinter dem Schreibtisch und surfte so gebannt im Internet, dass sie die neue Kundin zuerst gar nicht beachtete.

»Einen Moment noch«, sagte sie schließlich. »Gleich

ist meine Auktion bei Ebay vorbei und ich weiß, ob ich die Handtasche bekommen habe. Es ist nämlich eine ganz besondere, wissen Sie.«

Da gerade jemand ihr Gebot übertraf, hackte sie rasch in die Tasten, schaffte es aber nicht mehr, die Höchstbietende zu werden und schob schließlich die Computertastatur mit einem enttäuschten Ausruf zurück.

»Die Leute sind ja nicht ganz dicht, für das alte Gelumpe so viel zu bieten. So, was kann ich für Sie tun?«

Freundlich hört sich anders an, dachte Christine.

Daher bat sie nur um ein paar Prospekte, die sie zu Hause ansehen wollte, und verließ das Reisebüro wieder.

In dem Haus, in dem sie wohnte, sah sie zunächst in den Briefkasten. Das, was sie insgeheim erhofft hatte, lag nicht darin, nämlich ein Brief von Jens, in dem er erklärte, dass es nicht das endgültige Aus sein müsste und er in einem Jahr wieder nach Deutschland zurückkommen würde.

»Will ich ihn überhaupt wieder zurückhaben?« Die eigene Stimme hörte sich für Christine fremd und hart an.

Die Frage war jedoch berechtigt, denn Jens hatte sie nach Strich und Faden belogen. Das Vertrauen war zerstört und würde wohl nicht wiederkommen. Mit diesem Gedanken wollte sie gerade die Treppe hochsteigen, als sich eine Tür öffnete und eine ältere Frau den Kopf herausstreckte.

»Ich habe mir doch gedacht, dass ich Sie gehört habe, Fräulein Berger. Der Postbote hat einen Brief falsch eingeworfen. Ich habe erst gemerkt, dass er Ihnen gehört, als ich ihn gelesen hatte. Da ist er.« Mit diesen Worten steckte sie Christine ein arg zerfetztes Kuvert und mehrere handbeschriebene Blätter zu.

»Es geht um Ihre Tante. Sie hat Probleme«, setzte sie hinzu.

Christine verzog den Mund. Fremde Probleme waren das, was ihr gerade noch abging. Sie bedankte sich bei der Nachbarin und schüttelte innerlich den Kopf über die neugierige Frau, die den Brief wirklich nicht hätte lesen müssen. Immerhin stand auf den Resten des Umschlags deutlich Christines Name.

Während sie die Treppe hochstieg, begann sie den Brief zu überfliegen. Er stammte von der Schwester ihrer Mutter, die im tiefsten Oberbayern in einem Örtchen namens Kreiental lebte, von dem aus man nach Tirol hinüberspucken hätte können, wären nicht die Berge dazwischen gewesen. Der Tante ging es anscheinend wirklich nicht gut, denn die Schrift schwankte stark, oft waren halbe Sätze durchgestrichen und andere dafür in Anführungszeichen gesetzt worden.

Erst als Christine in ihrer Wohnung saß und eine Tasse rasch aufgebrühten Kaffees trank, wurde ihr etwas klarer, welche Sorgen Daniela Mergentheim plagten.

Die Frau besaß in Kreiental einen Tante-Emma-Laden, den sie mit ihrem Mann zusammen aufgebaut hatte und seit dessen Tod allein weiterführte. Wie es aussah, gingen die Geschäfte jedoch recht schlecht, denn sie beklagte sich in dem Brief über die ausbleibende Kundschaft. Im nächstgrößeren Nachbarort, Holzmatting, war nämlich ein Supermarkt eröffnet worden, der ihr den größten Teil ihrer Kunden abgenommen hatte. Der letzte Satz des Briefes bestand aus dem Bekenntnis, dass die Tante nicht mehr aus noch ein wüsste und daher Christine bat, zu ihr zu kommen und ihr zu helfen.

»Soll ich mich vielleicht vor den Supermarkt stellen, die Kunden mit dem Lasso einfangen und zu ihr schleppen?« Christine warf den Brief ärgerlich auf den Tisch und ging in die kleine Kochnische ihres Appartements, um das Abendessen zu machen.

Den Rest des Abends wechselten Wut und Trauer über Jens' Verhalten und der Gedanke an Tante Danielas Hilferuf einander ab. In gewisser Weise war sie sogar froh über deren Brief, denn sonst hätte sie sich nur mit ihrem verflossenen Freund beschäftigt und das heulende Elend bekommen. So aber konnte sie über etwas anderes nachdenken und den Schmerz über ihre geplatzten Zukunftsträume ein wenig in den Hintergrund schieben.

Der Ton von Tante Danielas Brief hatte so verzweifelt geklungen, dass sie ihn einfach nicht ignorieren konnte. Sie sah die kleine, rundliche Frau förmlich vor sich, wie sie wieselflink die Regale ihres kleinen Ladens einräumte und für jeden ein freundliches Wort hatte. Zu ihr waren die Leute aus Kreiental nicht nur gekommen, um einzukaufen, sondern auch, um Neuigkeiten auszutauschen und sich einen Rat zu holen. Das alles sollte vorbei sein? Christine konnte sich das nicht vorstellen. Ihre Tante war doch eine Institution in Kreiental und, wie einmal einer ihrer Nachbarn erzählt hatte, fast beliebter als der Papst.

»Wahrscheinlich kommt sie über den Tod von Onkel Albert nicht hinweg!« Christine hatte es gedacht, gleichzeitig aber auch laut ausgesprochen.

Es war bedauerlich, dass Daniela und Albert keine Kinder gehabt hatten, sonst sähe die Sache wohl anders aus. Jetzt war sie so etwas wie ein Kinderersatz für die Tante.

Früher war sie häufiger nach Kreiental gekommen, doch seit ihr Vater als Beamter auf eine Dienststelle in Unterfranken versetzt worden war, war sie an den verlängerten Wochenenden und hohen Feiertagen immer zu ihren Eltern nach Hassfurt gefahren. Das allerdings tat sie seit fast einem Jahr nicht mehr, fiel ihr mit einem gewissen Schuldgefühl auf. Seit sie mit Jens zusammen war, hatte sie keine Zeit mehr für ihre Eltern und Verwandten gehabt. Mit gekrauster Nase erinnerte sie sich, dass Jens jeden Versuch, ihn ihren Eltern vorzustellen, abgeblockt hatte. Er hatte sie auch nicht zu seinen eigenen Eltern gebracht.

»Ich hätte schon damals aufmerksam werden müssen«, setzte Christine ihr Selbstgespräch fort. Jens war anscheinend nie an einer dauerhaften Beziehung mit ihr gelegen gewesen, sondern nur an einer lockeren Verbindung, die jederzeit beendet werden konnte. In diesem Augenblick war sie froh, dass aus ihren Plänen für eine gemeinsame Wohnung nichts geworden war, denn dann hätte sie wirklich Probleme.

Christine fand, dass sie sich lange genug mit Jens beschäftigt hatte und wandte sich wieder ihrer eigenen Situation zu. Ihr Blick wanderte von den Reiseprospekten, die sie auf die Anrichte gelegt hatte, zu Tante Danielas Brief und zurück.

Eine Reise nach Teneriffa oder gar nach Mauritius wäre nicht schlecht, dachte sie. Vielleicht gab es dort sogar den einen oder anderen interessanten Flirt.

Bei dem Gedanken lachte sie über sich selbst. Wenn sie allein reiste, würde sie wahrscheinlich nur missmutig in einer Ecke sitzen und sich über Jens ärgern. Fuhr sie hingegen zu ihrer Tante, hatte sie wenigstens einen Menschen, mit dem sie reden konnte. Dies gab den Ausschlag.

Rasch nahm sie den Telefonhörer, um ihre Tante anzurufen. Doch kaum hatte sie die ersten Ziffern der Vorwahl eingetippt, wurde ihr bewusst, dass sie die Nummer inzwischen vergessen hatte. Die Auskunft anrufen wollte sie nicht und beschloss daher, ihre Tante einfach zu überraschen.

2

Die vierzehn Tage bis zu Christines Urlaub brachten ihr erst richtig zu Bewusstsein, dass sie bei ihren Zukunftsplänen mit Jens auch einen Wechsel ihrer Arbeitsstelle ins Auge gefasst hatte. Er hatte ihr einen Posten in der Firma besorgen wollen, bei der er selbst beschäftigt war.

Beschäftigt gewesen war, korrigierte sie sich in Gedanken, denn Jens hatte ja seinen Arbeitsplatz aufgegeben, um ins Ausland zu gehen.

Nun würde sie sich selbst nach einer neuen Stelle umsehen müssen, dachte Christine, als sie das Firmengebäude an ihrem letzten Arbeitstag, einem Freitag, verließ. Ihr Wagen stand bereits fertig beladen auf dem Parkplatz. Gerade als sie einsteigen wollte, kam eine ihrer Kolleginnen vorbei.

»Sie fahren mit dem Auto weg, Frau Berger. Ich hab' gedacht, Sie wollen mit ihrem Freund nach Amerika.«

»Ich hab's mir anders überlegt.«

Da Christine die Frau nicht mochte, gab sie sich keine Mühe, freundlich zu sein. Sie setzte sich hinter das Steuer, startete den Wagen und fuhr mit einem Ruck los, der die andere mit einem Satz zur Seite springen ließ.

»Kannst du nicht aufpassen, du ...«, hörte Christine noch, dann blieb die Kollegin hinter ihr zurück.

Zum ersten Mal seit Jens' Verschwinden konnte Christine wieder lachen. Das dumme Gesicht der anderen Frau tat ihrer verletzten Seele gut. Die Frau war eine ihrer unangenehmsten Kolleginnen und hatte durch ihre Intrigen und Hetzereien viel dazu beigetragen, dass sie an einen Arbeitsplatzwechsel dachte.

Für die nächste halbe Stunde beschäftigten sich ihre Gedanken mit den Chancen und Möglichkeiten, die sich ihr boten. In der heutigen Zeit waren sie nicht gerade rosig, aber Christine war sich sicher, es zu schaffen. Mittlerweile war die Stadt mit den grauen Häusern und all dem Lärm hinter ihr zurückgeblieben, und sie fuhr in flottem Tempo die Salzburger Autobahn entlang. Allerdings nur bis zur Einmündung des Umgehungsrings aus Richtung Norden. Über die A99 wälzten sich wahre Automassen heran und verursachten einen Stau, der einer Verkehrsmeldung im Autoradio zufolge bis zum Irschenberg reichen sollte.

Christine kämpfte sich bis zur nächsten Ausfahrt durch und fuhr dann über die Landstraße weiter. Sie würde auf diese Weise zwar länger brauchen, doch schneller als auf der Autobahn kam sie auf jeden Fall vorwärts.

Zunächst ging es über flaches Land und durch große Orte mit teilweise untypisch modern wirkenden Gebäuden, die den Speckgürtel um München bildeten. Nach einer Weile wurde die Landschaft hügeliger, und die Dörfer wurden kleiner und irgendwie anheimelnder. Kirchen mit Zwiebeltürmen oder gotischen Spitztürmen und behäbige Bauernhöfe wechselten einander ab. Neben der Straße erstreckten sich Felder und grüne Wiesen, gelegentlich durchquerte sie ein Waldstück, und einmal entdeckte sie am Waldrand sogar ein Reh, das von dem frischen Klee eines großen Feldes naschte. Fast überall waren Kühe zu sehen, die meisten braun und weiß gefleckt. Manchmal war auch eine schwarzbunte Kuh darunter und wirkte unter ihren Gefährtinnen wie ein friesischer Krabbenfischer, der sich ins Oberland verirrt hatte.

Christine wunderte sich, wie schnell sie auf andere Gedanken kam. Es war wohl doch die richtige Entscheidung gewesen, zu ihrer Tante zu fahren, dachte sie. In dieser Landschaft würde sie ihre Sorgen vergessen und zu sich finden können.

Mit diesem Vorsatz erreichte sie die Berge und fuhr in das lang gestreckte Tal hinein, an dessen hinterstem Ende Kreiental lag. Die Gegend wirkte nun nicht mehr so sanft und verspielt wie das Alpenvorland. Mächtige Felswände ragten zu beiden Seiten der Straße empor und säumten sie mehr als einen halben Kilometer weit, bevor sich das Tal wieder weitete. Christine kam sich beinahe wie ›in den Schluchten des Balkan‹ vor, einem der wenigen Karl-May-Romane, den sie gelesen hatte.

Wer hatte ihr den eigentlich geliehen?, fragte sie sich. Es musste einer der Buben aus Kreiental gewesen sein, aber sie kam nicht mehr darauf, wer.

Es war wie eine Fahrt in die eigene Vergangenheit. Christine hatte als Kind fast alle Ferien bei ihrer Tante und deren Mann verbracht und konnte die Namen der Dörfer nennen, bevor sie die Ortsschilder erreichte.

Ihr Blick wanderte über die saftigen Wiesen, die sich bis zu den Hängen der Berge hinzogen und dort von den dunklen Tannen des Bergwaldes abgelöst wurden. Hoch über den Tälern waren die Almen zu erkennen, und darüber wuchsen grau und felsig die Berggipfel empor, die im Süden teilweise noch weiße Kappen trugen.

Diese Berge gehörten bereits zu Tirol, so viel wusste Christine noch. Als Kind war sie mit einer Bande Gleichaltriger über den Kreienpass ins Nachbarland gewandert und hatte im ersten Tiroler Dorf Bonbons gekauft. Auf dem Heimweg stellten sie sich dann immer vor, richtige Schmuggler zu sein.

Ein großes, modernes Gebäude mit einem Flachdach und der großen Leuchtreklame einer bekannten Supermarktkette beendete Christines gedanklichen Ausflug in die Vergangenheit. Sie hatte Holzmatting, den letzten größeren Ort vor Kreiental, erreicht. Dann war dies wohl der von ihrer Tante beschriebene Supermarkt, der ihr die Kunden wegnahm.

Aus einer gewissen Neugier heraus lenkte Christine ihr Auto auf den dazugehörigen Parkplatz und stellte es dort ab. Der Parkplatz war nicht gerade leer, und als sie den Laden betrat, wimmelte es dort von Leuten. Christine unterschied die Städter, die zum Wandern in die Berge gefahren waren und sich hier ihre Brotzeit besorgten, von den Einheimischen, die zumeist einfacher gekleidet waren und teilweise sogar noch ihr Arbeitsgewand trugen. In den langen Regalreihen gab es fast alles, was der Mensch für den täglichen Bedarf brauchte, und die Leute kauften wie toll.

Christine hatte auf einen Einkaufswagen verzichtet, denn sie wollte nichts kaufen, sondern nur einmal schauen.

Während sie durch den Supermarkt schlenderte, dachte

sie, dass er sich in nichts von den Geschäften in der Stadt unterschied. Irgendwie kam er ihr fehl am Platz vor. Doch er war wohl ein Teil des Fortschritts, der vor nichts haltmachte, mochte man es bedauern oder nicht.

Plötzlich hörte sie eine dienstbeflissene, ja fast schmeichlerische Stimme von der anderen Seite des Regals herüberdringen.

»Aber freilich haben wir Brühpech, Frau Horngacher. Deswegen müssen Sie net extra zu dem Museumsladen in Kreiental fahren.«

Bei diesen Worten stellten sich Christine die Stacheln auf. Das Geschäft ihrer Tante war alles andere als ein Museumsladen, sondern war immer ausgezeichnet geführt und ständig modernisiert worden. Sie eilte um das Regal herum und entdeckte eine ältere Bäuerin mit stämmiger Figur in einem dunklen Trachtenrock, dunkler Bluse und Mieder. Daneben stand ein junger Mann, der die Dreißig gerade einmal angekratzt haben konnte. Er trug einen vorne offenen weißen Kittel mit dem Emblem der Supermarktkette, darunter hatte er jedoch eine lederne Kniehose an und ein beiges Trachtenhemd mit einer Schleife anstelle einer Krawatte. Er bemühte sich, angenehm zu erscheinen, doch Christine empfand ihn als schmierig. Der Mann war ihr so unsympathisch, dass sie sich fragte, weshalb die Horngacherin von Kreiental ihn so fasziniert anstarrte.

»Es ist schon ein Segen Gottes, dass Sie diesen Laden aufgemacht haben, Herr Gotthelf. Ich wüsst net, was wir ohne Sie machen täten.«

Christine musste ein paar böse Worte hinunterschlucken, denn sie konnte sich erinnern, wie oft die Bäuerin zu ihrer Tante zum Einkaufen gekommen war und dabei den Laden nie vor Ablauf einer Stunde verlassen hatte, so viel hatten sie immer zu reden gehabt.

Gotthelf antwortete mit einer vor Selbstzufriedenheit triefenden Floskel, entdeckte dann Christine und eilte auf sie zu.

»Schöne Frau, kann ich Ihnen behilflich sein?«

Christine musterte ihn mit zusammengekniffenen Augenlidern und wollte schon Nein sagen. Da kam ihr eine Idee.

»Ich bräuchte eine Kittelschürze, so wie diese Frau dort sie trägt.« Sie zeigte dabei auf eine ältere Frau, die gerade den Laden betrat und so ein Kleidungsstück und Pantoffeln trug.

Der Mann sah hin und schluckte erst einmal. Als er antwortete, zeigte sein Gesicht einen Ausdruck tiefsten Bedauerns.

»Es tut mir leid, aber wir führen keine Bekleidung. Da müssen Sie schon nach Schliersee oder nach Miesbach fahren.«

»Oder nach Kreiental zur Mergentheim Daniela. Die hat nämlich solche Sachen, und die meiste andere Ware, die Sie da herinnen haben, auch.« Damit war der Fehdehandschuh geworfen.

Christine wusste nicht, was sie zu dieser harschen Antwort getrieben hatte, doch als sie Gotthelfs entgeisterte Miene sah, bedauerte sie es nicht.

Auch die Horngacherin war bei der Erwähnung der Kreientaler Krämerin zusammengezuckt und starrte Christine durchdringend an.

»Ja sag, bist du es wirklich?«

»Im Ganzen und in eigener Person. Grüß dich, Horngacherin. Wie geht's dir denn so?«

»Wie's einer alten Frau halt so geht. Da zwickt's einmal da und dann wieder dort. Aber das wirst du auch noch erfahren, wenn du einmal in mein Alter kommst. Jetzt bist du noch jung und solltest das genießen. Du willst wohl nach Kreiental, um deine Tante zu besuchen?«

»Ja, und um die Kunden zurückzuholen, die ihr der da abgeschwatzt hat.«

Christine bemerkte einen gewissen Ausdruck der Schuld bei der Bäuerin und war sich sicher, dass diese das nächste Mal wieder bei ihrer Tante einkaufen würde. Es war zwar nur ein kleiner, aber für ihr Selbstbewusstsein wichtiger Erfolg. Die Horngacherin stellte nun auch das Brühpech, das Gotthelf ihr herausgesucht hatte, ins Regal zurück und sah etwas hilflos auf die anderen Waren in ihrem Einkaufswagen. Bevor sie die auch noch zurückstellen konnte, griff Gotthelf ein.

»Aber, Frau Horngacher. Sie werden doch net wieder in diesen Museumsladen gehen wollen? Wer weiß, wie alt das Zeug dort ist. Das meiste ist doch bereits abgelaufen und nicht mehr genießbar. Außerdem ist alles sündteuer. Bei uns hingegen ist alles frisch, und billig sind wir überdies auch.«

Christine baute sich vor ihm auf und blitzte ihn kriegerisch an.

»Sie wissen wohl net, dass man wegen übler Nachrede und Verleumdung belangt werden kann?«

»Aber hören Sie, das ist doch alles allgemein bekannt.« Gotthelf versuchte sich überlegen zu geben, kam aber gegen Christine nicht an.

»Ich warne Sie! Wenn ich noch einmal höre, dass Sie meine Tante und ihren Laden schlechtmachen, lernen Sie mich kennen. Haben Sie mich verstanden?«

Statt einer Antwort wandte Gotthelf sich ab und stiefelte davon.

Die Horngacherin sah ihm nach und schüttelte den Kopf.

»Also, so hätt er wirklich net von der Daniela reden müssen. Bei der hat man allweil einwandfreie Ware gekriegt.«

Mit diesen Worten wanderten weitere Sachen aus ihrem Einkaufswagen in ein Regal zurück, in das sie eigentlich nicht gehörten.

»Also, wegen einem oder zwei Cent muss ich wirklich net extra von Kreiental nach Holzmatting fahren. Was ich dich fragen will, bleibst du länger bei uns? Du warst schon eine ganze Weile nimmer da.«

»Seit mein Vater nach Hassfurt versetzt worden ist. Da bin ich an freien Tagen halt immer zu meinen Eltern gefahren. Aber jetzt hab ich mir denkt, ich nutz meinen Urlaub aus, um meine Tante zu besuchen.«

Obwohl sie in der Stadt meistens Schriftdeutsch gesprochen hatte, fiel Christine fast automatisch wieder in den hier gebräuchlichen Dialekt zurück, den sie während ihrer Kindheit erlernt hatte.

Die Horngacherin nickte zufrieden.

»Mei, da wird sich die Daniela aber freuen. Du weißt ja, sie lebt ganz allein und hat eigentlich niemand mehr außer dir. Da ist es schon richtig, dass du diesmal länger zu ihr kommst.«

»Das hab ich vor, Bäuerin. Wie steht's eigentlich bei

euch daheim? Ich hoff doch, gut.« Christine fragte eigentlich mehr, um der Horngacherin eine Freude zu machen als aus wirklicher Neugier.

Die Bäuerin legte auch sofort los, und so erfuhr Christine, dass der Hans, ihr Ältester, langsam ans Heiraten dachte.

»Zeit wird's auch«, setzte die Horngacherin hinzu. »Er ist im letzten Jahr dreißig geworden. Da muss ein Mann sich tummeln. Jetzt muss bloß noch der Tobias eine Hochzeiterin finden, dann kann's der Hans angehen.«

Nun erinnerte sich Christine auch wieder an die Söhne der Horngacherin. Hans war sechs Jahre älter als sie und hatte in ihrer Jugendzeit fast schon einer anderen Generation angehört. Ihr war er immer irgendwie langweilig vorgekommen, aber auch sehr von sich überzeugt.

Tobias hingegen war etwa so alt wie sie und ein ganz anderer Charakter. Damals hatte es keinen Streich gegeben, an dem er nicht maßgeblich beteiligt gewesen war.

Auch sie blieb davon nicht verschont und konnte sich gut daran erinnern, dass sie zuletzt im hellen Zorn von ihm geschieden war.

Ein Funke dieses Zorns glühte immer noch in ihr und loderte bei der bloßen Erwähnung seines Namens wieder hell auf.

»Sag schöne Grüß daheim, Horngacherin.«

Christine nickte der Bäuerin noch einmal zu und verließ den Laden, sonst hätte sie wohl ein paar böse Worte über Tobias verloren.

Er war gewiss niemand, auf den sie sich freute.

Mit diesem Gedanken stieg sie in ihr Auto und legte rasch die letzten Kilometer nach Kreiental zurück.

3

Das Tal, das dem Ort den Namen gab, wurde von der Kreiener Ache durchflossen, einem Flüsschen, das aus Tirol herüberkam und weiter talabwärts von einem anderen Gewässer aufgenommen wurde, welches in den Tegernsee mündete. Zur Gemeinde selbst zählten der Hauptort, mehrere kleine Weiler und ein paar Einödhöfe, die sich zwischen den Bergen an der Tiroler Grenze und einem Höhenzug im Norden angesiedelt hatten. Die Flanken der Berge waren mit Wald bedeckt, der zur einen Hälfte den einheimischen Bauern und zur anderen dem Staat gehörte, der auch den Förster stellte. Das Tal bot mit seinen grünen, saftigen Wiesen und seinen Almen die besten Voraussetzungen für die Viehzucht.

Christine musste die Kreiener Ache zweimal überqueren, bevor sie in den Ort hineinfahren konnte, und sah als Erstes das alte Kirchlein, das auf einem Felssockel erbaut worden war, der mitten im Dorf stand. Daneben befand sich der Pfarrhof, der – so groß wie er war – früher wohl mehr Personen als den Dorfpfarrer und seine Haushälterin beherbergt hatte. Ein Stück links von der Straße entdeckte Christine den Gföllnerhof, eines der kleineren Anwesen im Ort.

Während sie noch auf das lang gestreckte Gebäude blickte, das Wohnhaus, Stall und Scheune in sich vereinigte, wurde sie zum ersten Mal überrascht. Die Straßenführung war nämlich anders als früher. Den Grund dafür sah sie gleich darauf. Neben dem alten Löschweiher, in dem sie als Kind im Sommer oft gebadet hatte, gab es jetzt einen weiteren großen Teich, der fast schon einem kleinen See glich. Die Straße führte nun zwischen den beiden Gewässern hindurch und bog dann scharf nach links.

Nur ein paar Meter weiter stand das Haus ihrer Tante, ein stattliches Gebäude, das vor weniger als zwanzig Jahren neu im Stil dieser Gegend erbaut worden war. Der Laden nahm den vorderen Teil ein, während im rückwärtigen Teil genug Platz für mindestens zwei Wohnungen war. Ihr Onkel hatte lange geschwankt, ob er einen Mieter ins Haus nehmen oder die Zimmer an Feriengäste vermieten sollte. Zu welcher Entscheidung er gekommen war, wusste Christine allerdings nicht.

Sie blieb auf dem Parkplatz stehen, der sechs Autos Platz bot, im Moment aber wie leer gefegt wirkte, und stieg aus. Sie hätte jetzt um das Gebäude herumgehen und den Hintereingang nehmen können. Stattdessen schritt sie auf die Ladentür zu und trat ein. Die Glocke bimmelte noch wie in alter Zeit, und sie stand in einem wohl gefüllten Laden, dessen Regale so vollgestopft waren, dass die Waren beinahe herausquollen. Hier gab es die Kittelschürzen, nach denen sie im Supermarkt gefragt hatte, dachte sie bei sich und sah sich diese näher an.

Im selben Moment kam die Ladeninhaberin durch die Verbindungstür und glaubte, eine Kundin zu entdecken, die sich für die Kittelschürzen interessierte. »Grüß Gott. Das sind schöne Schürzen, net wahr?« Ihre Stimme klang beinahe bettelnd, als hätte sie Angst, die vermeintliche

Kundin könnte wieder gehen. Da drehte Christine sich zu ihr um. Daniela Mergentheim fiel fast der Kiefer hinab, als sie ihre Nichte erkannte.

»Christine, du!« Sie stürzte auf das Mädchen zu und schloss es in die Arme. »Was für eine Freud! Und ich hab schon Angst gehabt, du interessierst dich nimmer für mich, weil du mir net geantwortet hast.«

»Aber Tanterl, als wenn ich dich je im Stich lassen tät.« Christine erwiderte die Umarmung und strich der Tante über das dunkle, bereits leicht grau melierte Haar. »Übrigens hab ich deine Konkurrenz schon kennengelernt. Dieser Gotthelf ist wirklich ein unangenehmer Mensch. Was der betreibt, ist ja schierer Rufmord.«

Daniela Mergentheim nickte bedrückt. »Aber die Leut glauben seinen Sprüchen. Die meinen, weil der Supermarkt neu ist, muss dort alles besser sein als bei mir.«

»Kleiderschürzen hat er zum Beispiel keine. Er tät die Leut da direkt nach Miesbach schicken wollen. Das ist ja eine halbe Weltreise«, erklärte Christine ungeachtet der Tatsache, dass die Kreisstadt mit dem Auto in einer guten halben Stunde zu erreichen war. »Weißt du, Tanterl«, fuhr sie fort. »Wenn die Leut schon zwengs einer Kittelschürze in die Stadt fahren sollen, können sie dort auch gleich ganz einkaufen und bräuchten das net in Holzmatting tun.«

»Die sollen net in der Stadt und auch net in Holzmatting einkaufen, sondern bei mir.«

Tante Daniela schniefte beleidigt und bat dann Christine in den Wohnteil ihres Hauses. Auf dem Weg dorthin entdeckte Christine eine Menge voller Kartons mit verschiedensten Waren und schüttelte den Kopf.

»Hast du kein Lager mehr, Tanterl?«

»Doch, doch, aber das ist auch voll. Den Rest der Lieferung hab ich in der Wohnung aufstapeln müssen.«

Daniela Mergentheim sagte das, als wäre es das Selbstverständlichste auf der Welt, solche Warenberge zu besitzen. Sie seufzte und hob mit einer entsagungsvollen Geste die Arme.

»Weil der neue Supermarkt doch so billig ist, hab ich mir denkt, ich kauf mehr ein, damit ich die Ware auch billiger abgeben kann. Aber das hat nichts geholfen. Die Leut kommen einfach nimmer, und jetzt hab ich das Zeug am Hals. Christine, ich weiß mir nimmer ein noch aus.«

Christines Kopfschütteln verstärkte sich, denn der Wert dieses Warenlagers musste enorm sein. Auf ihr Nachhaken erzählte ihre Tante dann, dass der Vertreter der Großhandelskette, von der sie ihre Waren bezog, ihr diese Menge aufgeschwatzt hatte, damit sie – wie er sagte – konkurrenzfähig blieb.

»Ich hoff, du hast die Sachen auf Kommission bekommen und kannst den größten Teil wieder zurückgeben.« Das Kopfschütteln der Tante erstickte Christines Hoffnungen im Keim.

»Nein, die hab ich alle bezahlen müssen. Ich hab dafür mein ganzes Konto geplündert und sogar ein wengerl Schulden gemacht.«

»Wie viel?«

Christine sah ihre Tante streng an. Die Antwort erschreckte sie. Wie es aussah, war die Tante von dem Vertreter ganz gewaltig über den Tisch gezogen worden. Selbst in normalen Zeiten hätte sie die Waren nicht in einem und auch nicht in zwei Jahren verkaufen können.

Jetzt, wo ihr der Supermarkt schier die Luft zum Atmen abdrückte, würde sie wohl ebenso viele Jahrzehnte darauf sitzen bleiben.

»Tanterl, was hast du dir denn dabei bloß gedacht?«

Christine seufzte und musterte einen der Kartons genauer. Das aufgedruckte Haltbarkeitsdatum beruhigte sie für den Moment. Dann dachte sie daran, dass ihre Tante gewiss auch verderbliche Waren eingekauft hatte und fragte danach.

Daniela Mergentheim wand sich ein wenig.

»Ich hab halt alles, was man so braucht.«

»Red net um den heißen Brei herum. Dieser Gotthelf hat behauptet, bei dir gäb's abgelaufene Ware.«

Christines Stimme klang nun strenger und brachte den gewünschten Erfolg. Die Tante hatte der Schneggin wirklich einmal ein Stück Butter mit abgelaufenem Haltbarkeitsdatum verkauft und war dafür von der Bäuerin zur Rede gestellt worden.

»Die Schneggin und ihren Sepp seh ich in meinem Laden gewiss nimmer«, setzte die Tante betrübt hinzu.

Christine wollte schon sagen, dass es um diese Bäuerin nicht schade wäre, hielt aber dann den Mund, um die Tante nicht noch mehr aufzuregen.

»Übrigens glaub ich, dass ich dir die Horngacherin wieder als Kundin gewonnen hab«, sagte sie stattdessen, ermahnte ihre Tante aber, dieser nur einwandfreie Ware zu verkaufen.

»Du tust ja direkt so, als wenn ich der Schneggin die abgelaufene Butter extra gegeben hätt. Es war ein unglücklicher Zufall.«

Die Tante schob beleidigt die Unterlippe vor, doch bevor das Gespräch weitergeführt werden konnte, schlug die Ladenglocke an.

»Das wird die Horngacherin sein«, mutmaßte Christine.

Ihre Tante eilte in den Laden, kehrte aber bald mit langem Gesicht zurück.

»Es war die Loitzl Sandra. Die hat bloß ein Pfund Salz gebraucht.«

»Ich hoff, du hast bei ihr freundlicher geschaut als jetzt. Mit dem Gesicht vertreibst du dir die letzten Kunden.«

Christine wusste, dass ihre Tante eher Trost als Kritik von ihr erwartete, doch damit kamen sie nicht weiter. Wenn das Geschäft wieder zum Laufen gebracht werden sollte, mussten sie in die Hände spucken und anpacken und nicht nur wehklagen. Das erklärte sie ihrer Tante auch recht deutlich und setzte hinzu, dass es nach ihrem Besuch im Supermarkt auch zu einer persönlichen Sache zwischen Gotthelf und ihr geworden sei.

»Der Kerl hat so blöd dahergeredet, dass wir uns das net gefallen lassen können.«

Christine sah ihre Tante aufmunternd an, obwohl sie nicht den geringsten Ansatz einer Idee hatte. Ihr Beispiel flößte der Tante jedoch Mut ein, und als kurze Zeit später die Horngacherin auftauchte, um einzukaufen, erschien Daniela Mergentheim der Himmel nicht mehr so grau wie noch vor ein paar Stunden.

4

Als Barbara Horngacher den heimischen Hof erreichte, stürzte ihr Ehemann Franz aus dem Stall und fing sie noch am Auto ab.

»Das hab ich ganz vergessen, dir zu sagen. Du sollst mir kein Brühpech vom Supermarkt mitbringen, das taugt nämlich nichts. Das von der Daniela war allweil besser.«

Die Bäuerin atmete auf, weil die Begegnung mit Christine sie dazu gebracht hatte, in Danielas Krämerei einzukaufen. Sie lächelte ihrem Mann zu und holte ein Päckchen aus ihrem Einkaufskorb.

»Da, schau her, und sag noch einmal, dass ich net mitdenkt hab!«

Franz Horngacher nahm das Brühpech, musterte die Aufschrift und nickte anerkennend.

»Ich hab nie was anderes gesagt. Dann können wir morgen die Sau schlachten. Ich sag schnell den Buben Bescheid, dass sie alles herrichten sollen.« Mit diesen Worten drehte er sich um und verschwand.

Seine Frau ging zufrieden ins Haus und stellte ihren Korb auf der Anrichte in der Küche ab. Während sie die Sachen im Kühlschrank und in der Vorratskammer verstaute, dachte sie, dass sich die paar Cent, die sie bei der Krämerin mehr ausgegeben hatte, gelohnt hatten. Ihr Mann und die Buben waren bei der letzten Hausschlachtung fuchsteufelswild geworden, weil das im Holzmattinger Supermarkt gekaufte Brühpech nicht ihren Anforderungen entsprochen hatte, und beinahe hätte sie denselben Zirkus wieder erlebt.

Kurze Zeit später schaute Hans, ihr Ältester, in die Küche.

»Grüß dich, Mama. Hast du meine Zigaretten dabei?«

Die Bäuerin stemmte die Fäuste in die Seiten und musterte ihn tadelnd.

»Du weißt, dass Rauchen ungesund ist.«

»Wenn's danach ging, wär das ganze Leben eine ungesunde Sach. Denk doch bloß daran, was in der Luft alles für Schadstoffe sind, der Feinstaub zum Beispiel ...«

»Den's vielleicht in München am Mittleren Ring gibt, aber gewiss net bei uns in Kreiental«, unterbrach die Mutter ihn ärgerlich.

»Ja, aber trotzdem ...«

»Nix trotzdem! Mir wär's lieber, du tätest dir das Rauchen abgewöhnen. Was sagt eigentlich die Monika dazu?«

Hans begann zu grinsen.

»Ach, die hat nichts dagegen. Die sagt, Männer rauchen halt. Ihr Vater und ihre Brüder tun's auch.«

Die Antwort hätt ich mir denken können, schoss es der Bäuerin durch den Kopf. Hans' Verlobte war nun einmal nicht das Mädchen, das einem Mann etwas verbieten konnte.

Barbara Horngacher war nicht gerade glücklich mit der Wahl ihres Sohnes, doch vom Geld her passte es halt. Der Wirnsbergerhof zählte, ebenso wie der eigene und der vom Loitzl, zu den drei großen Höfen in Kreiental. Ihnen gehörte mehr Grund als allen anderen Bauern in der Gemeinde zusammen.

Für einen Augenblick dachte die Bäuerin daran, dass die drei Höfe bei den übrigen Kreientalern den Spitznamen die ›Heiligen Drei Könige‹ besaßen, manchmal auch die ›Scheinheiligen‹, weil sie so groß und bedeutend waren. In früheren Zeiten war dies noch stärker zum Ausdruck gekommen, denn damals hatten der Horngacher, der Loitzl und der Wirnsberger die Geschicke der Gemeinde fast nach Gutsherrenart bestimmen können. Inzwischen waren die Vettern Spörck, die Besitzer der beiden Gasthäuser im Ort, durch den Tourismus ebenso bedeutend geworden. Es hieß sogar, dass Martin Spörck, der ›Oberwirt‹, wie er genannt wurde, ein richtiges Hotel bauen wollte.

Während seine Mutter ihren Gedanken nachhing, durchsuchte Hans den Einkaufskorb, bis er auf die Zigaretten stieß. Grinsend nahm er die Stange an sich. Die Bäuerin krauste die Nase.

»Die müssen jetzt aber ein paar Wochen reichen.«

Ihr Sohn sah sie entsetzt an.

»Aber Mama. Ein paar Wochen? Das wär ja net einmal eine Schachtel am Tag.«

»Geht's wieder einmal um Hans' Sargnägel?«

Tobias Horngacher, der jüngere Sohn der Bäuerin, streckte feixend den Kopf zur Tür herein.

Während Hans eher nach der Mutter geraten war und eine leicht untersetzte Figur und ein breites Gesicht hatte, war Tobias das originalgetreue Ebenbild seines Vaters in jungen Jahren. Gut einsfünfundachtzig groß, überragte er seinen Bruder um einen halben Kopf. Sein schmales und rassiges Gesicht ließ die Herzen der Mädchen im weiten Umkreis schneller schlagen, und aus seinen bernsteinfarbenen Augen leuchtete zumeist der Übermut. Nur das dunkle Blond der Haare war den Brüdern gemeinsam, doch während sie bei Hans akkurat geschnitten waren, fiel bei Tobias eine vorwitzige Strähne in die Stirn.

»Geht's dich was an, wenn ich rauch?« Hans hörte sich ganz und gar nicht brüderlich an.

Tobias winkte nur lachend ab.

»Solang du mir dein Gelumpe net ins Gesicht bläst, kannst du wegen mir rauchen, so viel du willst.«

»Als ob ich deine Erlaubnis dazu bräucht!« Hans' Stimme war um keinen Deut freundlicher geworden.

Die Bäuerin sah es in Tobias' Augen mutwillig aufblitzen und hielt es für geraten, sofort einzugreifen.

»Jetzt streitet euch doch net wegen ein paar Zigaretten.«

»Dem Hans geht's doch gar net ums Rauchen«, wandte Tobias munter ein.

»Den sticht der Hafer zwengs dem Heiraten. Aber solang ich noch ledig auf dem Hof bin, darf er net, hat der Vater gesagt.«

»Du hättest dir schon längst eine Hochzeiterin suchen können. Gelegenheit dazu hättest du oft genug gehabt.« Hans klang säuerlich.

Auf die Erfolge seines Bruders bei der Damenwelt war er schon immer neidisch gewesen. Nicht, dass es an seinen eigenen Zukunftsplänen etwas geändert hätte. Für ihn war die Wirnsberger Monika stets die erste Wahl gewesen, doch als Älterem fiel es ihm schwer, im Schatten des Bruders zu stehen.

»Da muss ich dem Hans schon recht geben. Es hat

etliche saubere Madln gegeben, die zu dir gepasst hätten.« Die Bäuerin erntete einen dankbaren Blick ihres Ältesten.

Tobias hingegen lachte nur.

»Von denen hat mir keine gut genug gefallen, um den Rest meines Lebens an sie gefesselt zu sein.«

»Und was ist mit der Loitzl Sandra? Die ist ein schmuckes Weib und erbt zudem den großen Hof. Oder stört's dich, dass sie so jung Witwe geworden ist?« Barbara Horngacher beschloss, ein wenig auf den Busch zu klopfen.

Es war ihr Traum, den jüngeren Sohn als Jungbauern auf dem Nachbarhof zu sehen.

Tobias wiegte unschlüssig den Kopf.

»Dafür, dass ihr Mann nach drei Monaten Ehe an einer verschleppten Krankheit gestorben ist, kann die Sandra gewiss nichts. Mir passt bloß net, dass ich meinen Namen aufgeben und den ihren annehmen müsst, so wie's schon bei ihrer ersten Ehe der Fall war.«

»Das ist doch eine Kleinigkeit«, wandte sein Bruder eifrig ein. »Es hat allweil einen Loitzl auf dem Loitzlhof gegeben, und dass soll auch so bleiben. Ich tät's net anders halten wollen, wenn's bei mir bloß eine Erbtochter geben tät.«

»Vielleicht überleg ich's mir.« Tobias trat an die Anrichte, schaute auf den noch halb vollen Einkaufskorb hinab und fand auf Anhieb eine Tafel einer ganz speziellen Schokolade.

»Du hast heut wohl wieder bei der Daniela eingekauft, denn in dem komischen Supermarkt ihn Holzmatting gibt's die net. Dabei mag ich die Sorte doch so gern.«

»Du, Schokolad ist fei auch net viel gesünder als das Rauchen.«

Hans versuchte, gegen seinen Bruder zu punkten, doch der Verbalangriff verpuffte.

Tobias grinste nur, brach sich ein Stückchen Schokolade ab und steckte es sich in den Mund. Er schnalzte dabei genießerisch mit der Zunge.

»Saugut, sag ich dir. Da kommen deine geschnitzelten Indianerblätter net mit.«

»Indianerblätter?« Hans' Gesicht bildete ein einziges Fragezeichen.

»Du hast wohl noch nie gehört, dass der Tabak aus Amerika stammt und die alten Indianer schon geraucht haben, bevor der Kolumbus zu seiner Kreuzfahrt aufgebrochen ist?«, erklärte ihm Tobias.

»Du meinst Kreuzzug!«

»Nein, die sind in die andere Richtung gesegelt. Setzen, Horngacher Hans! Geschichte und Geografie sechs!« Tobias ahmte den Tonfall ihres früheren Klassenlehrers so gekonnt nach, dass seinem Bruder beinahe die Augen aus dem Kopf fielen.

Die Bäuerin sah die beiden an und sagte sich, dass es wirklich an der Zeit war, dass Tobias eine Braut fand. Wenn es noch lange dauerte, würde die Situation auf dem Hof unerträglich werden.

»Was habt ihr heut Abend eigentlich vor?« fragte sie, um die Spannung zu lindern.

»Ich geh auf alle Fäll zum Wirnsberger hinüber«, erklärte Hans.

Tobias zuckte dagegen mit den Schultern.

»Keine Ahnung. Vielleicht schau ich einmal beim Loitzl vorbei, um zu sehen, ob man mit der Sandra reden kann oder ob sie noch allweil wie eine Trauerweide herumläuft.«

»Wie kannst du bloß so was sagen? Es ist doch verständlich, dass sie net munter und fröhlich herumspringt, wenn ihr Mann gestorben ist«, wies Hans ihn zurecht.

Tobias winkte ab.

»Das ist zwei Jahr her, und da könnt man wirklich meinen, dass sie sich wieder dem Leben zuwendet. Aber wenn ich mir das so anschau, ist's bei ihr allweil schlimmer geworden.«

»Umso wichtiger wär's, wenn du dich um sie kümmern und ihr zeigen würdest, dass das Leben auch für sie wieder schön werden kann.«

Die Bäuerin wusste nicht, ob dieser Appell verfing, denn was Mädchen betraf, war Tobias immer ein wenig sprunghaft gewesen.

»Es wird wirklich Zeit, dass das anders wird!«

»Was?«

Erst Tobias' Frage brachte sie darauf, dass sie ihren Gedanken laut ausgesprochen hatte. Sie antwortete jedoch nicht, sondern räumte ihre letzten Sachen fort, bevor auch noch ihr Mann kommen und etwas entführen konnte.

5

Während Hans mit strammen Schritten den Weg zum Wirnsbergerhof in Angriff nahm, wusste Tobias nicht so recht, was er tun sollte. Einesteils reizte ihn der stattliche Loitzlhof, und er wäre den Worten seiner Mutter zufolge gut vorsorgt, wenn er Sandra heiraten würde. Zum anderen war die junge Frau noch nie sein Typ gewesen. Für einen Augenblick wünschte er sich das Gemüt seines Bruders, der keine Sekunde gezögert hätte, Sandra den Hof zu machen. Er selbst fragte sich jedoch, ob sein Leben wirklich in so eingefahrenen Bahnen verlaufen musste.

Bei Sandra würde es keine Liebe geben, sondern ein eher geschäftsmäßiges Zusammenleben, bei dem die ehelichen Pflichten, wie sie so schön hießen, ihrem Namen Ehre machen würden. Allerdings besaß Sandra weder ein abschreckendes Gemüt noch ein abstoßendes Aussehen und war so betrachtet eine bessere Wahl als die meisten Mädchen, die er kannte.

Seufzend folgte er seinem Bruder, der den Loitzlhof auf seinem Weg zum Wirnsberger bereits passiert hatte, und traf kurz darauf bei dem mächtigen Dreifirsthof ein. Der alte Loitzl kam gerade aus dem Stall, in Gummistiefeln und einer blauen, umgeschlagenen Arbeitsschürze. Auch er wirkte düster, als müsse er über einen schweren Verlust trauern. Bei Tobias' Anblick hellte sich sein Gesicht jedoch sofort auf.

»Ja, grüß dich, Tobias! Schön, dass du bei uns vorbeischaust.«

Loitzls Miene und der Klang seiner Stimme verrieten Tobias, dass er als Brautwerber mehr als willkommen war. Das machte ihm die Sache nicht leichter. Es gelang ihm aber, den Bauern freundlich zu grüßen und zu fragen, wie es ihm ginge.

»Man wird halt alt, Tobias«, antwortete Loitzl. »Es gehört ein junger Bauer auf den Hof. Hoffen wir, dass es bald dazu kommt. So kann's nämlich net weitergehen.«

Das Letztgesagte untermauerte Loitzl mit einem tiefen Seufzer, dann musterte er Tobias mit einem hoffnungsvollen Blick.

»Ich hab schon mit deinem Vater am Stammtisch gesprochen, Tobias. Uns beiden wär's sehr recht, wenn aus dir und der Sandra was werden könnt. Ihr tätet wirklich gut zusammenpassen. Du bist allweil ein fröhlicher Bursch gewesen und könntest sie aufheitern. Du weißt ja, sie nimmt sich alles so zu Herzen.«

Was als Aufmunterung gedacht war, verfehlte völlig seine Wirkung. Tobias kannte Sandra als weinerliches Mädchen, das seinen Jungenstreichen verständnislos gegenübergestanden war und ihn nicht nur einmal an den Lehrer oder seine Eltern verpetzt hatte. In der Zwischenzeit war sie zu einer durchaus ansehnlichen Frau herangewachsen, hatte aber immer noch arg nah am Wasser gebaut. Er fragte sich, ob er es ertragen könnte, mit einer Frau verheiratet zu sein, die bei jedem harschen Wort in Tränen ausbrach.

»Weißt du, Loitzl, der Mensch muss auch einmal

herzhaft lachen, damit er gesund bleibt. Das ist das Wichtigste. Aber was ich fragen wollt: Ist die Sandra daheim?«

Der Bauer zeigte auf die Haustür.

»Sie ist in der Kuchl. Hoffentlich findest da drinnen noch einen Platz.«

Das zuletzt Gesagte klang ein wenig ärgerlich. Warum, wurde Tobias klar, als er ins Haus trat und die Türe der Küche öffnete.

Die alte Bäuerin und ihre Tochter standen am Herd, um das Abendessen zuzubereiten. Die Eckbank und die Stühle, die an beiden anderen Seiten des Tisches standen, waren von fünf jungen Burschen besetzt, die ihm wie Hühner auf einer Stange vorkamen. Bei seinem Eintreten wurden ihre Mienen ärgerlich, und Karl Wirnsberger, der jüngere Bruder von Hans' Verlobter Monika, schnappte ihn sogar an.

»Was willst denn du da?«

Tobias bedachte den um ein Jahr Jüngeren mit einem nachsichtigen Blick.

»Sei froh, dass ich heut meinen guten Tag hab. Ich hab andere schon für weniger verdroschen.«

»Du willst dich wohl aufmandln, was?«

Karl Wirnsberger war für seinen Jähzorn bekannt und deshalb schon ein paar Mal mit Tobias aneinandergeraten. Zu einer ernsthaften Rauferei war es zwar noch nicht gekommen, doch es gab nicht wenige im Ort, die in absehbarer Zeit damit rechneten. Tobias hatte bei den Wirnsbergerleuten einen schlechten Stand, weil Hans und Monika seinetwegen noch nicht heiraten konnten. Und ihn als Konkurrenten auf dem Loitzlhof zu sehen war das Letzte, was Karl sich gewünscht hätte.

Tobias drehte sich gemütlich zu ihm um und verschränkte die Arme vor der Brust.

»Bürscherl, wenn du dich so stark fühlst, geh schon einmal hinaus und lauf dich warm. Ich komm nach, wenn ich Zeit hab.« Mit diesen Worten wandte Tobias Karl den Rücken zu und sah die beiden Frauen an.

»Habe die Ehre, Loitzlin! Servus, Sandra! Einen schönen Gruß von meiner Mutter soll ich ausrichten.«

»Dankschön, Tobias. Wie geht's ihr denn? Ich hoff doch, gut. Von mir selber kann ich das leider net sagen. Wir haben Föhn, und den spür ich halt meistens. Der Sandra geht's genauso. Die hat direkt Kopfweh.«

Es war eine deutliche Aufforderung an die anderen Burschen, endlich zu gehen. Auf diesem Ohr waren Karl Wirnsberger und der Rest jedoch taub. Sie machten sich sogar noch breiter, sodass für Tobias kein Platz am Tisch blieb. Der dachte jedoch nicht daran, sich zu ihnen zu setzen, sondern trat neben Sandra, deren traurige Miene ihm Mitleid einflößte.

»Kopfweh ist schlimm, das sagt mir die Mama allweil. Da ist es das Beste, du gehst ins Bett und legst ein mit Kampferöl getränktes Tuch auf die Stirn. Zieh aber vorher die Vorhäng zu, damit's dunkel ist. Das hilft gewiss.«

Die Bäuerin lächelte ihm dankbar zu.

»Du bist halt schon immer ein fürsorglicher Bub gewesen, Tobias. Andere Rammeln könnten sich da eine Scheibe von dir abschneiden.« Ein finsterer Blick streifte dabei die fünf am Tisch.

»Willst du ein Bier?«, fragte sie dann und zeigte deutlich, dass sie ihm eine Halbe weitaus mehr vergönnte als den anderen, von denen jeder bereits eine Bierflasche vor sich stehen hatte.

»Mir kannst du auch noch eine Halbe bringen, Loitzlin«, rief Sepp Schnegg, dessen Mutter einen der kleineren Höfe im Ort besaß.

Die Bäuerin drehte sich mit ärgerlicher Miene zu dem untersetzten Burschen um.

»Wir sind fei keine Wirtschaft. Wenn du saufen willst, musst du schon zum Wirt gehen!«

Der untersetzte Bursche wurde puterrot.

»Ich hab mir halt denkt ...«, stotterte er, um sofort von Karl Wirnsberger unterbrochen zu werden.

»Überlass das Denken deiner Mutter. Die hat's bis jetzt auch für dich getan. Außerdem hat die Bäuerin recht. Eine Halbe, das ist der Brauch, und eine zweite, wenn sie gegeben wird. Aber gefordert wird keine! Ein Bauernhof ist kein Wirtshaus.«

Sepp Schnegg hatte an dieser harschen Zurechtweisung zu kauen. Karl hingegen war wieder obenauf. Da er gegen Tobias nicht angekommen war, hatte er sich auf diese Weise abreagiert. Außerdem erschienen ihm Sepp Schneggs Bemühungen, Sandra für sich zu gewinnen, einfach lächerlich.

Tobias war da schon ein anderer Fall. Der stammte wie er selbst von einem der drei großen Höfe, von den drei Königen von Kreiental, wie Karl sich stolz sagte, und musste daher als Rivale ernst genommen werden. Doppelt ernst sogar, denn bisher hatte Karl gegen Tobias immer den Kürzeren gezogen, sei es bei den Mädchen, beim Preisschießen oder auch nur in der Schule gewesen.

Der Lehrer schlug damals sogar vor, dass Tobias auf das Gymnasium gehen und studieren sollte. Da der Junge jedoch keine Berufung zum Geistlichen verspürte und für den Horngacher kein anderer Studiengang infrage gekommen war, hatten sich diese Pläne rasch zerschlagen. Nun aber hätte Karl den anderen gern als Ingenieur oder gar mit einem Doktortitel gesehen, denn als solcher hätte er gewiss nicht versucht, ihm die reiche Erbin abspenstig zu machen.

Tobias kümmerte sich nicht um die anderen Burschen, sondern versuchte, mit Sandra ins Gespräch zu kommen. Es fiel ihm schwer, ihr mehr als ein paar kurze Worte aus der Nase zu ziehen, doch er gab nicht auf. Während er mit ihr sprach, musterte er die junge Frau wie einen Gegenstand, den zu kaufen er erwog, ohne jedoch zu wissen, ob er ihn auch wirklich haben wollte.

Sandra Loitzl war einen knappen Kopf kleiner als er, etwas drall und besaß gut geformte Kurven, mit denen ein Mann schon etwas anfangen konnte. Ihr Gesicht war herzförmig und hatte einen traurigen Ausdruck, der durch ihre dunklen, feucht schimmernden Augen und den zusammengekniffenen Mund noch verstärkt wurde. Ihre Haare waren brünett und einfach frisiert. Auf ihre ganz eigene Weise sah sie sogar hübsch aus. Das konnte selbst ihre schlichte, dunkle Kittelschütze nicht verbergen.

»Du solltest dich net allweil daheim so einsperren, Sandra. Du musst auch einmal raus und unter die Leut. Hast du Lust, am Sonntag mit mir nach Schliersee zu fahren? Dort ist Schützenfest, und es wird gewiss lustig.«

Die junge Witwe sah mit zuckenden Lippen zu ihm auf.

»Das Lustige ist nichts für mich, Tobias. Da tät ich mich net wohlfühlen.«

Tobias lächelte sie freundlich an und reichte ihr sein Taschentuch, weil sie zu weinen begann.

»Aber Sandra, wir finden bestimmt was anderes, das dir besser zusagt. Was hältst du davon, wenn wir nach Benediktbeuern fahren und dort in der Klosterkirche beten?«

Zunächst sah es so aus, als würde Sandra erneut den Kopf schütteln, dann stimmte sie zu Karls nicht geringem Ärger zu.

»Das wär vielleicht keine schlechte Idee. Da könnt ich auch eine Kerze anzünden, damit die Jungfrau Marie meinem Schorsch gnädig ist und sie unseren Herrn Jesus bittet, ihn in sein Himmelreich aufzunehmen, damit er net im Fegefeuer leiden muss.«

Tobias stöhnte innerlich auf. Wie es aussah, würde der Mann, dem es gelang, Sandra für sich zu gewinnen, eine Ehe zu dritt führen müssen. Das fiel auch dadurch nicht leichter, dass ihr erster Mann bereits tot war. Es war zu befürchten, dass sie den Verstorbenen idealisierte und ihren zweiten Mann an einem unerreichbaren Vorbild maß.

»Also, es ist ausgemacht!«

Es gelang ihm, seine fröhliche Miene beizubehalten. Trotzdem war er froh um die Flasche Bier, die ihm die Bäuerin reichte und die er mit einem »Vergelt's Gott« entgegennahm. Er zog sich bis an den Tisch zurück, ohne die anderen jedoch aufzufordern, ihm Platz zu machen. Stattdessen lehnte er sich mit der Hüfte gegen das eine Ende der Eckbank, und während er langsam und mit Genuss trank, stellte er sich vor, wie es sein würde, mit Sandra verheiratet zu sein.

Das Öffnen der Tür unterbrach seine Gedanken. Cornelius, einer der beiden Knechte, die der Loitzl sich hielt, kam herein und blieb vor Sandras Mutter stehen.

»Ich wär jetzt mit meiner Arbeit fertig, Bäuerin. Der Bauer hat gesagt, ich soll Feierabend machen. Aber vorher wollt ich doch noch einmal fragen, ob du mir noch etwas aufzutragen hast.«

»Du bist ja arg fleißig, obwohl du Fauler heißt!« Karl Wirnsberger fand wieder etwas zu spotten.

Der Knecht, der ihn stehend um eine gute Handbreite überragte, drehte sich zu ihm um und strich sich eine Strähne seines hellblonden Haares aus der Stirn.

»Ich heiß Feiler, damit du es weißt. Ich sag ja auch net Hirnsberger zu dir!«

Sepp Schnegg und die drei anderen Burschen fingen zu lachen an, während Karl zornrot anlief.

»Du, Bürscherl, so redet man net mit einem Wirnsberger von Kreiental, hast du mich verstanden? Gleich geb ich dir ein paar Watschen, dass du den heiligen Petrus für den Anführer einer Räuberbande anschaust.« Er wollte aufspringen, doch Tobias stieß ihn auf seinen Stuhl zurück.

»Gib eine Ruh! Du weißt doch: Wie man in den Wald hineinplärrt, so schallt es zurück. Außerdem hat der Cornelius unrecht. Der Name Hirnsberger passt gar net zu dir. Du hast nämlich keines!«

»Du, ich ...« Karl schnappte vor Empörung nach Luft, wagte es aber nicht, sich mit Tobias anzulegen.

Dieser nickte dem Knecht freundlich zu.

»Du solltest dir aus dem, was der Depp da sagt, nichts machen. Wenn der Karl sein Maul aufmacht, kommt meistens bloß heiße Luft heraus.«

»Jetzt reicht's!« Karl Wirnsberger war an dem Punkt angelangt, wo ihm alles egal war. Er wollte hochspringen und Tobias an die Gurgel gehen, doch der hielt ihn mit eiserner Hand nieder.

»Bei dir daheim kannst du schreien und dich wie eine Wildsau aufführen, aber wir sind beim Loitzl, und du wirst wohl net da in der Kuchl das Raufen anfangen wollen. Sonst müsst ich dich beim Krawattl packen und zur Haustür hinausschmeißen.«

»Ich helf gern mit!« Sepp Schnegg nahm die Gelegenheit wahr, sich für etliche Gemeinheiten zu revanchieren, die er von Karl hatte hinnehmen müssen.

»Das schaff ich schon allein«, antwortete Tobias und sah lachend auf Karl herab. »Gibst du jetzt eine Ruh und benimmst dich wie ein zivilisierter Mensch, oder muss ich dich wirklich hinaustragen?«

»Das zahl ich dir irgendwann einmal heim!« Karl funkelte Tobias wütend an, schüttelte dann dessen Hand ab und verließ ohne Gruß die Küche.

»So ein Lackl! Bloß weil er ein Sohn vom großen Wirnsbergerbauern ist, denkt er, er kann sich aufführen wie weiß was.« Cornelius Feiler schüttelte den Kopf darüber, dann wandte er sich Tobias zu. »Dankschön, dass du eingegriffen hast. Der Bäuerin hätt's gewiss net gefallen, wenn ich mit dem Nachbarbuben handgreiflich geworden wär.«

»Irgendeiner muss den Karl einmal auf seine richtige Größe zurechtstutzen. Ich glaub, das werd wohl ich sein.«

Tobias seufzte und klopfte Cornelius auf die Schulter. »Auf den Mund gefallen bist du wirklich net. Hirnsberger? Das muss ich mir merken!«

Sein Grinsen verhieß Karl wenig Gutes.

6

Als Tobias den Loitzlhof wieder verließ, glitt sein Blick über das Dorf, das zu seinen Füßen lag, und blieb zuletzt an der Krämerei haften. Ihm fiel ein, dass er an diesem Morgen den letzten Rest seiner Rasierseife verbraucht und vergessen hatte, der Mutter aufzutragen, neue zu besorgen. Anders als sein Bruder mochte er keine Elektrorasierer, sondern bevorzugte die Nassrasur. Er hätte morgen früh Hans um dessen Apparat bitten oder die Stoppeln stehen lassen müssen. Beides wollte er jedoch nicht.

Der Supermarkt in Holzmatting hatte um diese Zeit bereits geschlossen, doch früher hatte man im Krämerladen einkaufen können, bis man dort zu Bett gegangen war. Mit diesem Gedanken lenkte er seine Schritte talabwärts und erreichte einige Minuten später das große Haus, in dem Daniela Mergentheim lebte.

Als Kind war er oft hier gewesen, fuhr es ihm durch denn Sinn, und auch später hatte er stets bei ihr eingekauft. Doch seit der neue Laden im Nachbardorf aufgemacht worden war, betrat er die Krämerei kaum mehr.

»Die Daniela wird denken, dass sie als Notnagel herhalten muss, weil ich anders an keine Rasierseife mehr komm.«

Dieser Gedanke brachte ihn fast dazu, wieder umzukehren. Er rieb sich mit der Hand über das Kinn und hörte das leise Knirschen der Stoppeln. Dann sagte er sich, dass Geschäft Geschäft war und die Krämerin bis jetzt noch keinen Kunden vor die Tür gesetzt hatte. Er stieg die drei Stufen zum Eingang hoch und fand diesen wie erwartet verschlossen.

Aus alter Gewohnheit ging er um das Haus herum und klingelte am Hintereingang, der den eigentlichen Zugang zur Wohnung der Krämerin darstellte.

Es dauerte einen Moment, bis der Schlüssel im Schloss umgedreht wurde und jemand öffnete. Tobias sah aber nicht die pummelige Krämerin vor sich, sondern ein schlankes, gut gewachsenes Mädchen mit blauen Augen und hellblondem Haar.

»Hoppla, das ist aber eine Überraschung«, rief er, ohne Christine zu erkennen.

Sie war fünfzehn gewesen, als er ihr das letzte Mal begegnet war, und hatte sich in den knapp zehn Jahren, die seitdem vergangen waren, von einem schlaksigen Teenager in eine hübsche junge Frau verwandelt.

Christine brauchte hingegen keine drei Sekunden, um zu wissen, wer vor ihr stand. Sie zog ihren Mund schief und verschränkte die Arme vor der Brust.

»Ah, der Horngacher Tobias. Auf was bist du heut aus?«

»Du kennst mich?« Tobias starrte das schmucke Mädchen mit großen Augen an, ohne dass es bei ihm dämmerte.

»Freilich kenn ich dich, viel zu gut sogar. Ich hab nichts vergessen von damals!«

Christines Stimme klang nicht gerade freundlich, und Tobias überlegte schon, ob es sich um eine seiner ehemaligen Jugendfreundinnen handeln konnte, die es ihm immer noch verübelte, dass er mit ihr Schluss gemacht hatte. Er schüttelte den Kopf. Nein, dieses hübsche Mädchen hätte er sich gemerkt und ihm gewiss nicht so rasch den Laufpass gegeben. Dann erst dachte er daran, dass er ja vor der Krämerei stand und kam auf den richtigen Gedanken.

»Sag bloß, du bist die Christine. Herrgott noch einmal, hast du dich herausgemacht! Ich hätt dich fast nimmer erkannt.«

»Das hat man gesehen«, antwortete Christine spöttisch. »Darf man fragen, was der Herr will?«

»Warum so förmlich? So waren wir früher doch auch net.«

Tobias setzte das schmelzende Lächeln auf, das seine Wirkung bei der Damenwelt selten verfehlt hatte. Bei Christine verfing es jedoch nicht. Sie betrachtete ihn so kritisch, wie die Prinzessin den Froschkönig angesehen haben mochte – und zwar vor seiner Verwandlung in einen feschen Prinzen. Tobias fragte sich unwillkürlich, ob er im Gesicht Mist kleben hatte, oder ihm auf einmal eine große Warze auf der Nase gewachsen war. Er tastete unwillkürlich nach diesem Organ und fand es so glatt wie immer.

»Also, das freut mich aber, dass du dich wieder einmal sehen lässt. Als du das letzte Mal in Kreiental gewesen bist, hast du gemeint, dass du das nächste Jahr mit deinen Eltern in Gran Canaria Urlaub machen würdest.« Tobias strahlte Christine weiter an, doch die winkte nur unwirsch ab.

»Ich war noch oft genug in Kreiental bei meiner Tante.«

»Das mag schon sein, aber ich hab dich halt net gesehen. Weißt du noch, was wir zwei damals für Stückerln geliefert haben?« Tobias hoffte, ein wenig an alte Zeiten anknüpfen zu können, doch Christines Miene wurde noch abweisender als zuvor.

»Ich hab net vergessen, wie du mich am letzten Tag in den Löschweiher geschmissen hast, sodass ich fast ertrunken wär! Auch vorher hat's einige Sachen gegeben, die mir im Gedächtnis geblieben sind. Wenn man's genau nimmt, warst du allweil das, was man den Lümmel von der letzten Bank nennt!«

Tobias hob abwehrend die Hände.

»Also, so schlimm, wie du sagst, war ich gewiss net.«

»Noch viel schlimmer! Ich hab damals mein neues Kleid angehabt. Es war danach vollkommen ruiniert.«

Ganz stimmte es nicht, denn die Tante hatte es gewaschen und frisch gebügelt, doch Christine freute sich, Tobias ein schlechtes Gewissen einimpfen zu können. Er zog ein wenig den Kopf ein und seine Stimme klang kläglich.

»Was hast du ausgerechnet an dem Tag das Kleid anziehen müssen. Sonst bist du doch fast immer in Jeans und T-Shirt herumgelaufen.«

»Das war aber kein Grund, mich ins Wasser zu werfen!« Christines Worte klangen sehr vorwurfsvoll, doch da konnte Tobias schon wieder grinsen.

»Ich hab mit dem Wirnsberger Karl gewettet, wer sich von uns beiden als Erster traut, dich in den Löschweiher zu werfen, und hab gewonnen. Zehn Mark hat er mir zahlen müssen. Ich hätt dich dafür zum Eis eingeladen, aber du warst eingeschnappt und hast nimmer mit mir reden wollen.« Nun war er es, der ihr einen leichten Vorwurf machte. Christine beschloss, diesen Ausflug in die Vergangenheit zu beenden, und sah ihn fragend an.

»Und was führt dich zu dieser Tages- beziehungsweise Abendzeit zu uns?«

Auch Tobias hielt es für besser, das Vergangene ruhen zu lassen und wies auf den Teil des Hauses, in dem sich der Laden befand.

»Ich brauch dringend eine Rasierseife, sonst lauf ich morgen wie ein Igel herum.«

»Gib net so an. So einen starken Bartwuchs hast du grad auch wieder net«, wies Christine ihn zurecht.

»Der Laden hat also geschlossen, und ich kann gehen«, stichelte Tobias.

»Depp!«, klang es zurück, dann zeigte Christine auf den Laden. »Geh schon mal nach vorn. Ich mach gleich die Tür auf.«

Damit verschwand sie wieder und ließ Tobias stehen. Dieser ging um das Haus herum und schüttelte staunend den Kopf.

»Die Christine ist wirklich ein fesches Madl geworden. Wer hätt das damals gedacht.« Trotzdem bereute er nicht, sie in den Teich geworfen zu haben.

Karl Wirnsbergers Ärger über die verlorene Wette war einfach zu schön gewesen. Das erinnerte ihn daran, dass er Christine ein Eis schuldete. Er beschloss, sie dazu einzuladen, wenn ihre Laune ein wenig besser geworden war.

Vorne stand die Tür bereits offen, und Christine erwartete ihn.

»So, was willst du für eine Rasierseife?«, fragte sie im Tonfall eines Inquisitors.

»Die dort!« Tobias hatte die richtige Marke entdeckt und nahm sie aus dem Regal. »Du kannst mir auch gleich drei Tafeln von der Schokolade da mitgeben. Die mag ich nämlich am liebsten.«

»Du bist ganz schön vernascht«, spottete Christine.

Tobias grinste sie fröhlich an.

»Noch lieber als von der Schokolade tät ich von dir naschen. Sakra, bist du fesch geworden! Damals warst du dürr wie eine Bohnenstange und ...« Er brach ab und steckte rasch Rasierseife und Schokolade ein.

»Was war ich damals noch außer zaundürr?«, bohrte Christine nach.

»Ach nichts, halt wie ein Schmetterling, der gerade aus der Larve schlüpft.« Tobias versuchte sich elegant aus der Affäre zu ziehen und zwinkerte ihr munter zu. »Übrigens hätt ich dich schon gerettet, wenn du net von allein ans Ufer geschwommen wärst. Da fällt mir ein, ich bin dir noch das Eis für den Scherz schuldig. Was meinst du zum Samstagnachmittag? Da hätt ich Zeit.«

Christine musste an sich halten, um nicht in das feixende Gesicht des jungen Burschen zu schlagen.

»Du bist wohl der Dorfcasanova, was? Na ja, was anderes als ein Hallodri hätt aus dir eh net werden können.«

»Ein Hallodri wär ich? Da hört sich doch alles auf! Dabei bin ich so harmlos wie ein Meiserl im Nest. Außerdem, an den Moser Andreas komm ich bei Weitem net ran. Aber der macht Jagd auf Saisonwild.«

»Was ist denn das?«, platzte Christine heraus.

»Touristinnen! Da ist manche dabei, die einem kleinen Abenteuer net abgeneigt ist. Auf die ist der Moser aus.«

Christine versuchte sich zu erinnern.

»Moser? Kenn ich gar net. Ist der neu?«

»Vor zwei Jahren zugezogen. Wohnt im Forsthaus«, erklärte Tobias zuvorkommend, um dann wieder auf seine Einladung zurückzukommen. »Also, was ist mit dem Eis am Samstag?«

»Das kannst du dir sonst wohin stecken«, entgegnete Christine kühl und schob ihn resolut zur Ladentür hinaus.

Irrungen und Wirrungen
in Kreiental

1

Obwohl Christine bereits mehrere Tage in Kreiental weilte, war sie kaum aus dem Haus ihrer Tante herausgekommen. Sie sichtete und katalogisierte die Unmengen an Waren, die ihre Tante sich hatte aufschwatzen lassen, und sonderte alles aus, was ihr nicht mehr verwendungsfähig erschien. Lebensmittel, die noch halbwegs in Ordnung waren, landeten auf dem eigenen Tisch, sodass ihre Tante statt des frischen Gemüses aus ihrem eigenen Garten abgelaufene Tiefkühlkost verwenden musste.

»Willst du es vielleicht wegwerfen?«, fragte Christine, als Daniela sich beim Essen darüber beschwerte.

»Das net! Aber wozu hab ich die ganzen Sachen gepflanzt, wenn wir sie net essen.« Die Tante schniefte und löffelte weiter ihren Rahmspinat, von dem sie solche Mengen besaßen, dass es ihn zum Mittag- und Abendessen gab.

»Selber schuld, warum hast du das Gelumpe auch gekauft. Du hast dir doch denken können, dass die meisten Kreientalerinnen ihren eigenen Garten haben und so was gar net brauchen können.«

Christine hatte keine Gnade mit der Tante, obwohl auch ihr der Spinat allmählich zu den Ohren herauskam. Die einzige Alternative wäre gewesen, ihn wegzuwerfen, und das wollte sie nicht.

»Aber was mach ich mit meinem ganzen Gemüse aus dem Garten?«, fragte die Tante.

»Einfrieren und im Winter essen.«

Kurz darauf schlug vernehmlich die Ladenglocke an.

»Ich geh schon!«, rief Christine.

Auf dem Weg zum Laden fragte sie sich, wer der Kunde wohl sein konnte. Es war eine Kundin, eine schlanke, hochgewachsene Frau mit einem schmalen, energisch wirkenden Gesicht und so hellen Haaren, dass sie wie ausgebleicht wirkten. Das von der Sonne gebräunte Gesicht zierte eine große Zahl von Sommersprossen, und die Lippen wirkten ein wenig schmal, als würde die Frau sie ständig zusammenkneifen. Bekleidet war sie mit einer grünen Hose, derben Schuhen und einer festen grünen Jacke. Am verwunderlichsten war jedoch die Doppelflinte, die sie über der Schulter hängen hatte.

»Grüß Gott, was darf's denn sein?«, fragte Christine.

Sie fand die andere Frau ein wenig herb, aber ansonsten durchaus ansprechend.

»Ich hätt gern eine Schachtel Pralinen. Sie darf auch was kosten. Ich hab nämlich ganz vergessen, dass die Cilly heut Geburtstag hat.«

Die Stimme der Flintenträgerin klang angenehm, und sie fand gleich selbst das Gesuchte. Die Pralinen zählten wirklich zur teureren Sorte und Christine war froh, eine Schachtel loszuwerden. Im Allgemeinen waren die Bergler sparsame Leute und kauften so etwas nicht.

»Soll ich's Ihnen in Geschenkpapier einwickeln?« Die Idee dazu kam Christine spontan.

Die andere atmete sichtlich auf.

»Das wär nett von Ihnen. Wissen Sie, für so was hab ich zwei linke Hände.«

»Das glaub ich aber wirklich net. Sonst könnten Sie net

mit dem Ding da umgehen.« Christine zeigte dabei auf die Flinte der Frau.

»Ach, das Gewehr trag ich sozusagen von Berufs wegen. Ich bin nämlich die Försterin in dem Revier.«

Diese Aussage überraschte Christine, denn in ihrer Erinnerung war der hiesige Förster ein älterer, bärtiger Mann gewesen, mit einer dieser altbayerischen Pfeifen, die fast wie ein ›S‹ aussahen.

In ihren Ferien war sie mit den anderen Kindern öfter im Forsthaus gewesen und hatte den Geschichten des Försters gelauscht.

Es waren spannende Geschichten gewesen, wenn auch, wie sie später begriffen hatte, arges Jägerlatein, denn die Bären, Wölfe und Auerochsen, die der Mann hier in den Bergen geschossen haben wollte, gab es schon seit Jahrhunderten nicht mehr.

Anscheinend war der alte Förster in den letzten Jahren pensioniert und durch diese junge Frau ersetzt worden. Irgendwie fand Christine das schade, denn so schöne, fantasievolle Geschichten wie ihr Vorgänger würde die neue Försterin wohl nicht erzählen.

»Sie glauben mir net, dass ich die Försterin bin?« Die Frau klang ein wenig ungeduldig und fast auf Abwehr bedacht, als Christine nicht sofort antwortete.

»Doch, doch!«, antwortete diese rasch. »Ich hab bloß kurz an Ihren Vorgänger gedacht, den ich als Kind kennengelernt hab.«

»Und der alles besser können hat als ich, bloß, weil er ein Mann war und ich eine Frau bin.« Diesmal war der Ärger der Försterin mit Händen zu greifen.

Christine schüttelte den Kopf.

»Wer erzählt denn solch einen Unsinn? In meinen Augen kann eine Frau alles genauso gut wie ein Mann, wenn net gar besser.« Sie erinnerte sich dabei an Jens, der bei etlichen Dingen wirklich zwei linke Hände gehabt hatte.

Es war das erste Mal seit Tagen, dass Christine wieder an ihren verflossenen Freund dachte, und seltsamerweise tat es nicht mehr weh.

Um der Försterin nicht noch einmal Gelegenheit zu geben, sich missverstanden zu fühlen, begann sie ein Gespräch mit ihr und erfuhr in wenigen Minuten, dass sie aus Geisenhausen in Niederbayern stammte, in Weihenstephan Forstwirtschaft studiert und nach nur kurzer Zeit als Aushilfe in einem Revier bei Berchtesgaden die Chance erhalten hatte, das Forstamt in Kreiental zu übernehmen.

»Die Entscheidung ist mir freilich net leichtgefallen. Mein Mann hat studiert, und wir haben net gewusst, ob er in München bleiben und wir eine Wochenendehe führen oder ob er das Studium erst einmal unterbrechen und mit mir kommen soll.«

Die Försterin seufzte, als würde sie diese Sache bedrücken, zog dann ihren Geldbeutel und sah Christine auffordernd an.

»Jetzt hab ich mich lang genug aufgehalten. Ich muss schnell heim und der Cilly gratulieren, dann geht's wieder ins Revier. Ich muss im Gföllnerschlag nachschauen, welchen Schaden der Sturm in der letzten Woche angerichtet hat.«

Während Christine kassierte, nickte sie verständnisvoll.

»Sie haben einen Haufen Arbeit, gell?«

»Warum sagen wir net du zueinander, wie's im Oberland der Brauch ist?«, antwortete die Försterin. »Also, ich bin die Janette.«

»Und ich die Christine.«

Die beiden Frauen reichten einander die Hände und ihre Mienen zeigten, dass sie einander sympathisch fanden.

Als die Försterin den Laden wieder verließ, sah Christine ihr nach. Es mochte Janette nicht leichtgefallen sein, sich bei den hiesigen Bauerbüffeln durchzusetzen. Ihre Worte deuteten auf eine Menge Schwierigkeiten hin.

Christine drückte ihr beide Daumen, dass sie damit zurechtkam, und kehrte dann zu ihrer Tante und dem Rahmspinat zurück.

2

Da Christine sich nicht ständig im vollgestopften Lager ihrer Tante aufhalten mochte, legte sie eines Nachmittags eine Pause ein und nutzte den herrlichen Sommertag, um ein wenig durchs Dorf zu schlendern.

Auf den ersten Blick hatte sich, von dem neuen großen Teich abgesehen, wenig verändert. Das kleine, einschiffige Kirchlein mit seiner kugeligen Barockhaube auf dem Turm, die so gar nicht zum gotischen Baustil des eigentlichen Gotteshauses passen wollte, befand sich samt dem alten Pfarrhof ein wenig oberhalb der Krämerei. Dahinter stand, bereits jenseits der sich durch das Dorf schlängelnden Kreiener Ache, das alte Schulhaus, das nicht mehr als solches genutzt wurde, sondern die Gemeindekanzlei enthielt. Noch weiter talaufwärts erhob sich auf einem Felssporn die Ruine der Kreienburg, die bereits vor Jahrhunderten zerstört worden war. Wann genau, wusste Christine nicht zu sagen, und wenn sie es recht bedachte, war es auch nicht wichtig. Neben der Ruine, mitten im Bergwald, stand das Forsthaus, in dem Janette lebte.

Christine drehte sich um und ließ ihren Blick talabwärts schweifen. Rechts von ihr lag der neue Löschteich, dahinter befand sich das Anwesen der Familie Schnegg – ein L-förmiger Bau, bei dem Wohnhaus und Stall den längeren und die Scheune mit der Remise den kürzeren Schenkel bildeten. Ein Stück unterhalb, gleich neben dem alten Löschteich, befand sich der Gföllnerhof und direkt zwischen Teich und Straße das Feuerwehrhaus mit seinem Trockenturm für die Schläuche. Christines Blick wanderte weiter zum Oberwirt, dem Vereinslokal der meisten Dorfvereine und der Heimat der bedeutendsten Stammtische. Das Gasthaus war in den letzten Jahren vergrößert und erneuert worden. Wohl hatte man versucht, den einheimischen Baustil beizubehalten, doch Christine tat es um die alte, gemütliche Wirtschaft leid, die sie aus ihrer Kinderzeit kannte.

Den Unterwirt, der gut einhundertfünfzig Meter weiter talabwärts lag, konnte sie von ihrem Standplatz nicht sehen, dafür aber eine Reihe von neu gebauten Einfamilienhäusern und Landhausvillen, die seitlich zwischen der Gastwirtschaft und dem Gföllnerhof lagen.

Christine seufzte, denn ein Häuschen in Kreiental war so etwas wie ein Wunschtraum für sie, der allerdings nie in Erfüllung gehen würde. Bei ihrem Gehalt konnte sie nicht einmal einen Bruchteil dessen sparen, was so ein Haus kostete.

Mit diesem etwas bitteren Gefühl wandte sie sich dem restlichen Dorf zu. Hinter der Krämerei und der Kirche erstreckten sich die Häuser der Einheimischen, die früher als arm gegolten hatten. Inzwischen waren die meisten Gebäude renoviert worden, und an fast allen hing ein Schild, das auf freie Zimmer oder gar eine Frühstückspension hinwies.

Über dem ganzen Dorf thronten auf einem lang gezogenen Bergrücken die ›Heiligen Drei Könige‹, wie die drei großen Höfe des Tales genannt wurden; unten der

Wirnsberger, in der Mitte der Loitzl und ganz oben der Horngacher. Es waren behäbig wirkende Höfe mit großen Gebäuden und genug Grund, um mehr als fünfzig Kühe halten zu können.

Seit Jahrhunderten hatten die Besitzer der drei Höfe sich als die Herren in Kreiental gefühlt und rücksichtslos ihre Interessen durchgesetzt. Nun war dies nicht mehr so ohne Weiteres möglich, doch allein der Blick nach oben konnte so manchen Kreientaler dazu bringen, sich kleiner und geringer zu fühlen als die Menschen, die dort lebten.

Christine schüttelte den Kopf über die seltsamen Gedanken, die ihr plötzlich in den Sinn gekommen waren, und schritt aus, um ihren in den letzten Tagen zu kurz gekommenen Bewegungsdrang auszuleben. Schon bald ließ sie das Dorf hinter sich und bog in einen der Waldwege ein, die zur alten Bergschänke hinaufführten. Die Hütte lag unweit der Grenze zu Tirol und musste in früheren Zeiten ein arges Schmugglernest gewesen sein.

Während im Freien die Sonne vom Himmel brannte und sie rasch ins Schwitzen geriet, war es im Schatten der uralten Bäume angenehm kühl. Christine schritt zwischen den hoch aufragenden Tannen dahin und ließ ihre Blicke über den felsigen Waldboden gleiten. Moos wuchs zu ihrer Linken und lud zum Sitzen ein. Sie konnte der Versuchung nicht widerstehen und ließ sich nieder. Schließlich legte sie sich ganz hin, verschränkte die Hände hinter dem Kopf und blickte nach oben auf das Grün der Tannenzweige, zwischen denen kleine Stückchen des Himmels zu sehen waren. Wenn die Zweige im Wind schaukelten, drang manchmal ein vorwitziger Sonnenstrahl bis zu ihr durch und zwang sie, die Augen zu schließen. Als das wieder einmal geschah und sie danach die Augen wieder öffnete, fiel ein Schatten auf sie.

Christine sprang auf und blickte in das leicht gebräunte Gesicht eines hübschen Mannes mit modisch geschnittenen dunklen Haaren und hellen Augen. Ein fröhliches Lachen ließ zwei Reihen blanker weißer Zähne erkennen, trotzdem verspürte Christine ein Unbehagen. Bekleidet war der Mann mit Kniehosen, festen Wanderschuhen und einem hellen Leinenhemd. Er hätte ein Tourist sein können oder jemand aus der Stadt, der eine Wandertour unternahm. Doch dafür fehlte ihm nach Christines Ansicht der Rucksack. Aus diesem Grund hielt sie ihn für einen der Bewohner des Neubauviertels mit seinen schmucken Häusern, die in der Regel sehr von sich eingenommen waren.

»Grüß dich Gott, schönes Kind! Das ist ein herrlicher Tag, nicht wahr?«

Die Redeweise des Mannes nährte Christines Verdacht, einen der Neuansiedler vor sich zu sehen. Wie ein Einheimischer sprach er nämlich nicht. Eher wie ein Städter, der aufs Land gezogen war.

»Aus dem Kindesalter bin ich längst herausgewachsen, aber dass es ein schöner Tag ist, das will ich net bestreiten.« Christine antwortete freundlich, aber auch mit einem gewissen Anflug von Spott, den der andere jedoch nicht zu bemerken schien.

»Du bist wohl unterwegs zur Schmugglerschänke? Was für ein Zufall, ich nämlich auch. Da können wir ja zusammen gehen.«

Christine hatte Männer, die zu forsch auf ihr Ziel zusteuerten, nie besonders gemocht. Auch jetzt stellten sich ihr wegen seines Tonfalls und seiner Blicke, die sie schamlos abtasteten, die Stacheln auf.

»Danke, aber ich hab keinen Bedarf an Begleitung!«

Mit diesen Worten ließ sie den Mann stehen und schlug den Weg zum Dorf ein. Sie ärgerte sich, weil sie sich durch diesen Zwischenfall die gute Laune verderben ließ und wegen dieses aufdringlichen Burschen nicht bis zur Bergschänke hochsteigen konnte. Doch mit einem Möchtegerncasanova im Schlepptau hätte es ihr keinen Spaß gemacht. Da wäre sie diesen Weg noch lieber mit Tobias Horngacher gegangen, und das war so ziemlich der letzte Mensch, den sie als Begleiter gewählt hätte.

Der Mann sah ihr einen Augenblick lang nach, winkte dann mit einer wegwerfenden Geste ab und stieg weiter bergan. Für den Wald und den Zauber, den dieser verströmte, hatte er keinen Blick, sondern richtete sein ganzes Augenmerk auf einen bunten Fleck, der von Zeit zu Zeit zwischen den Tannen hindurchschimmerte. Er holte rasch auf und sah schon bald eine junge Frau vor sich, die sich eben auf einen Felsen niederließ und ihren Knöchel betastete. Sie sah nicht besonders hübsch aus, sondern hatte ein längliches Gesicht mit einem kräftigen Gebiss, das an ein Pferd erinnerte. Aber sie besaß eine vollbusige Figur mit gerundeten Hüften, um die sich eine knielange Leinenhose spannte, und trug eine bunte Bluse, die dem Mann als Wegweiser gedient hatte.

»Grüß Gott! Kann ich Ihnen helfen?« Er blieb vor der Frau stehen und sah sie lächelnd an.

Sie blickte kurz auf und schätzte ihn ab. Er war nicht übermäßig groß, wirkte aber gut gebaut und sportlich. Der Blick seiner Augen umschmeichelte sie sanft, und seine Zungenspitze spielte erwartungsvoll mit seinen Zähnen. Das war ein Bursche, der rasch zuzugreifen weiß, fuhr es ihr durch den Kopf, und sie fand den Gedanken gar nicht einmal so unangenehm. Schließlich hatte sie Urlaub und war in die Gegend gekommen, um sich zu amüsieren. Allerdings lag dieses Kreiental ein wenig weit vom Schuss, und sie hatte es nur gewählt, weil die Übernachtungspreise moderater waren als anderswo.

»Irgendwie muss ich mir eine Blase gelaufen haben, und jetzt tut jeder Schritt so weh«, sagte sie im Tonfall eines sterbenden Schwans.

»Das ist natürlich nicht gut«, befand der Mann und kniete neben ihr nieder.

Angesichts der Sandalen, die sie trug, war es in seinen Augen kein Wunder, dass ihr die Füße wehtaten. Doch bei dem, was er vorhatte, brauchte sie diese auch nicht. Er löste den Riemen der einen Sandale und entdeckte einen erbsengroßen Stein, der sich unter ihre Sohle gemogelt hatte. Als er ihn entfernt hatte und ihr den Socken auszog, konnte von einer Blase nicht mehr die Rede sein. Trotzdem machte der junge Mann eine bedenkliche Miene.

»Den Fuß wirst du ein wenig schonen müssen. Weißt du was, bloß ein paar Meter weiter gibt es eine Forsthütte, da kannst du dich ausruhen. Auf dem Felsen, da ist es zu kalt.«

Die Augen der Frau blitzten erwartungsvoll auf.

»Das ist es wirklich. Aber ich werde wohl kaum bis dorthin gehen können.«

»Kein Problem, die paar Meter kann ich dich tragen. Übrigens, ich bin der Andreas!«

Der Mann fasste sie unter und hob sie mit einer Leichtigkeit in seine Arme, die auf entsprechende Übung schließen ließ. Während er die Frau – Michaela, wie sie sich vorstellte – ein Stück in den Wald hineintrug, plauderte er mit ihr und machte ihr die Komplimente, die sie seiner Meinung nach hören wollte. Sie kicherte und nannte ihn einen Frechdachs, unternahm aber nichts, als seine Finger ein wenig auf die Reise gingen und sich dabei an Stellen verirrten, an denen sie eigentlich nichts zu suchen hatten.

Nach einer Weile erreichten sie eine aus ungeschälten Brettern zusammengenagelte Hütte. Sie war verschlossen, doch Andreas zauberte einen passenden Schlüssel aus seiner Tasche, schloss auf und trug Michaela über die Schwelle.

»Wie romantisch«, hauchte sie. »Das ist ja fast so schön wie in einer Hochzeitsnacht.«

»Ich hoffe, dass es schöner wird«, antwortete Andreas und legte sie auf einer Liege nieder, die sich im hinteren Teil der Hütte befand.

»Hast du die dahingestellt, für alle Fälle?«, fragte Michaela anzüglich.

Andreas schüttelte lachend den Kopf.

»Nein, die ist für die Försterin, wenn sie über Nacht im Revier bleiben muss. Hast du übrigens Durst?«

»Und wie! Aber hast du was vorrätig?«

Michaela sah sich in der kargen Hütte um und wurde von Andreas überrascht, der eine Falltür öffnete, die ihr bisher entgangen war. Als er in das in den Felsen gehauene Kellerloch hineingriff, brachte er nacheinander zwei Flaschen Cola und eine Flasche Cognac zum Vorschein.

»Zuerst was für den Durst, und dann was zum Bruderschaft trinken«, sagte er dabei lachend.

In einer Ecke gab es auch Gläser, die er zuerst ausblies, um den Staub zu entfernen, und dann füllte. Nach Cola pur war keinem der beiden zumute. Daher gab er einen kräftigen Schluck Cognac hinein und stieß mit Michaela an.

»Auf unsere Begegnung, und dass sie uns beiden in guter Erinnerung bleibt!«

»Das wird sie ganz sicher.«

Michaela trank und ließ dann zu, dass er sie an sich zog und küsste. Seine Hände wanderten dabei über ihren Busen und knöpften mit erstaunlichem Geschick ihre Bluse auf.

Keiner der beiden wusste, dass in dem Moment die junge Försterin auf die Hütte zukam.

Sie hörte drinnen Stimmen und Michaelas Lachen und blieb so abrupt stehen, als wäre sie gegen eine Wand gerannt. Ihr Gesicht verzog sich schmerzhaft, sie kämpfte mit Tränen. Ihre Rechte griff zum Kolben ihres Gewehres, ließ ihn aber sofort wieder los, als hätte sie sich daran verbrannt.

Janette Moser atmete mehrmals stockend durch, dann wandte sie der Forsthütte den Rücken zu und rannte rasch davon.

3

Unterdessen hatte Christine das Dorf wieder erreicht. Da sie noch ein wenig die Sonne genießen wollte, setzte sie sich auf die Stufen des Friedhofs, so wie sie es als Kind getan hatte, und dachte über die Begegnung im Wald zurück.

Hatte Tobias nicht erzählt, dass es einen Dorfcasanova namens Andreas Moser gab? Das musste er gewesen sein, dachte sie. Was für ein aufgeblasener und von sich überzeugter Mensch! Er hatte wohl gedacht, er könnte sie mit der gleichen Leichtigkeit verführen, mit der er die Butter auf sein Frühstücksbrot strich.

»So einer kann mir wirklich gestohlen bleiben.«

Sie nickte zur Bekräftigung und beschloss, nicht mehr an diesen impertinenten Kerl zu denken. Dafür war der sonnige Tag zu schön. In diesem Augenblick fiel zum zweiten Mal ein Schatten über sie. Christine hob den Kopf und sah eine junge Frau in schwarzer Kleidung, die zum Friedhof hochstieg und sie nicht zu bemerken schien. Es dauerte ein wenig, bis sich der Fetzen einer Erinnerung in ihren Gedanken formte.

»Sandra, bist du das?«

Die junge Frau schrak so zusammen, dass sie beinahe die Blumen fallen ließ, die sie in den Händen hielt. Sie musterte Christine wie einen Störenfried und schien schon weitergehen zu wollen, als sie kurz den Kopf schüttelte und noch einmal genauer hinsah.

»Christine? Ja, gibt's denn das! Fast hätt ich dich nimmer erkannt.«

Für einen Augenblick huschte so etwas wie Lebhaftigkeit über ihr starres Gesicht, verlor sich aber sofort wieder.

»Du bist wohl bei deiner Tante zu Besuch?«

»Das bin ich und net bloß das. Ich versuch ihr auch die Kunden wiederzugewinnen, die ihr davongelaufen sind, seit der komische Supermarkt in Holzmatting aufgemacht hat.«

Christine sah ihre frühere Freundin schuldbewusst zusammenzucken, denn auch beim Loitzl kaufte man neuerdings das meiste im Nachbardorf ein und kam nur noch dann zur Krämerin, wenn es um eine Kleinigkeit ging, wegen der man nicht extra bis Holzmatting fahren wollte.

»Weißt du, Christine, der Supermarkt ist halt billiger als deine Tante, und in der heutigen Zeit müssen die Leut aufs Geld schauen.«

Es war der Versuch einer Entschuldigung, doch Christine war sich sicher, Sandra wieder öfter im Laden zu sehen.

»Billiger? Um wie viel denn?«, fragte sie provozierend. »So teuer ist meine Tante auch net, und was das Angebot angeht, muss man schon schauen, wo die Qualität bleibt. Die Horngacherin hat sich gestern ziemlich über das Brühpech aufgeregt, das es in Holzmatting zu kaufen gibt. Ihre Mannsleut hätten es ihr fast an den Kopf geworfen, weil's so ein Gelumpe ist.«

Sandra verzog das Gesicht.

»Das Brühpech vom Supermarkt ist wirklich net besonders. Bei uns haben die Männer auch geschimpft. Bei dem von deiner Tante sind die Borsten fast wie von selbst abgefallen, aber letztens haben der Ferdinand und der Cornelius ganz schön schaben müssen, bis die Schwarte sauber war.«

»Der Ferdinand ist allweil noch bei euch? Ist er noch so ein Rasputin wie früher?«

Christine kicherte bei der Erinnerung, denn als Kinder hatten sie den Knecht, der eigentlich Ferdinand Rapseder hieß, immer »Rasputin« genannt, weil er einen langen, schwarzen Vollbart getragen hatte.

Der Anflug eines leichten Lächelns spielte um Sandras Lippen.

»Freilich ist er das, und sein Bart ist noch buschiger geworden. Er wird immer noch fuchsteufelswild, wenn man ihn Rasputin nennt.«

»Wir haben damals immer schnell rennen müssen. Dir hat er nichts tun können, weil du die Hoftochter gewesen bist, und mich hat er nie erwischt. Aber den Wirnsberger Karl und vor allem den Sepperl vom Schnegg, die hat's meistens getroffen. Ein paar kräftige Schläge mit der Hand auf die Lederhosen hinten drauf, die waren da leicht drinnen.«

Christine lächelte, als sie an die Streiche ihrer Kinderzeit dachte. Ihre Freundin wurde jedoch bereits wieder ernst.

»Ich bin Witwe«, sagte sie mit einem Blick, der selbst einen Felsen erweicht hätte.

»Du Ärmste!«

Christine stand auf und zog sie für einen Augenblick an sich, um sie zu trösten. Sie folgte Sandra auf den Friedhof, um am Grab ihres Mannes ein Gebet zu sprechen. Als sie jedoch die Aufschrift las und sah, dass der Todesfall bereits zwei Jahre zurücklag, fand sie die schwarze Kleidung und die Trauermiene ihrer Freundin doch übertrieben. Nach einer Weile verließen sie den Friedhof wieder, und Christines Neugier gewann die Oberhand über den Respekt vor Sandras schwarzem Gewand.

»Du hast vorhin noch einen Knecht erwähnt, Cor...«

»Cornelius! Den kennst du net. Der ist erst nach dem Tod meines Mannes auf den Hof gekommen.«

»Und? Ist er auch so ein Rasputin wie der Ferdinand?«, fragte Christine.

Sandra blieb stehen und versuchte, sich das Aussehen des Knechtes ins Gedächtnis zu rufen. Sein Bild blieb jedoch seltsam verschwommen, und sie konnte nicht einmal sagen, ob er hellblonde oder dunkelblonde Haare hatte. Verwirrt schüttelte sie den Kopf.

»Nein, ein Rasputin ist er gewiss net. Eher ein Durchschnittstyp. Ich glaub, er ist um die dreißig, und arbeiten tut er gut.«

»Das ist bei einem Knecht die Hauptsach.«

Obwohl Sandra ihr leidtat, amüsierte Christine sich ein wenig über ihre Freundin. Sich so in die Trauer zu verbeißen, dass man die Umwelt kaum noch wahrnahm, das konnte sich vielleicht eine alte Witwe nach fünfzigjähriger glücklicher Ehe leisten, aber keine junge und voll im Saft stehende Frau wie Sandra.

»Du hast keine Geschwister. Also wirst du irgendwann wieder heiraten müssen, damit frisches Blut auf den Hof kommt.«

Es war ein Stich in ein Hornissennest, denn Sandra hieb wütend mit der Hand durch die Luft und zischte eine Verwünschung, die der Männerwelt im Allgemeinen und einigen aufdringlichen Burschen im Besonderen galt. Dann sah sie Christine durchdringend an.

»Die Eltern reden ständig davon, doch ich heirat gewiss nimmer. Ich muss mir bloß die Deppen anschauen, die unseren Hof wie Schmeißfliegen umkreisen. Jetzt ist auch noch der Horngacher Tobias dazugekommen. Dabei hätt ich den wirklich für ein vernünftiges Mannsbild gehalten. Aber die wollen alle bloß den Hof!«

»Der Tobias auch? Na ja, der Typ dazu ist er, und euer Hof gehört zu den großen drei. Da nimmt man schon einiges hin.«

Erst im letzten Augenblick bemerkte Christine, dass sie eben einen für Sandra kränkenden Ausspruch getan hatte, doch zum Glück hatte diese nicht darauf geachtet, sondern setzte ihre Rede mit einer unerwarteten Lebhaftigkeit fort.

»Dass der Wirnsberger Karl dabei ist, brauch ich dir net extra zu sagen. Der war schon allweil einer gewesen, der darauf geschaut hat, wo sein Brot gebuttert ist. Aber mit dem Zornnickel können sie mir vom Leib bleiben, und der Schnegg Sepp soll sich dorthin scheren, wo der Pfeffer wächst.«

Also bleibt nur der Tobias, dachte Christine mit einem überraschenden Gefühl der Traurigkeit. Die Aussicht auf einen schönen großen Hof wie den vom Loitzl konnte einen Burschen wie ihn schon dazu bringen, sich einen Trauerkloß wie Sandra anzutun. Vielleicht rechnete er damit, dass sie nicht mehr an ihren verstorbenen Georg denken würde, wenn sie erst einmal ein paar Kinder zu umsorgen hatte.

»Ich wünsch dir auf alle Fälle Glück, Sandra. Vertrau auf den Herrgott. Der macht's schon richtig.«

Etwas anderes war Christine auf die Schnelle nicht eingefallen. Die junge Bäuerin sah im ersten Moment aus, als wolle sie harsch antworten, besann sich aber darauf, dass es nicht guttat, als kleiner Mensch den Schöpfer zu kritisieren, und kniff die Lippen zusammen.

»Ich muss wieder heim, Christine. Pfüat di!« Damit wandte sie sich ab und ging.

Christine sah ihr nach und schüttelte den Kopf. Sandra war schon als Kind ein wenig weinerlich gewesen, doch inzwischen übertraf sie sich selbst. Sie fragte sich, ob diese Haltung wohl bliebe, wenn die Freundin einmal mit Tobias verheiratet sein würde. Irgendwie gönnte sie dem Kerl eine solche Ehe.

Während sie langsam zur Krämerei zurückschlenderte, malte sie sich aus, wie Tobias mit der stets krähenschwarz angezogenen Sandra und ihren Jammertiraden zurechtkäme. Sandra würde ihm seine angeborene Fröhlichkeit gewiss in weniger als einem halben Jahr austreiben. Das war genau die Strafe, die er verdiente.

4

Christine hatte noch immer das Ziel vor Augen, die Kunden ihrer Tante zurückzugewinnen. Als Erstes musste sie das Gespräch mit den Frauen suchen, die sie als junges Mädchen gekannt hatte. Da sie aber nicht von Haus zu Haus ziehen wollte, wartete sie auf den Sonntag. In der Stadt waren Religion und Glaube für sie unwichtig gewesen, und sie hatte nicht einmal gewusst, wo sich die für sie zuständige Kirche befand. In Kreiental gehörte es jedoch einfach dazu, dass man am Sonntag in die Messe ging. Dort würde sie fast alle Frauen treffen, und da nach der Messe stets auf dem Kirchplatz ein Schwätzchen gehalten wurde, konnte sie dort mit ihnen reden.

Mit diesem Vorsatz kam sie aus ihrem Zimmer und traf in der Küche auf ihre Tante, die sich bereits für den Kirchgang zurechtgemacht hatte. Daniela Mergentheim trug die ein wenig streng wirkende, dunkle Tracht der einheimischen Frauen mit dem flachen, durch ein Band in der Schürzenfarbe verzierten Hut. Bei Christines Erscheinen schüttelte sie den Kopf.

»Das Kleidl steht dir, aber für die Kirch ist's nichts.«

»Wieso?« Christine betrachtete verwundert ihr geblümtes, weißgrundiges Sommerkleid.

»Das ist viel zu hell. Für den Kirchgang brauchst du etwas Gedecktes, um Gott zu ehren.«

Christine seufzte angesichts von so viel Aberglauben,

aber sie eilte, um der Tante einen Gefallen zu tun, noch einmal in ihr Zimmer und kehrte kurz darauf mit einem dunkelblauen Rock und einer braun und beige gemusterten Bluse wieder. Sie musste die Sachen in einem Anfall von Geistesschwäche gekauft haben, denn im Nachhinein gefielen sie ihr überhaupt nicht mehr.

Daniela Mergentheim nickte jedoch zufrieden.

»Wenn du länger bei mir bleiben würdest, müsstest du dir natürlich ein Trachtengewand machen lassen, aber als Notbehelf geht's.«

»Mehr als ein Notbehelf ist's auch net.«

Christine betrachtete sich in dem großen Spiegel im Flur und fand, dass sie wegen Jens sehr bedrückt gewesen sein musste, weil sie solche Klamotten eingepackt hatte. In den letzten Tagen hatte sie wenig an ihn gedacht, und wenn sie es genau nahm, vermisste sie ihn nicht mehr.

»Fort mit Schaden«, stieß sie leise hervor.

Die Tante drehte sich zu ihr um.

»Was hast du gesagt?«

»Nix! Wir müssen uns tummeln, wenn wir rechtzeitig in der Kirche sein wollen.«

Christine hatte ihrer Tante nichts von Jens erzählt, denn die Gute schlug sich mit genug eigenen Problemen herum und sollte nicht auch noch damit belastet werden.

Die beiden Frauen verließen das Haus und legten rasch die wenigen Schritte zur Kirche zurück. Die Glocken läuteten bereits, und die Leute strömten auf den Eingang zu. Christine entdeckte so manches Gesicht, das ihr bekannt vorkam, konnte aber nicht alle einordnen und würde wohl die Tante fragen müssen, wer nun wer war.

Tobias und Sandra sah sie zunächst nicht. Doch als sie

sich an der Kirchentür noch einmal umdrehte, sah sie die Bewohner der drei großen Höfe geschlossen herankommen. Es war ihr früher nie aufgefallen, aber nun bemerkte sie, dass die Großbauern und ihre Frauen eine etwas andere Tracht trugen als die übrigen Kreientaler. Die grauen Hosen und Joppen der Männer waren um eine Spur heller als die der anderen Dörfler, und sie trugen breite rote Streifen an den Hosennähten, so wie einst das Militär. Die Krempen ihrer Hüte waren ein wenig breiter, ebenso die roten Hutbänder. Dort waren keine Gamsbärte eingesteckt, die ihnen wohl zu protzig erschienen, sondern eine Agraffe in Form eines silbernen Edelweiß. Die jüngeren Burschen, darunter auch Tobias, trugen dazu noch eine einzelne Adlerfeder.

Auch die Tracht der Frauen wirkte heller und ihre Schürzen zeigten nicht den violettpurpurnen Glanz wie bei Tante Daniela, sondern ein helles, fast provozierendes Rot wie die Hutbänder. Ihre Hüte waren ebenfalls mit einem silbernen Schmuckstück versehen, das keine der anderen Frauen im Dorf besaß.

Besser als mit dieser Kleidung hätten die ›Heiligen Drei Könige‹ und ihre Familien nicht zum Ausdruck bringen können, dass sie sich für etwas Besseres hielten, dachte Christine und ärgerte sich unwillkürlich darüber. Die Knechte und Mägde, die ein Stück hinter den Bauersleuten gingen, wirkten dagegen schlicht und einfach.

»Komm jetzt!«

Die leise, mahnende Stimme der Tante unterbrach Christines Betrachtungen. Als sie nicht gleich folgte, zupfte Daniela Mergentheim sie an der Bluse und wies auf das Innere der Kirche.

»Die Messe fängt gleich an.«

Christine nickte und wollte sich in irgendeine Bank setzen, doch die Tante führte sie zu einem ganz bestimmten Platz. Auf einem kleinen Schild, das dort angebracht war, stand in altertümlich verschnörkelter Schrift zu lesen: »Mergentheim, Krämer allhier.« Nun erst erinnerte Christine sich wieder daran, dass im Dorf jeder, der etwas galt, seinen ganz speziellen Platz hatte.

Die besten Plätze nahmen natürlich die drei Großbauernfamilien ein. Diese schritten ganz selbstverständlich bis zur vordersten Bank. Dort hatten schon ein paar Leute Platz genommen, die in einem modernen ländlichen Stil gekleidet waren. Einer der jüngeren Neuankömmlinge räusperte sich und wies auf die drei großen Schilder, die sich dort befanden.

»Das sind fei unsere Plätz!«

Er sagte es in einem Ton, als müsse er im Wirtshaus seinen Stammtisch behaupten. Da er seiner Lautstärke keine Zügel angelegt hatte, konnten ihn alle in der Kirche hören. Während die unglückseligen Okkupanten mit hochroten Köpfen die Plätze räumten, nahm Christine den Sprecher genauer in Augenschein. Sie erkannte in ihm den Karl Wirnsberger, der als durchaus hübscher Bursche gelten hätte können, wäre nicht seine arg kurze Nase gewesen. Er war bereits als Kind deswegen von den anderen Buben gehänselt worden, wegen angeblicher Rückschlüsse auf ein gewisses anderes Körperteil. Hinter ihm erkannte Christine auch Karls Schwester Monika, die eben neben Hans Horngacher Platz nahm. Karl Wirnsberger wollte sich zu Sandra Loitzl setzen, doch Tobias kam ihm mit einer geschickten Bewegung zuvor. Karls Gesicht färbte sich zornrot, und Christine war sich sicher, dass er all seine Beherrschung aufbringen musste, um nicht in der Kirche laut zu werden. Karl hatte bereits als Bub unter Jähzorn und einem Mangel an Selbstbeherrschung gelitten und war ihr daher höchst unsympathisch gewesen. Sie erinnerte sich noch gut, wie er mit aller Macht versucht hatte, sich gegen den geistig beweglicheren und agileren Tobias zu behaupten und ihn zu übertreffen. Seine Streiche waren jedoch im Gegensatz zu denen von Tobias plump und leicht durchschaubar gewesen, und meistens hatte man ihn dabei erwischt.

Christine kicherte bei dieser Erinnerung leise vor sich hin und zog damit einige ärgerliche Blicke auf sich. Sie zwang sich zu einer andachtsvollen Miene und sah nach vorn, wo Hochwürden Feltl sich daranmachte, die heilige Messe zu beginnen.

Der Pfarrer war vor zehn Jahren schon alt gewesen, doch jetzt wirkte er, als würde ihn sein weißgrüner Priesterornat niederdrücken. Seine Stimme war kaum noch laut genug, um über die vorderen Bankreihen hinauszudringen. Die Leute lauschten jedoch ehrfurchtsvoll und schienen genau zu wissen, was sie tun mussten.

Was Christine jedoch am meisten verwunderte, war die Tatsache, dass der alte Priester die Messe in lateinischer Sprache hielt, obwohl im ganzen Land bereits seit Jahrzehnten deutsch gepredigt wurde. Sie zuckte innerlich mit den Schultern. Wenn es den Leuten gefiel, war sie die Letzte, die es ihnen missgönnte.

Ihr Blick glitt durch das weißgekalkte Innere des Kirchleins, das nur durch wenige Heiligenfiguren und den Hauptaltar geschmückt wurde. Christine kannte die überbordende Pracht barocker Kirchen, gegen die dieses Gotteshaus schlicht und einfach erschien. Irgendwie passte es ihn ihren Augen zu Kreiental. Die strenge Tracht der Bewohner hätte in keine aufwändig geschmückte Kirche gepasst. Alles wirkte so harmonisch, wie man es sich nur wünschen konnte.

Für einen Augenblick wünschte Christine sich, die gleiche Tracht zu tragen wie die anderen jungen Frauen, dann aber lachte sie über sich selbst. In knapp vier Wochen würde sie diesen Ort wieder verlassen und in ihr gewohntes Leben zurückkehren. Da blieb kein Platz für solche Sentimentalitäten.

Trotzdem konnte sie nicht verhehlen, dass der Gottesdienst sie berührte. Irgendwie fühlte sie sich ausgeglichener als vorher und auf wundersame Weise getröstet. Wie hatte sie zu Sandra gesagt? Sie solle auf Gott vertrauen. Das traf wohl auch auf sie zu und auf die Tante.

Nein, dachte sie, auf die nicht. Da musste sie schon selbst etwas tun.

Mit diesem Vorsatz verließ sie nach dem letzten Amen die Kirche und trat auf den Kirchplatz. Ihre Tante wollte schon weiter, doch Christine hielt sie auf.

»Bleiben wir noch ein wengerl, Tanterl. Ich will einigen alten Bekannten Grüß Gott sagen.«

Sie fing mit der Horngacherin an und fragte sie während des Gesprächs beiläufig, ob die Hautcreme, die sie ihr empfohlen hatte, nicht besser wäre als die vom Holzmattinger Supermarkt.

»Das kannst du laut sagen, Christine! Seit ich diese Creme nehme, reißen meine Hände nimmer so auf wie früher. Also, wenn du öfter so was weißt, kannst du es mir ruhig sagen.« Die Bäuerin lächelte dem Mädchen freundlich zu und zog es dann zu ihrem Mann.

»Du kennst die Christine, Franz. Sie war früher in den Ferien allweil bei ihrer Tante, der Krämerin.«

Franz Horngacher musterte Christine kurz und reichte ihr dann lächelnd die Hand.

»Freilich kenn ich dich noch! Du warst doch die, die den Tobias in den Löschweiher gestoßen hat, weil er so frech war. Recht hast gehabt, Dirndl. Dem haben damals genauso wie heut ein paar zwischen die Hörndl gehört. Der wird mir sonst zu übermütig.«

Christine wurde rot, als sie sich mit dieser frühen Schandtat konfrontiert sah. Es war zwar etliche Jahre vor jenem letzten Zwischenfall gewesen, bei dem Tobias sie in den Weiher geworfen hatte, doch jetzt grinste er über das ganze Gesicht, als wolle er sagen, dass er sich nur revanchiert hätte.

»Also, Horngacher, hab ich das wirklich getan? Das kann ich mir gar net vorstellen.« Christines Stimme klang zuckersüß und so unschuldig wie die eines Engels.

Doch da mischte sich eine junge Frau in ihrem Alter ein, die ein schlichtes dunkles Dirndl trug. Sie war schlank, aber gut gebaut und besaß ein ovales, ausdrucksstarkes Gesicht mit kastanienbraunen Augen.

»Freilich hast du ihn hineingestoßen! Er war nämlich frech zu mir gewesen und hat die Kaibln, die ich hüten hab müssen, auseinandergejagt.«

Es dauerte einen Moment, bis Christine sie erkannte.

»Emerenz, sag bloß, du bist es wirklich! Mei, bist du ein schmuckes Dirndl geworden.«

Sie eilte voller Freude auf die junge Frau zu und umarmte sie. Emerenz war damals ihre beste Freundin gewesen. Sie wurde auf diesen Namen getauft, weil sie am Namenstag der hl. Emerenz geboren wurde. Bereits als Kind musste sie kleinere Arbeiten auf dem Loitzlhof verrichten.

Emerenz war das uneheliche Kind der Dienstmagd Magdalena Grünberger, und es gab nicht wenige im Dorf, die den jetzigen Loitzlbauern für ihren Vater hielten. Damit wäre sie eine Halbschwester Sandras, doch wenn Christine sich den Unterschied der Charaktere vor Augen führte, bezweifelte sie es. Auch im Aussehen unterschieden sich die beiden Frauen zu sehr, um Schwestern sein zu können.

»Du hast lang auf dich warten lassen, Christine. Aber in der Stadt war's wohl schöner als bei uns in Kreiental.«

Emerenz' Stimme klang ein wenig herb, fast enttäuscht. Christine schämte sich unwillkürlich, weil sie ihre damals beste Freundin im Tal so lange vernachlässigt hatte.

»Schöner gewiss net, aber du weißt ja, wie's ist. Zuerst hab ich einen Beruf erlernen müssen, und dann ...«

»Hat's natürlich den einen oder anderen Burschen gegeben, um den du dich hast kümmern müssen.« Tobias unterbrach Christine lachend und wandte sich dann an Emerenz. »Hab ich dir damals wirklich die Kaibln weggetrieben? Ich hab denkt, das war der Karl.«

Emerenz sah zuerst ihn an denn den jüngeren Wirnsberger, der seine Schadenfreude selbst nach mehr als einem Jahrzehnt nicht verbergen konnte, und wandte sich zuletzt an Christine.

»Ich glaub fast, du hast damals den Falschen getauft.«

»Der Falsche war's gewiss net. Irgendwas hat er bestimmt ausgefressen, wofür er ein Bad im Löschweiher verdient gehabt hat. Mir ist's ja net bloß um eine depperte Wette gegangen.«

Christine blitzte Tobias dabei so ärgerlich an, dass dieser unwillkürlich einen Schritt zurücktrat.

»Das verzeihst du mir wohl nie, was?«

»Bis an mein Lebensende net!«, antwortete Christine, musste aber an sich halten, um nicht zu lachen. Das Gesicht, das Tobias zog, war einfach zu köstlich.

Unterdessen kamen auch andere alte Bekannte auf sie zu, um mit ihr zu sprechen. Trotz des bisher angeregten Gesprächs hatte Christine durchaus gemerkt, dass man ihre Tante ein wenig mied. Es war wohl das schlechte Gewissen der Leute, die nicht mehr bei ihr einkauften. Dann aber wurde auch Daniela Mergentheim mit in die Unterhaltung einbezogen, und als Emerenz Grünberger fragte, ob sie heute – am Sonntag – ein paar Sachen, die sie oben auf der Alm bräuchte, einkaufen könnte, lachte Christine fröhlich auf.

»Freilich kannst du das. Das haben die Tante und der Onkel früher auch gemacht, dass man am Sonntag nach der Messe hat einkaufen können.«

»Weißt du, ich hab bloß heut Zeit und dann drei Wochen nimmer. Ich bin oben auf der Alm, und da wechseln wir einander so ab, dass jeden Sonntag eine andere Sennerin ins Tal hinuntersteigen kann.«

Emerenz' Worte brachten Christine zu Bewusstsein, dass auf dem Dorf – anders als in der Stadt – die Arbeit den allerersten Rang einnahm. Zuerst kamen der Hof und das Vieh und dann erst die Menschen. Da mussten sich alle dreinfügen, ob ein Bauernsohn wie der Tobias oder eine einfache Sennerin wie die Emerenz.

Plötzlich drängte sich eine kleine, stämmige Frau zwischen den Dörflern hindurch und blieb mit verkniffener Miene vor Tante Daniela stehen.

»Bei der tät ich an deiner Stell nichts einkaufen, Emerenz. Die hat nämlich bloß verdorbenes Zeug!«

Christine war über diesen plumpen Angriff so baff, dass ihr so schnell keine Antwort einfiel. Das übernahm jedoch die Horngacherin für sie.

»An deiner Stell tät ich stad sein, Schneggin. Was du sagst, grenzt an Verleumdung und Rufschädigung, und das kommt vor Gericht teuer. Außerdem hab ich bei dem von dir so gelobten Supermarkt in Holzmatting auch schon einmal einen Fehlgriff getan und abgelaufene Ware erwischt.«

»Das muss aber Zufall gewesen sein.«

Die Schneggin schnaubte ärgerlich, sah aber, dass die anderen keine Schmähreden gegen die Krämerin hören wollten und drehte ihnen den Rücken zu.

»Sepp, komm mit!«, herrschte sie ihren Sohn an.

Der sah zuerst Christine und dann Emerenz mit sichtlicher Hilflosigkeit an und streifte zuletzt den Oberwirt mit einem entsagungsvollen Blick.

»So, wie die Schneggin ihren Buben behandelt, kann wirklich kein erwachsener Mann aus ihm werden.«

Emerenz' verächtliche Bemerkung war laut genug, dass Sepp sie hören konnte. Er blieb auch sofort stehen und wagte ein Widerwort.

»Du, Mama, eigentlich wollt ich zum Frühschoppen!«

»Du warst erst letzte Woch und bist zu spät zum Mittagessen heimgekommen. Heut gehst du gleich mit nach Haus.«

Die Stimme der Bäuerin ließ keinen Zweifel aufkommen, dass ihr Sohn zu gehorchen hatte. Er stöhnte leise und lief dann hinter ihr her wie ein gescholtener Hund.

»Mich wundert, dass die Schneggin net merkt, dass sie ihren Buben auf die Art zum Gespött der Leut macht.« Tobias schüttelte den Kopf darüber und sah dann Christine an.

»Was ist, machst du den Laden auf oder net?«

»Ist dir die Rasierseife schon wieder ausgegangen, oder brauchst du Schokolade?«

Christine wartete jedoch keine Antwort ab, sondern lief los, um die Ladentür aufzuschließen. Es kamen aber nicht nur Emerenz und Tobias, sondern etliche andere Frauen und auch ein paar Männer, die gemerkt hatten, dass ihnen etwas fehlte. Auch wenn die meisten nur Kleinigkeiten kauften, so machte die Krämerin an diesem Sonntag ein besseres Geschäft als in all den Tagen zuvor.

5

Christine gab sich nicht mit diesem kleinen Erfolg zufrieden. Schon am Samstag hatte sie in der Zeitung die Anzeige des Holzmattinger Supermarkts aufgeschlagen und sich die Sonderangebote notiert. Am Montag früh machte sie sich ans Werk und beschriftete mit sicherer Hand etliche Plakate, auf denen sie eine Reihe von Waren zum selben Preis anbot wie die Konkurrenz, und hing diese im Dorf und den umliegenden Weilern auf.

Der Erfolg ließ nicht lange auf sich warten. Einige der Bäuerinnen, die im Sommer immer bis über beide Ohren in der Arbeit steckten, fragten sich, weshalb sie bis Holzmatting fahren sollten, wenn sie die Sachen im eigenen Dorf zum gleichen Preis erhielten. Einige schauten misstrauisch auf das Verfallsdatum der Lebensmittel, doch Christine hatte dafür gesorgt, dass nur einwandfreie Ware auslag. Das Geschäft blühte vielleicht nicht gerade auf, aber es lief ganz gut. Die Einzige, die nicht so ganz mit Christines Handlungsweise einverstanden war, war ihre Tante.

»Ich weiß net, was das bringt, wenn du die ganze Ware unter dem Einkaufspreis verkauft. Da verdienen wir doch nichts«, beschwerte sie sich, als die Schneggin mit einem Riesenvorrat an Waschmittelpaketen den Laden verlassen hatte.

Christine drehte sich kopfschüttelnd zu ihr um.

»Es tut mir leid, Tante, dass du das net begreifst. Aber wenn wir das Zeug net unter die Leut bringen, bleibt es Jahre, vielleicht sogar Jahrzehnte in deinem Lager liegen und geht kaputt. Dann hast du überhaupt nichts davon. So aber kriegst du das Geld, das deine Waren gekostet haben, wenigstens zu einem Teil wieder herein. Ein kleiner Verlust mag net schön sein, aber er ist allweil noch besser als ein großer.«

Diesen Argumenten hatte die Tante nichts entgegenzusetzen, zumal viele Kundinnen auch andere Sachen erwarben, die Christine zwar so billig wie möglich, aber doch mit einem kleinen Gewinn verkaufte. Daniela Mergentheim schöpfte ein wenig Hoffnung, dass es mit ihrem Laden wieder aufwärtsgehen könnte.

Christine wusste jedoch, dass sie nur ein Strohfeuer entfacht hatte, das sehr rasch erlöschen konnte. Es galt, den jetzigen Erfolg auf Dauer zu sichern, doch das zu erreichen, erschien ihr nicht leicht.

Während der Woche fuhr sie mehrfach ins Umland und sah sich dort die Läden und Supermärkte an, um herauszufinden, was sie verbessern konnte. Sie entdeckte nicht viel Neues. Der Laden ihrer Tante war auf einem guten Stand und hätte sich ohne die Konkurrenz durch den Supermarkt in Holzmatting prächtig halten können. Früher, als es dort auch nur einen Krämerladen gegeben hatte, war man ausgezeichnet zurechtgekommen. Doch jetzt hieß es, flink zu reagieren. Christine überschlug noch einmal den gesamten Warenbestand, den ihre Tante auf Lager hatte. Etliches würde für Jahre reichen, und das war bei den nicht verderblichen Waren ganz in Ordnung. Anders sah es bei Lebensmitteln und ähnlichen Dingen aus. Die mussten um jeden Preis verkauft werden, auch wenn es dabei Verluste zu verbuchen galt. In gewisser Hinsicht erwies sich die große Menge an Waren sogar als vorteilhaft, denn damit konnten sie immer wieder neue Sonderangebote unter die Leute bringen.

Während Christine nachsann und arbeitete, achtete sie nicht auf die Zeit, aber nach ein paar Tagen klopfte ihre Tante mit den Fingern energisch auf den Tisch.

»Heut ist Samstag, und da hast du normalerweise frei. Das werden wir auch weiterhin so halten. Mit dem Laden komm ich allein zurecht. Aber du musst raus an die frische Luft. Sonst bist du wochenlang bei mir gewesen und hast net einmal einen Sonnenstrahl abbekommen.«

»Also, so schlimm ist's wirklich net«, wehrte Christine ab.

Ihre Tante ließ keinen Widerspruch gelten.

»Du bist ein junger Mensch und musst was vom Leben haben. Heut ist ein schöner Tag. Zieh deine Bundhose an und eine Bluse und geh ein wengerl in die Berge. Ich richt dir den Rucksack von meinem Mann her, damit du was zum Trinken und eine Brotzeit mitnehmen kannst.«

Da ihre Tante so drängte, gab Christine schließlich nach.

»Also gut, ich mach eine Wanderung. Vielleicht ist's net einmal so schlecht, denn wenn ich allein bin, kann ich auch richtig nachdenken. Vielleicht fällt mir was ein, wie wir dem lieben Herrn Gotthelf noch mehr in die Suppe spucken können. Hat der doch vorgestern die Gföllnerin gefragt, wieso die Kreientaler auf einmal wegbleiben würden.«

»Ganz wegbleiben tun sie wohl net, wenn die Gföllnerin bei ihm eingekauft hat«, antwortete die Tante spitz.

»Er hat sie net im Geschäft erwischt, sondern im Gemeindeamt. Die Gföllnerin kommt doch aus Holzmatting und braucht für irgendeine Sache eine Kopie ihrer Geburtsurkunde. Der Gotthelf muss gesehen haben, wie sie dort gehalten hat und ist zu ihr hingelaufen. Anscheinend schmeckt's ihm net, dass wir uns net so einfach unterbuttern lassen.«

Christine lachte fröhlich und verließ den Raum, um sich umzuziehen. Als sie zurückkehrte, trug sie zünftige Wanderbekleidung und festes Schuhwerk.

Ihre Tante hatte unterdessen den Rucksack gepackt und wirkte etwas nachdenklich.

»Du, Christine, wär's schlimm für dich, zur Loitzlalm aufzusteigen? Die Magdalena hat vorhin gesagt, dass ihre Tochter was brauchen tät. Ich hab's schon hergerichtet und hätt's dem Ersten mitgegeben, der vom Loitzl zum Einkaufen kommt. Aber dann dauert's ein paar Tag, bis die Emerenz es kriegt.«

»Wenn keine Ziegelsteine zu schleppen sind, mach ich das gern. Ich hab mir nämlich eh schon überlegt, ob ich net die Emerenz aufsuchen soll. Sie war früher ja meine liebste Freundin, weitaus mehr als die Sandra oder gar die Wirnsberger Monika, das aufgeblasene Stück.«

»Die Monika kann ihre Nase weit oben tragen. Schließlich wird sie die Jungbäuerin beim Horngacher, sobald der Tobias mit der Sandra ins Reine gekommen ist.«

»Du bist gut informiert.« Christine lachte, um den leichten Ärger loszuwerden, den sie plötzlich empfand. Sie nahm den Rucksack und verstaute darin das Päckchen, das ihre Tante ihr reichte.

»Was ich fragen wollt: Soll ich bei der Emerenz kassieren oder hat ihre Mutter schon bezahlt?«

»Es ist alles bezahlt. Viel Spaß beim Wandern!« Daniela Mergentheim nickte ihrer Nichte lächelnd zu und schob sie zur Tür hinaus.

»Bis bald, Tanterl!« Christine winkte ihr noch einmal zu und machte sich auf den Weg.

Die Tante sah ihr durch das Fenster nach und fand, dass Christine etwas Besonderes sei. Keines der Mädchen aus dem Dorf konnte sie ausstechen, und sie stand ihr, da sie keine eigenen Kinder hatte, von all ihren Verwandten am nächsten. Es gab einige, denen das schöne Haus in die Augen stach und die alles taten, um sich ihr angenehm zu machen.

Daniela Mergentheim hatte jedoch mehr als drei Jahrzehnte im Laden gestanden und sich eine gewisse Menschenkenntnis angeeignet. Für sie gab es nur einen einzigen Menschen, dem sie ihr Haus vergönnte. Sie überlegte, wie sie Christine dazu bringen konnte, die Arbeit in der Stadt aufzugeben, die ihr keinen Spaß zu machen schien, und ganz zu ihr aufs Land zu ziehen.

6

Christine ahnte nichts von den Absichten ihrer Tante, sondern schritt munter wie ein Fohlen bergwärts und genoss den schönen Sonnenschein. Nächste Woche sollte es Regen geben, hatte der Wetterbericht vorausgesagt, daher war es wirklich das Beste, wenn sie an diesem Tag die Sonne und die frische Luft genoss. Bei schlechtem Wetter konnte sie das Lager ihrer Tante immer noch nach verborgenen Schätzen durchsuchen.

Während das Dorf und die Talwiesen hinter ihr zurückblieben und sie in den dunklen Bergwald eintauchte, in den das zwischen den Wipfeln einfallende Sonnenlicht funkelnde Lichtsäulen zauberte, atmete sie frei durch. Das war doch ein ganz anderes Leben als in der Stadt.

Sie dachte an ihren Job, der ihr von Woche zu Woche weniger Freude machte, und sehnte sich danach, nicht mehr in die Enge und den Lärm der Landeshauptstadt zurückkehren zu müssen. Das Problem war die Arbeitsstelle. Hier draußen würde sie höchstens als Bauernmagd, Zimmermädchen in einem Hotel oder Kellnerin in einem Restaurant arbeiten können; alles Jobs, deren Bezahlung niedriger als gewohnt war. Außerdem war es eine harte Arbeit ohne Sonn- und Feiertage.

Schließlich zuckte Christine mit den Schultern. Jede Art zu leben wies seine speziellen Schattenseiten auf. Man musste sie so hinnehmen wie den Regen, der vom Himmel fiel. Sie würde am Ende ihres Urlaubs nach München zurückkehren und die Erinnerung an eine schöne Zeit behalten. Mit diesem Vorsatz schritt sie weiter.

Zu ihrem Ärger kam ihr da Andreas Moser entgegen, der sie schon bei ihrem letzten Ausflug angemacht hatte. Inzwischen wusste sie, dass es sich um den Ehemann der jungen Försterin handelte, und hielt ihn daher für einen Schuft.

»Grüß Gott, Fräulein Krämerin!« Ein wenig war ihm der Ärger über die damalige Abfuhr noch anzumerken, und sie erkannte an seinem Blick, dass er den Versuch noch nicht aufgegeben hatte, sie zu erobern.

Versuchen kannst du es lange, dachte sie, als sie seinen Gruß erwiderte. »Habe die Ehre, Herr Oberforstratsgatte.«

Mit diesen Worten schritt sie an ihm vorbei, ohne ihn weiter zu beachten. Andreas Moser machte Anstalten, umzukehren und ihr zu folgen. Da entdeckte er ein Stück weiter oben am Berg seine Frau, die mit Flinte und Hund des Weges kam, und ging leise fluchend weiter.

Christine erreichte die Försterin einige Minuten später und diesmal fiel ihr Gruß freundlicher aus. Janette Moser antwortete höflich, doch Christine sah, wie es um ihre Mundwinkel zuckte. Der Blick der Försterin wirkte beinahe ängstlich. Am liebsten hätte Christine ihr gesagt, dass sie sich wegen ihr keine Sorgen um ihren Mann zu machen brauchte. Selbst wenn Andreas Moser aus reinem Gold wäre – sie würde ihn nicht beachten.

»Du warst heut wohl schon fleißig«, versuchte Christine das Gespräch im Gang zu halten.

Janette nickte.

»Das muss ich wohl, um meine Pflichten zu erfüllen. Das Revier ist groß, und mein Vorgänger war zuletzt halt doch schon alt.«

Sie verschluckte das »... und hat das Ganze arg schleifen lassen«, denn sie wusste, dass der alte Förster im Dorf äußerst beliebt gewesen war. Er wurde ihr oft genug als Vorbild unter die Nase gehalten, wenn den Bauern ihre Methoden nicht passten.

Christine begriff, was sie sagen wollte, und nickte unwillkürlich. Schon zu ihrer Zeit hatte der damalige Förster lieber auf der Bank vor dem Forsthaus oder im Wirtshaus gesessen, als durch sein Revier zu streifen. So war es ihm natürlich gelungen, beliebt bei den Leuten zu werden. Janette würde es schwer haben, aus seinem Schat-ten herauszutreten, selbst wenn sie gute Arbeit leistete.

»Ich glaub, dass die Bauern mit der Zeit merken werden, wie tüchtig du bist und dass du von der Forstwirtschaft genauso viel verstehst wie ein Mann.« Es war zwar nicht gerade die Antwort auf Janettes Bemerkung, aber das, was Christine gerade dachte.

Ein herbes Lächeln erschien auf dem Gesicht der Försterin, die sich plötzlich verstanden fühlte.

»Hoffen wir's. Leicht wird's mir nämlich net grad gemacht. Die Bauern haben so ihre Ansichten und Gewohnheiten und lassen net so leicht davon ab.«

»Ich weiß, sie können rechte Büffeln sein und sind von der Überlegenheit des männlichen Geschlechts überzeugt. Denen müsste man wirklich einmal zeigen, wo der Bartl – oder besser die Bartlmine – den Most holt.«

Christine zwinkerte der Försterin lachend zu und zeigte

dann aus einem Gedanken heraus nach unten, wo durch die Bäumstämme hindurch deren Mann zu erkennen war.

»Dem solltest du auch einmal klarmachen, dass es so net geht.« Als sie sah, wie Janettes Miene sich schmerzlich verzog, schämte sie sich ihrer Worte und legte ihr die Hand auf den Arm. »Entschuldige, mich geht's eigentlich nichts an.«

»Wenn er dir schon nachgestiegen ist, geht's dich was an.« Die Försterin seufzte und senkte den Kopf. »Weißt du, Christine, als er das zum ersten Mal getan hat, hätt ich ihn erschießen können – und das Weibsstück dazu. Dabei war sie net einmal was Besonderes, gut zehn Jahr älter als ich und mindestens zwanzig Pfund Übergewicht. Ich hab den Andreas zur Red gestellt, hab geschimpft und geweint. Da hat er mich in den Arm genommen und gesagt, dass doch gar nichts Ernsthaftes gewesen sei. Ihm wär halt langweilig, und er fühlt sich überflüssig, weil er tatenlos herumsitzen muss. Da er meine Karriere net behindern hat wollen, hat er sein Studium abgebrochen und ist mit mir gekommen. Er hat so viel für mich geopfert, da muss ich eben über das eine oder andere hinwegsehen.«

Janette sah nicht so aus, als würde ihr das leichtfallen. Christine spürte, dass der Krug noch nicht oft genug zum Brunnen getragen worden war, um zu zerbrechen. Noch klammerte die Försterin sich an die Liebe, die sie für ihren Mann empfand, und entschuldigte dessen amouröse Abenteuer vor sich selbst. Es wunderte Christine, dass eine selbstbewusst erscheinende Frau sich zu so etwas herabließ. Sie selbst hätte einen Freund oder Mann, der ungehemmt in fremden Revieren wilderte, längst zum Teufel gejagt.

Diesen Rat wollte sie der Försterin aber dann doch nicht geben, darum verabschiedete sie sich von ihr und ging weiter.

Noch während ihre Gedanken sich mit Janettes Situation beschäftigten, traf Christine auf den nächsten Menschen. Es war Tobias, der mit einem großen Rucksack auf dem Rücken bergwärts stapfte. Ihre Laune hob sich sofort wieder, und es gelang ihr, sogar ein wenig zu lächeln.

»Was ist denn mit dir los, Tobias? Du bist doch net etwa unter die Hausierer gegangen?«

»Ja, grüß dich, Christine! Ist das aber eine Überraschung. Ich hab schon denkt, du bist in der Krämerei angewachsen, weil man dich so selten sieht.« Tobias grinste fröhlich und beschleunigte seine Schritte, um mit ihr mithalten zu können.

»Du schleppst ja sauber was«, antwortete Christine, ohne auf seine Frage einzugehen.

»Nachschub für unsere Alm. Da gehen einige von den wichtigen Sachen aus, und ich als der Jüngere hab halt gehen müssen. Dabei ist's ungerecht, weil der Hof und damit auch die Alm einmal dem Hans gehören werden.« Das klang aber nicht bedauernd.

Christine hatte so etwas auch nicht erwartet, denn wie es letztens geheißen hatte, sollten seine Chancen bei Sandra Loitzl recht gut stehen.

»Na ja, schlechter als dein Bruder wirst du's auch net treffen. Ist der Loitzlhof net ein bisserl größer als der eure?«

»Wie kommst du auf den Loitzlhof? Ach so, wegen dem Gered um die Sandra und mich. Nein, größer ist der Hof net, höchstens um drei oder vier Tagwerk. Keine Ahnung, ob ich dort einmal einheiraten werd. Weißt du, der Hof ist ja ganz in Ordnung, aber man muss auch gut miteinander hausen können, und da hab ich bei der Sandra meine Zweifel.«

Tobias wiegte unschlüssig den Kopf und fragte sich gleichzeitig, warum er ausgerechnet Christine seine Bedenken preisgab.

Diese sah sich genötigt, ihre frühere Freundin zu verteidigen.

»Ich geb zu, dass die Sandra arg gefühlvoll ist, aber wenn sie einen Burschen trifft, der sie aus ihrer Trauer und Depression herausreißen kann, wird sie ihm eine brave und liebende Ehefrau sein.«

»Brav und liebend!«

Tobias schnaubte, denn er hatte Sandras Verhalten während der kurzen ersten Ehe noch in Erinnerung. Sie war damals darin aufgegangen, nur für ihren Mann da zu sein, und darüber sehr einnehmend geworden. Für ihren Georg mochte dies gerade recht gewesen sein, er aber stellte sich eine Ehe anders vor.

Mit einem Ausdruck im Gesicht, der Christine an Zahnschmerzen erinnerte, dachte Tobias daran, dass seine Eltern und vor allem sein Bruder Hans immer stärker darauf drängten, dass er entschlossen um Sandra warb. Er verstand ja, dass er vom Hof musste, wenn Hans Monika vor den Traualtar führte, hatte aber nicht vor, sich deswegen zu opfern. In jenen trüben Stunden, in denen ihm eine Ehe mit Sandra undenkbar erschien, hatte er bereits überlegt, sich auf einem anderen Hof als Senn oder Knecht zu verdingen. Doch für einen Horngacherspross war das ebenso unmöglich wie für Prinz Charles von England, plötzlich als Verkäufer in einem Bäckerladen zu stehen.

»Du bist ganz schön in Gedanken. Hast wohl Sehnsucht nach der Sandra«, stichelte Christine weiter.

»Und wenn's so wär, ging's dich was an?« Tobias' Antwort fiel harscher aus als beabsichtigt.

Er sah, wie Christine zusammenzuckte, als hätte er sie geschlagen, und dann ihr Gesicht abwehrend verzog.

»Da hast du recht. Es geht mich nichts an. Pfüat di.«

Sie lief so schnell weiter, dass er ihr, von seiner schweren Traglast behindert, nicht folgen konnte. Kurz darauf kam er an die Abzweigung, die zur Alm hinüberführte, und bog vom Weg ab.

7

Christine erreichte die Loitzlalm kurz vor der Mittagszeit und traf Emerenz in der Hütte an, als diese sich gerade etwas zu essen zubereitete.

»Ist's erlaubt einzutreten?«, fragte sie an der Tür.

Emerenz fuhr herum, sah sie und winkte ihr mit beiden Händen, näher zu treten.

»Christine, du? Das ist aber eine Freud! Komm, setz dich her. Hast du schon was zu Mittag gegessen? Nein, gewiss net. Wart, ich mach ein bisserl mehr. Du magst doch einen Schmarrn? Oder willst du zur Wirnsbergeralm weiter? Die verköstigen seit Neuestem Wanderer und Touristen, die dort vorbeikommen.«

»Also, dahin muss ich grad net. Ich bin mit einem Teller Schmarrn zufrieden.« Christine stellte ihren Rucksack ab und setzte sich lachend an den Tisch.

Ihre gute Laune trübte sich ein wenig ein, als sie an Tobias dachte. So ein Stoffel, fuhr es ihr durch den Kopf. Der hatte in den zehn Jahren, in denen sie ihn nicht mehr gesehen hatte, einiges an Höflichkeit und Charme verloren.

»Büffel!«, entfuhr es ihr.

Emerenz drehte sich zu ihr um.

»Was hast du gesagt?«

»Nix von Belang. Ich hab mich vorhin über den Tobias geärgert. Seit er die Chance hat, Loitzlbauer zu werden, ist er schier unerträglich geworden.«

»Ist er mit der Sandra schon einig? Weißt du, da auf der Alm erfährt man net alles, was unten im Dorf vorgeht. Ich weiß bloß, dass ein paar Deppen aus Kreiental und der Umgebung, darunter der Wirnsberger Karl und der Schnegg Sepp, um die Sandra herumschwirren wie Fliegen um einen Kuhfladen. Um Gottes Willen, damit will ich nichts gegen die Sandra gesagt haben. Aber sie macht sich bei den anderen Madln keine Freundinnen, wenn sie sich mit ihrer Wahl Zeit lässt. Solang die Burschen hinter ihr her sind, schauen sie keine andere an.«

Emerenz hörte sich ein wenig seltsam an, sodass Christine interessiert den Kopf hob.

»Gehörst du auch zu den Madln, die auf die Sandra eifern?«

»Ich? Gewiss net!« Emerenz machte eine wegwerfende Handbewegung, die jedoch nicht ganz zu ihrem Gesichtsausdruck passte. »Außerdem, welcher Bursch tät mich schon anschauen; mich, die ledige Tochter einer Dienstmagd, die net einmal ihren Vater kennt. Geld hab ich keines und sonstiges Vermögen ist auch net zu erwarten.«

Es klang ein wenig bitter, und irgendwie konnte Christine sie verstehen.

»Es ist schon eigenartig, dass deine Mutter deinen Vater net preisgegeben hat. Er hätt wenigstens für dich zahlen müssen.«

»Hat er aber net. Weißt du, Christine, was für ein Gefühl das ist, wenn du in die Kirch gehst und dir bei jedem älteren Mann, den du dort siehst, sagen musst, dass er dein Vater sein könnt?« Emerenz gab Christine damit mehr von ihrem Inneren preis als je einem Menschen zuvor, ihre Mutter eingeschlossen.

»Du Ärmste! Von der Warte aus hab ich das noch gar net betrachtet. Du solltest wirklich einmal mit deiner Mutter reden und sie zwingen, es dir zu sagen.« Christine erhob sich und trat neben Emerenz. »Du bist ein blitzsauberes Madl und tätest gewiss einen Burschen finden, der dich mag. Aber so wie's jetzt ausschaut, könnt er dein Bruder sein, ohne dass ihr es wisst.«

»Die Angst hab ich auch. Darum kümmere ich mich auch net um die Burschen, sondern um meine Rindviecher. Bei denen weiß ich wenigstens, woran ich bin.« Emerenz überspielte ihre Niedergeschlagenheit mit einer gewissen Prise Burschikosität und rührte den Schmarren, bis er so geworden war, wie sie ihn haben wollte. »So, jetzt können wir gleich essen. Holst du schon einmal die Teller aus dem Regal?«

Christine stellte zwei Teller auf den Tisch. Fast im selben Augenblick klopfte jemand an die Tür und trat ein, ohne auf eine Antwort zu warten. Es war Sepp Schnegg.

»Grüß dich, Emerenz!«, sagte er und entdeckte dann erst Christine. »Du bist auch da?«

»Hast du was dagegen?«

Christine reckte sich, bis sie Sepp um ein paar Zentimeter überragte. Der Bursche knickte sofort ein.

»Nein, ich hab gewiss nichts dagegen. Weißt du, ich bin bloß zufällig vorbeigekommen und hab der Emerenz Grüß Gott sagen wollen.«

»Das hast du grad eben getan, also kannst du wieder gehen.«

Christine hatte Emerenz noch nie so harsch erlebt. Sie sah ihre Freundin verwundert an, bemerkte deren starres, abweisendes Gesicht, und wandte sich dann Sepp zu, der etwas betroffen dreinschaute, schnupperte und auf den Herd zutrat wie ein Hund, der die Fährte gewittert hat.

»Was kochst du denn Gutes? Einen Schmarrn? Riechen tut der, sag ich dir. Da fällt's mir doppelt schwer weiterzugehen. Ich hab bloß mein Frühstück gehabt und zum Mittagessen schaff ich's nimmer heim.«

Emerenz trat an das Regal, holte einen Teller heraus und knallte ihn auf den Tisch, sodass Christine schon Angst hatte, er könnte zerspringen.

»Hock dich hin! Verhungern lassen hab ich noch keinen«, herrschte die Sennerin den Burschen an.

Sepp saß so schnell auf dem letzten freien Stuhl, als hätte ihn jemand hingezaubert. Christine reichte ihm einen Löffel, während Emerenz eine Flasche Saft holte, ein wenig davon in Gläser goss und diese mit Wasser aus dem Brunnen auffüllte, der sich vor der Hütte befand.

»Bier gibt's bei mir keines. Dafür müsstest du schon zur Wirnsbergeralm weiter. Die wird nämlich bewirtschaftet.«

Emerenz war um keinen Deut freundlicher geworden, doch Sepp schien sich nicht daran zu stören. Er nahm sein Glas entgegen, trank einen Schluck und schnalzte mit der Zunge.

»Also, das schmeckt besser als jedes Bier!«

»Das sagt grad der Richtige«, spottete Emerenz. »Jeder weiß, dass du kein einziges Mal nüchtern von der Wirtschaft heimkommst.«

Christine dachte bei sich, dass dies wohl die einzige Art war, um das gnadenlose Regiment zu überstehen, das Sepps Mutter bei Hof und Sohn führte.

Sepp hingegen hob die Hand wie ein Schüler, der die

Aufmerksamkeit des Lehrers erregen wollte, und setzte eine gekränkte Miene auf.

»Also, so ein nasser Bruder bin ich grad auch wieder net. Zum einen darf ich net so oft zum Wirt, und zum anderen saufen der Wirnsberger Karl und der Horngacher Hans weitaus mehr als ich. Die vertragen's bloß besser, weil sie in Übung sind.«

»Und das bist du wohl net?«, höhnte Emerenz.

Sepp schüttelte den Kopf.

»Nein, ich will das net. Weißt du, wenn ein Mann zu viel trinkt, ist's net gut. Einmal einen kleinen Surrer, den kann keiner übel nehmen. Aber so zu saufen, wie's zum Beispiel der Karl tut, das tät mir net einfallen.«

»Ist das deine persönliche Meinung oder die deiner Mutter?«, stichelte Emerenz weiter.

Christine hingegen wollte etwas ganz anderes wissen.

»Und wie ist es mit dem Tobias, säuft der auch so viel wie sein Bruder oder der Wirnsberger Karl?«

Sepps Kopfschütteln wiederholte sich.

»Nein, der ist schon gescheiter als die zwei und lässt sich auch einmal eine Apfelschorle einschenken. Mit einem richtigen Rausch hab ich den eigentlich noch nie gesehen. Doch, einmal vor zwei Jahren, als er das erste Mal das Preisschießen gewonnen hat. Ich bin damals Vierter gewesen und im letzten Jahr sogar Zweiter, hinter dem Tobias, der erneut gewonnen hat. Heuer will er den Hattrick schaffen, aber ich tu schon das Meine, dass es ihm net so leichtfällt.«

Christine hatte Sepp aus ihrer Kinderzeit als schüchternes, ein wenig gehemmtes Bürschchen in Erinnerung und ihre Bekanntschaft mit ihm noch nicht erneuern können.

Sie spürte, dass der Spott, mit dem die anderen ihn überhäuften, weil er sich von seiner Mutter so unterbuttern ließ, nicht ganz gerecht war. Es war Sepp gelungen, sich kleine Freiräume zu schaffen und auf seine Art zu zeigen, wer er war. Als Zweiter beim letzten Preisschießen hatte er immerhin alle anderen Burschen im Tal bis auf Tobias hinter sich gelassen.

»Wann ist heuer denn das Preisschießen?«, fragte sie Sepp. »Ich hätt mir's gern einmal angesehen.«

»In vierzehn Tagen«, antwortete er zu ihrer Freude. Da war sie nämlich noch im Dorf und konnte es miterleben.

»Dürfen auch Frauen daran teilnehmen?«, fragte sie weiter.

»In den Statuten steht nichts drin, dass sie's net dürfen«, antwortete Sepp. »Ich glaub, vor fünf Jahr hat sogar die Sylventhaler Maria daran teilgenommen und ist Dritte geworden. Des ist aber auch kein Wunder, denn sie hat's ja auch im Blut.«

»Sylventhaler Maria?« Christine sann kurz nach und schüttelte dann den Kopf. »Die kenn ich net.«

»Damals hat sie noch Horngacher geheißen. Es ist die Schwester vom Hans und vom Tobias«, klärte Sepp sie auf.

Da begriff Christine auch seinen Hinweis auf das Blut, denn kein Hof in Kreiental hatte mehr Preisschützen aufzuweisen als der Horngacher.

Ihre Tante hatte ihr das erzählt, denn sie durfte jedes Jahr den Präsentkorb für die ersten drei Schützen zusammenstellen.

Christine fragte sich, ob dies auch heuer so sein würde

oder ob man dem Holzmattinger Supermarkt den Vorzug gab.

Sie schüttelte aber sofort den Kopf.

Nein, nach der Entwicklung, die sie in den letzten zwei Wochen in die Wege geleitet hatte, würde man ihre Tante gewiss nicht beiseiteschieben. Sie erinnerte sich plötzlich an die Sachen, die sie Emerenz mitgebracht hatte, und packte rasch alles aus, damit sie das nicht vergaß.

»Dankschön«, sagte die junger Sennerin zwischen zwei Löffeln von dem Schmarrn.

»Hat leicht sein können!«

Christine aß weiter, während Sepp seinen Teller bereits blankgeputzt hatte und so aussah, als würde er ihn auch noch ablecken wollen.

»Gut hat's geschmeckt! Da lad ich mich gern wieder ein.« Er sah Emerenz dabei an, als erwarte er ein Lob von ihr.

Das Mädchen schnaubte und griff nach der handgeschmiedeten Schöpfkelle, die ein stattliches Gewicht aufwies.

»Das nächste Mal hau ich dir das Ding so um die Ohren, dass du deine Mutter für die Jungfrau Maria ansiehst!«

Sepp zog ängstlich den Kopf ein, als würde er einen Schlag befürchten, und verabschiedete sich. Dabei bedankte er sich so kläglich für die Portion Schmarrn, dass er Christine direkt leidtat.

»Was hast du eigentlich gegen den Sepp?«, fragte sie Emerenz, als der Bursche gegangen war.

Die Sennerin zuckte mit den Schultern.

»Ich mag's net, wenn ein Bursch mich als Freiwild ansieht, so wie's der Sepp anscheinend tut. Ich bin keine, die mehr im Heu liegt als in ihrem eigenen Bett, und meiner Mutter will ich gewiss net nacheifern und ein lediges Kind zur Welt bringen.«

Christine amüsierte sich ein wenig über die Heftigkeit ihrer Freundin und schüttelte den Kopf.

»Dichtest du dir da net was zusammen? Für mich hat der Sepp net so ausgeschaut, als wenn er schneidig darauf aus wär, dich auf den Rücken zu legen.«

»Der war heut bloß so brav, weil du da warst. Wenn ich allein bin, ist er schon frecher. Irgendwann zieh ich ihm doch noch die Schöpfkelle über.« Emerenz' Gesicht war zu einer Maske des Zorns erstarrt, und Christine hätte nicht dagegen gewettet, dass sie gewalttätig werden könnte. Allerdings war das auch verständlich, wenn der Bursch sie immer wieder belästigte.

»Ist der Sepp der Einzige, der was von dir will?«, fragte sie neugierig.

Emerenz schüttelte heftig den Kopf.

»Gewiss net! Irgendwo muss da ein Nest sein, weil sie einander fast die Klinke in die Hand geben. Der Wirnsberger Karl kommt mindestens einmal in der Woch herauf, manchmal auch sein Bruder Benedikt. Auch der Horngacher Hans lässt sich von Zeit zu Zeit sehen, obwohl er der Wirnsberger Monika schon versprochen ist.«

»Und der Tobias?« Christine wusste nicht, weshalb sie das eigentlich fragte.

»Der schaut auch manchmal vorbei, ist aber net aufs Jagen aus. Der ist vernünftiger als die anderen und lässt ein Nein von einem Madl gelten, wenn's ernst gemeint ist.«

»Vielleicht meint's der Sepp auch ernst«, wandte Christine nachdenklich ein.

Sie brachte ihre Freundin damit zum Lachen, das sich allerdings alles andere als fröhlich anhörte.

»Der Sepp und es ernst meinen? Das ist guter Witz! Der kommt doch bloß herauf, weil er sich bei den anderen Madln net traut. Bei mir, einer armen Sennerin, glaubt er hingegen, sein Ziel erreichen zu können. Aber net mit mir, sag ich dir. Außerdem, selbst wenn der Sepp ehrliche Absichten hätt, tät seine Mutter sie ihm schneller austreiben, als du A sagen kannst. Die hat ganz andere Vorstellungen für ihren Einzigen als eine arme Sennerin.«

»Ich weiß, die Loitzl Sandra. Aber bei der kommt er gegen den Tobias und den Karl net an.«

Trotz des spöttischen Untertons zitterte Christines Stimme leicht.

Irgendwie, so dachte sie, war es für sie als Kind leichter gewesen, sich unter den Dörflern zu bewegen. Jetzt, wo all ihre damaligen Freunde erwachsen waren, wurde alles so kompliziert und verzwickt.

Dieser Gedanke beherrschte sie noch, als sie sich kurz darauf von Emerenz verabschiedete und auf den Heimweg machte.

Der Kampf beginnt

1

An diesem Sonntag war es nach dem Kirchgang wieder wie in alten Zeiten; Daniela Mergentheim wurde voll in die Gespräche einbezogen, und die Bäuerinnen des Dorfes, vor allem aber aus den umliegenden Weilern, kauften hinterher bei ihr ein. Das Geschäft lief fast schon so gut wie früher, doch Christine wagte nicht zu hoffen, dass das von Dauer sein würde.

Noch immer verkaufte sie vor allem Sonderangebote, die sie unter dem Einkaufspreis abgab, und baute damit ganz langsam das riesige Vorratslager ihrer Tante ab. Der eifrige Verkäufer, der der Tante diese Waren aufgeschwatzt hatte, war bisher nicht wieder vorbeigekommen. Sonst war er alle zwei bis drei Wochen erschienen, um nachzuschauen, ob etwas fehlte. Christine weinte dem Kerl keine Tränen nach. Noch brauchten sie nichts, und wenn es so weit war, würde sie sich nach einem seriöseren Lieferanten umschauen.

Während ihr diese Gedanken durch den Kopf gingen, betrachtete sie die Schneggin, die wie immer alles ganz genau ansah, um die frischeste Ware zu erwischen. Seit Christine Sepp am Vortag auf der Loitzlalm erlebt hatte, interessierte sie sich mehr für ihn und seine Mutter. Früher musste die Schneggin eine hübsche Frau gewesen sein, nicht besonders groß, aber gewiss zierlicher als jetzt und wohl auch nicht mit diesem verbissenen Gesichtsausdruck.

Soviel Christine wusste, war es der Frau nicht leichtgefallen, nach dem Tod ihres Mannes den Schnegghof zu erhalten. Ihr Mann hatte Schulden gemacht, um den Maschinenpark zu modernisieren, und sich dabei übernommen. Jahrelang hatte Cäcilie Schnegg jeden Pfennig zusammenkratzen und die Knechte, die bei einem weiblichen Hofvorstand eher zum Faulsein tendierten, zur Arbeit antreiben müssen. Die Nachbarn, vor allem aber die drei Großbauern, hatten nur darauf gelauert, dass sie aufgeben musste, um anschließend die Ländereien des Schnegghofes unter sich aufzuteilen. Sie hatten umsonst gewartet – ebenso die Männer mittleren Alters, die gekommen waren, um die Witwe zu freien.

Jetzt stand der Schnegghof besser da als jemals zuvor, und niemand konnte sagen, dass Sepp sein Handwerk nicht verstand. Gewöhnt, mit einer energischen Mutter zusammenzuleben, würde er irgendwann einmal eine Frau brauchen, die nicht weniger energisch, aber auch liebevoll war. Sandra Loitzl war dies gewiss nicht. Die brauchte einen Mann, an den sie sich hängen und anlehnen konnte.

»Der Jogurt ist bloß noch bis nächste Woch gut. Den musst du billiger hergeben.« Christines aufkeimendes Verständnis für die Schneggin zerstob bei den Worten der Bäuerin.

»In Holzmatting kriegst du den Jogurt eine Woche vor Ablauf des Haltbarkeitsdatums auch net billiger«, entgegnete sie und nahm der Bäuerin den Becher aus der Hand, um ihn wieder in die Kühlung zu stellen.

»Halt, ich will ihn mitnehmen. Die Sorte mag der Sepp so gern.« Die Schneggin kam ihr nach und holte den Jogurt zurück.

Christine zog verwundert die Stirn kraus. Im Dorf ging das Gerücht um, dass die Bäuerin ihren Sohn schlechter als einen Knecht behandelte. Die kleine Begebenheit zeigte jedoch, dass sie ihren Sohn liebte, es aber vielleicht auf eine falsche Weise zeigte.

»Wenn du drei Becher kaufst, kriegst du sie um fünf Cent billiger.«

Christine seufzte über sich selbst, doch als sie den kurzen Ausdruck der Befriedigung auf dem Gesicht der Schneggin sah, bereute sie es nicht. Die Bäuerin war begierig darauf, ihrem Sohn eine Freude zu machen, auch wenn sie ihn meistens behandelte, als wäre er noch immer der achtjährige Bub, der er beim Tod seines Vaters gewesen war.

Unterdessen stellte die Schusteröderin, die Bäuerin eines der Einödhöfe in der Umgebung, ihren vollen Einkaufskorb auf den Ladentisch.

»Mei bin ich froh, dass der Schmarrn mit dem Supermarkt endlich vorbei ist. Du weißt gar net, was das für eine Bäuerin bedeutet, wenn sie mitten unter der Woch während der Arbeitszeit zum Einkaufen muss, obwohl sie eigentlich gar net genug Händ hat, um mit allem fertig zu werden. Die Mannsbilder stellen sich das alles so leicht vor, aber wegen einem halben oder einem ganzen Euro, den der Einkauf im Krämerladen teurer ist als in Holzmatting, wird man auch net ärmer. Und man kann seine Arbeit tun und vergeudet net eine Stund und noch mehr für die Fahrt.«

»Leider denken net alle Bäuerinnen so wie du, Schusteröderin. Die meisten rennen nur hinter Sonderangeboten her.«

»Die wissen gar net, wie viel Zeit sie damit vertun. Ich könnt mir das net leisten, noch dazu, wo unser Ältester jetzt beim Barras ist. Wir hätten ihn zwar zurückstellen lassen können, aber mein Mann hat gesagt, dass ihm die Erfahrung gewiss net schadet«, fuhr die Schusteröderin fort.

Eine der anderen Kundinnen sah bei diesen Worten auf.

»Da musst du fei aufpassen, dass er net das Saufen anfängt. Beim Militär sind's rechte Schluckspecht.«

»Mein Xaver trinkt gewiss net. Der weiß Maß zu halten«, winkte die Schusteröderin ab.

»Ja, die Mass halten, das können die Männerleut. Aber es wird net bloß beim Militär gesoffen. Schau dir doch nur unseren Stammtisch an. Mein Alter ist von da nie nüchtern nach Haus gekommen.«

Eine weitere Kundin griff in das Gespräch ein, und es entspann sich eine angeregte Diskussion über die Trinkgewohnheiten der Männer, die von den meisten Frauen beklagt wurden. Etliche Namen fielen, die meisten davon in einem negativen Zusammenhang. Nur Tobias wurde als gutes Beispiel für Selbstbeherrschung angeführt, außerdem der Ehemann der Försterin.

»Also, ich hab den Moser Andreas noch nie betrunken gesehen. Das muss ich schon sagen«, erklärte die Gföllnerin mit Nachdruck.

»Besoffen könnt er sich ja auch net auf Hennenjagd machen.« In der Stimme der Schusteröderin schwang eine Verachtung mit, die Christine mit ihr teilte.

Zu ihrer Verwunderung verteidigten einige der älteren Frauen, die sonst nicht gerade für lockere Moralvorstellungen bekannt waren, den Mann vehement.

»Es liegt doch weniger an ihm als an seiner Frau. Was ist das für ein Eheleben, wenn sie die ganze Zeit im Wald herumrennt und keine Zeit für ihn hat. Dabei hat er ihr seine ganze Karriere geopfert. Die Lieb muss man sich einmal vorstellen. Er könnt ein anerkannter Ingenieur oder sogar ein Doktor sein, wenn sie net den Posten bei uns in Kreiental angenommen hätt. Der arme Mann hätt entweder allein in München bleiben müssen, oder ...« Die Frau schwieg, weil ihr kein passendes Beispiel einfiel.

Christine klinkte sich aus der Unterhaltung aus. Sie hatte ihr Urteil über Andreas Moser bereits gefällt und wunderte sich nur, dass seine Frau ihm nicht schon längst den Laufpass gegeben hatte.

Während sie die Bäuerinnen bediente, jammerte die Schusteröderin, dass ihr während der Woche das Mehl ausgegangen sei und sie keine Zeit gefunden hätte, selbst Nachschub zu holen.

»Weißt du, ich hab dann mein Hannerl mit dem Fahrradl losgeschickt. Die hat mir auch ein Mehl gebracht, aber was für eins. Die ist bis Holzmatting gefahren, bloß weil sie im Supermarkt einkaufen hat wollen. Da gibt's irgendein Sach, auf das die halbwüchsigen Madln scharf sind, und das hat sie sich dann gekauft. Aber das Mehl, sag ich dir! Ich hätt's ihr am liebsten um die Ohren geschlagen.«

Die Frau lamentierte weiter, doch Christines Gedanken gingen bereits in eine andere Richtung. Sie brauchten im Laden dringend neue Produkte, um auch die jüngeren Käufer anzulocken, für die ein Schokoriegel keine Sensation mehr war. Nicht weniger wichtig erschienen ihr auch die zwei Informationen, die ihr die Schusteröderin gegeben hatte. Christine sah die Bäuerin lächelnd an.

»Wenn dir was ausgeht, dann ruf einfach an und ich bring's dir vorbei – kostenlos.« Die Idee war Christine eben erst gekommen.

Auf Dauer konnten sie gegen die Konkurrenz in Holzmatting nur durch den besseren Service bestehen. Die Sonderangebote würden irgendwann zu Ende gehen, und bis dahin mussten sie ihre Kundschaft wieder an sich gefesselt haben. Sie lachte ein wenig über sich selbst, denn sie benahm sich fast so, als wollte sie auf Dauer bei ihrer Tante bleiben. Dabei hatte sie nur noch drei Wochen Urlaub vor sich. In dieser Zeit wollte sie jedoch so viel wie möglich erreichen.

Eine neue Kundin kam in den Laden. Es handelte sich um Sandra Loitzl, die mit verkniffenem Gesicht ihren Einkaufskorb festhielt, den ihr gleich mehrere Verehrer abnehmen wollten. Tobias war auch dabei und grinste so selbstgefällig, dass Christine ihm am liebsten ins Gesicht geschlagen hätte.

Es dauerte ein wenig, bis Sandra an der Reihe war, und so musste Christine sich das Gesülze anhören, mit dem die Burschen die junge Witwe für sich gewinnen wollten. Jeder versuchte es auf eine andere Tour. Bloß Tobias blieb ruhig und sah sich derweil im Laden um. Nicht zuletzt deswegen billigte Christine ihm die meisten Chancen bei Sandra zu, denn die anderen Kerle mit Karl Wirnsberger an der Spitze konnten ihr nur auf die Nerven gehen. Sepp Schnegg war ebenfalls dabei und bemühte sich unter den strengen Blicken seiner Mutter, die im Laden geblieben war, Sandra zu gefallen. Die sah allerdings mehr danach aus, als würde sie nach dem nächsten Mauseloch suchen, in dem sie sich verstecken konnte.

Als sie schließlich bedient wurde, haspelte sie ihre Wünsche so rasch herunter, dass Christine nur die Hälfte verstand. Tobias hingegen musste auf ihren Einkaufszettel geschaut haben, denn er griff zielsicher in die Regale und holte eine Schachtel oder Büchse nach der anderen heraus. Sein Blick dabei schien seine Rivalen zu verhöhnen. Schaut her, so muss man eine Frau behandeln, drückte er damit aus, und Sandra hauchte auch ein dünnes »Dankeschön« für seine Hilfe.

2

Auf dem Rückweg zum Loitzlhof blickten die Burschen immer wieder zum Oberwirt hinüber, und Karl fuhr sich mit der Zunge voller Vorfreude über die Lippen. Es wagte jedoch keiner, auszuscheren und zum Frühschoppen zu gehen. Tobias, der kurzerhand den schweren Einkaufskorb an sich genommen hatte und ihn bis in Sandras Küche trug, stellte den Korb dort ab und tippte sich dann an die Stirn.

»Habe die Ehre, Loitzlin. Ich hab das Sach, das deine Tochter eingekauft hat, hergebracht. Aber jetzt verschwind ich wieder. Ich will eine Halbe beim Oberwirt trinken, und wenn ich noch lang trödle, komm ich zu spät zum Mittagessen heim, und dann schimpft die Mama.«

»Das soll sie sich trauen, wo du doch so ein braver Bursch bist. Grüß deine Leut recht schön von mir. Sag deiner Mutter, ich komm heut Nachmittag hinüber zu ihr.«

»Sie wird sich freuen.«

Tobias grinste, denn die Loitzlin hatte seine Mutter erst vor weniger als einer halben Stunde auf dem Kirchplatz getroffen und mit ihr geredet. Aber er würde ihre Grüße brav ausrichten. Immerhin drängten seine Eltern und Hans ihn, sich stärker um Sandra zu bemühen. Da würde ein Zeichen, dass deren Mutter ihn gerne sah, sie ein wenig beruhigen.

»Servus, Sandra. Ich schau heut Abend noch einmal vorbei!«

Mit diesen Worten verließ er die Küche und schritt fröhlich pfeifend in Richtung Oberwirt davon. Die anderen Burschen atmeten zuerst erleichtert auf, weil er ihnen so leicht das Feld geräumt hatte. Dieser Erfolg zerrann ihnen jedoch zwischen den Fingern, denn Sandra hatte genug von den aufdringlichen Verehrern und zog sich in ihre Kammer zurück. Ihr dorthin zu folgen, wagte dann doch keiner. Einer nach dem anderen verabschiedete sich von der Hofbäuerin und schlug den Weg zum Wirt ein – auch Sepp Schnegg, der die rare Gelegenheit nützen wollte, dem Gängelband seiner Mutter zu entrinnen.

Kurz darauf kam der Loitzlbauer ins Haus und sah sich misstrauisch um.

»Ist noch einer von den Lodern da?«, fragte er seine Frau.

»Nein, die sind alle weg.« Die Loitzlin legte ihren Kochlöffel weg und trat auf den Flur. »Sandra, du kannst rauskommen, die Luft ist rein!«

»Haben sie's wieder so arg getrieben, dass das Madl ausgerissen ist.« Loitzl schüttelte den Kopf.

Seine Frau vermochte nicht zu sagen, ob diese Geste der Aufdringlichkeit der Freier oder dem Verhalten seiner Tochter galt. Als Sandra mit verweinten Augen in die Küche zurückkam, holte ihr Vater sich eine Flasche Bier aus dem Kühlschrank, öffnete sie und setzte sich auf die Eckbank unter den Herrgottswinkel, in dem neben einem fast armlangen Kruzifix Bilder der Jungfrau Maria und des heiligen Josef hingen. Sein Blick traf die Tochter, die daraufhin zusammenzuschrumpfen schien.

»Es wird Zeit, dass das ein End hat«, polterte der Bauer los. »Dein Mann ist seit zwei Jahren tot. Da wird's Zeit, dass du dich nach einem neuen Hochzeiter umschaust. Ich bin auch nimmer der Jüngste und will mich bestimmt net bis zu meinem Lebensende abschinden müssen.«

Sandra fand den Vorwurf ungerecht, denn die meiste Arbeit auf dem Hof wurde von den beiden Knechten Ferdinand und Cornelius sowie der Magd Magdalena Grünberger erledigt. Ihr Vater tat keinen Strich mehr, als unbedingt nötig war. Ihm dies ins Gesicht zu sagen, wagte sie jedoch nicht.

»Willst du mir net antworten?« Die Stimme ihres Vaters klang scharf.

Zum Glück wurde in dem Moment die Tür geöffnet, und die beiden Knechte kamen herein. Der Bauer sah sie erstaunt an.

»Seid ihr schon mit dem Frühschoppen fertig?«

»Was soll ich machen? Der Cornelius trinkt nie mehr als eine Halbe, und allein hab ich auch net sitzen bleiben mögen.« Ferdinand Rapsöder ließ sich deutlich anmerken, dass er gern noch eine zweite Halbe getrunken hätte.

Sein Kollege Cornelius drehte sich leicht verärgert zu ihm um.

»Jetzt mach mir keinen Vorwurf. Ich hab dich net gezwungen, mit mir zu kommen.«

»Weißt du, wenn ich allein dort geblieben wär, hätten mich die Lumpen bloß wieder verspottet, und das mag ich net.« Ferdinand strich sich über seinen langen schwarzen Bart, der ihm den Beinamen Rasputin eingebracht hatte, und setzte sich an den Platz, den er sonst bei den Mahlzeiten einnahm. Bevor Cornelius seinem Beispiel folgen konnte, wies der Bauer auf den Kühlschrank.

»Hol drei Bier heraus. Ihr habt die Woch über gut gearbeitet und euch eine Extrahalbe verdient.« Danach trank er seine eigene Flasche in einem Zug leer und stellte sie weg.

Während Cornelius gehorchte und drei Bierflaschen an den Tisch brachte, wandte der Bauer sich wieder an seine Tochter und sprach weiter, als wären die beiden Knechte nicht im Raum.

»Ich will bald Verlobung feiern, verstehst mich? Und komm mir net wieder damit, dass du deinen Schorsch net vergessen kannst und ihm net untreu werden willst. Der ist längst vermodert und zu Staub zerfallen. Der Hof braucht einen Jungbauern und frisches Blut. Du bist schließlich unsere Einzige und musst dafür sorgen, dass Kinder auf den Hof kommen.«

Sandra kämpfte bei diesen rüden Worten mit den Tränen.

»Aber Vater, es ist doch gar net sicher, ob ich überhaupt Kinder kriegen kann. In meiner Ehe bin ich auch net schwanger geworden.«

»Ehe nennst du die paar Wochen? Außerdem war der Schorsch krank und hat deswegen nichts mehr zustand gebracht. Ich will einen Schwiegersohn voller Kraft und Saft haben, der mir zu Enkeln verhilft. Wenn du mich fragst, nimm den Tobias. Der wär der Richtige. Der weiß, wo er zulangen muss. Der Karl ist mir ein wengerl zu jähzornig. Das tät net gut.«

»Der Tobias wär wirklich der Beste«, stimmte ihm seine Frau zu. »Obwohl der Schnegg Sepp auch keine schlechte

Wahl wär. Seine Mutter hat letzte Woch mit mir geredet und gemeint, wenn die Sandra ihren Buben nimmt, kämen die zwei Höf zusammen. Der Loitzlhof wär dann mit Abstand der größte Hof im Tal.«

Der Bauer dachte über diese Möglichkeit kurz nach und schüttelte den Kopf.

»Wir haben auch so genug. Weißt du, der Sepp ist mir zu unselbstständig. Der braucht eine Frau wie seine Mutter, die ihm sagt, was er zu tun hat.«

Im Gegensatz zu seiner Frau machte sich Loitzl keine Illusionen über seine Tochter. Er wusste, dass sie einen eher ruhigen und gelassenen Ehemann brauchte, an den sie sich anlehnen konnte, und das war gewiss nicht der Sepp Schnegg.

»Der Tobias wär der Beste. Das sagst du doch auch, Ferdinand?«

Der Knecht war schon seit mehr als dreißig Jahren auf dem Hof und damit so etwas wie sein Vertrauter. Cornelius dagegen, der erst nach dem Tod von Sandras Mann eingestellt worden war, zählte in dieser Hinsicht nicht.

Während Ferdinand seinem Bauern wie erwartet zustimmte und sogar ein wenig auf Sandra einredete, es mit dem Horngacherbuben zu versuchen, gingen Cornelius' Gedanken ihre eigenen Wege. Der Knecht, der erst vor wenigen Tagen von allen Leuten unbeachtet sein dreißigstes Lebensjahr vollendet hatte, betrachtete die junge Bäuerin, die sich vor Verlegenheit wand, mit einem mitleidigen Blick.

Sie hatte wirklich ein besseres Leben verdient, als von ihren Eltern mit dem nächstbesten Burschen verkuppelt zu werden, dem nur an ihrem Hof gelegen war. Auch Tobias Horngacher, den Cornelius im Allgemeinen hoch achtete, würde Sandra nur als Zugabe zum Loitzlhof betrachten und ihr weniger Liebe als vielmehr eine durch Pflichtgefühl bedingte Zuneigung entgegenbringen.

Cornelius kniff die Lippen zusammen, um nicht mit einem bösen Wort herauszuplatzen, denn das Ganze ging ihn nichts an. Am besten, er richtete sein Augenmerk auf den Tag, an dem ein neuer Jungbauer auf den Hof kam und er dadurch überflüssig wurde. Obwohl ihm die Arbeit gefiel, würde es ihm leichtfallen, den Loitzlhof zu verlassen. Alles andere war besser, als mit ansehen zu müssen, wie Sandra durch einen gleichgültigen Ehemann unglücklich gemacht wurde.

Cornelius wusste nicht zu sagen, wann er sich in die junge Bäuerin verliebt hatte, und er schalt sich oft genug einen Narren, weil sein Herz ihm diesen Streich spielte. Es war eine Liebe, die auf keine Erfüllung hoffen konnte. Zum einen beachtete Sandra ihn weniger als einen Pfosten im Gartenzaun, und zum anderen war sie nicht umsonst die Erbin eines Hofes, dessen Besitzer von den übrigen Dörflern als einer der ›Heiligen Drei Könige‹ vom Kreiental bezeichnet wurde. Sie würde nur einen Bauernsohn mit einer großen Mitgift heiraten und sicher keinen einfachen Knecht.

Dabei konnte man Cornelius nicht als arm bezeichnen, denn er hatte sich in den zehn Jahren seit dem Ende seines Militärdienstes ein hübsches Sümmchen erspart. Doch um einem Loitzl imponieren zu können, reichte das noch lange nicht. Fast ärgerte er sich darüber, immer so sparsam gewesen zu sein und nur eine Halbe Bier beim

Frühschoppen zu trinken. Er hätte sich längst ein Auto kaufen und in der Gegend herumfahren können.

Doch dann schüttelte er den Kopf. Nein, dies wäre nicht sein Leben gewesen. Sein Traum war ein eigener Bauerhof, den er mit einer braven Frau bewirtschaften konnte. Zur Erfüllung dieses Traumes fehlten ihm jedoch zwei Dinge: der Hof und die Frau.

Zu Beginn seiner Zeit auf dem Loitzlhof hatte er gedacht, dass Emerenz Grünberger diese Frau sein könnte, doch sein Herz hatte sich Sandra zugeneigt. Er selbst wollte keinesfalls eine lieblose Ehe von der Art führen, wie er sie für Sandra befürchtete. Wenn er einmal heiraten sollte, musste es aus Liebe geschehen und nicht aus Berechnung.

3

Im Forsthaus, das ein Stück oberhalb des eigentlichen Ortes in einer wunderschönen Hanglage erbaut war, wurde um diese Zeit ebenfalls zu Mittag gegessen. Janette Moser hatte jedoch weder Blicke für den köstlichen Kalbsbraten, den ihre Haushälterin Cilly auf den Tisch brachte, noch für die stimmungsvolle Umgebung. Die schweren, dunklen Möbel passten ausgezeichnet zu den mit Holz verkleideten Wänden, den Rehgehörnen und dem großen Hirschgeweih, die dem Esszimmer einen waidmännischen Rahmen gaben. Stattdessen sah sie ihren Mann an, der mit gutem Appetit zugriff und es sich schmecken ließ.

»Andreas, du weißt, ich hab dich lieb. Aber ich muss es dir einfach sagen. So kann's mit uns net weitergehen. Du machst mich zum Gespött im ganzen Tal.«

Wer mitbekommen hatte, wie energisch die junge Försterin mit den Waldbauern verhandelte, würde niemals glauben, dieselbe Frau vor sich zu sehen, so verzagt hatten ihre Worte geklungen.

Andreas Moser kaute den Bissen fertig, den er gerade im Mund hatte, und schluckte ihn hinunter, bevor er Antwort gab.

»Du leidest unter Einbildungen, Janette. Das Ganze ist so harmlos wie sonst noch was. Was ist denn dabei, wenn ich ein paar Worte mit einer Frau wechsle. Oder willst du mich gleich einsperren?«

Der Wechsel in seiner Stimmlage war bemerkenswert. Zuerst beruhigend, wurde sein Tonfall dann ärgerlich und zuletzt anklagend.

Janette starrte das alte Silberbesteck an, das Cilly heute am Sonntag aufgelegt hatte, und kämpfte mit den Tränen.

»Natürlich will ich dich net einsperren, Andreas. Es ist nur ...« Sie brach für einen kurzen Augenblick ab und bedachte ihn mit einem Blick, der an eine waidwunde Hirschkuh gemahnte. »Wenn's beim Reden bleiben tät, hätt ich ja nichts dagegen. Aber das tut's net. Ich hab selber mit eigenen Augen gesehen, wie du einer Frau die Bluse und den BH ausgezogen hast. Ich bin davongelaufen, weil ich mir den Rest nimmer anschauen hab mögen.«

»Spionierst du mir nach?« Es klang wie ein Peitschenhieb. Noch während Janette zusammenzuckte, fasste ihr Mann nach ihrer Hand. »Du Dummerl, du hättest ruhig zusehen können. Es war nämlich net so, wie du dir denkst. Die Frau hat einen Bienenstich an der Stell abbekommen. Da hab ich ihr den BH abnehmen müssen, um den Stachel herausziehen zu können.«

»Die hat ganz was anderes gestochen.« Janette brach erneut in Tränen aus.

Vor einigen Monaten, als die ersten Gerüchte um ihren Mann aufgekommen waren, hatte sie ihm mit aller Macht glauben wollen. Doch inzwischen war der Glaube an ihn brüchig geworden. Sie fragte sich verzweifelt, was sie falsch gemacht hatte, weil Andreas fremden Frauen nachstellte.

»Andreas, ich bitt dich, komm mir net mit solchen Lügen. Im Dorf pfeifen es die Spatzen von den Dächern, dass du einsame Touristinnen tröstest. Was meinst du, wie ich mich dabei fühl? Denk doch auch einmal an mich. Außerdem weißt du doch net, was das für Weiber sind. Die können krank sein oder gar Aids haben. Und was ist, wenn eine von ihnen schwanger wird und du für ihr Kind zahlen musst?«

»Dann wüsst ich wenigstens, dass es net an mir liegt, dass wir noch keine Kinder haben.«

Das war genau das richtige Mittel, um die Gedanken seiner Frau in eine andere Richtung zu lenken. Janette Moser wischte sich mit der Serviette die nassen Augen trocken und sah dann ihren Mann nachdenklich an.

»Ich hab denkt, wir wären uns einig, dass wir mit Kindern so lang warten, bis wir finanziell gut genug dastehen. Aber wenn du meinst, verzicht ich halt auf die Pille.«

»Mir wär nichts lieber als das, Janette. Aber wie du selbst gesagt hast, wär's ein finanzielles Risiko. Leider müssen wir derzeit von deinem Gehalt leben, und wenn das weniger wird ...« Andreas Moser ließ den Rest ungesagt, seine bedenkliche Miene sprach Bände.

»Vielleicht solltest du dich umsehen, ob du net irgendeine Arbeit findest. Zum einen wär dann die Langeweile vorbei, über die du klagst, und zum anderen können wir uns zusammen mit dem Elterngeld dann ein Kind leisten.« Janette sah ihren Mann voller Hoffnung an, doch der wehrte diesen Vorschlag mit erhobenen Händen ab.

»Was denkst du dir? Ich habe nicht studiert, um einen Bauernknecht oder Hilfsarbeiter zu machen.«

»Daran hab ich auch gar net denkt, Andreas. Aber schau doch unser Revier an. Mein jetziger Forstassessor wird in zwei Monaten versetzt. Wenn ich mit meinem Vorgesetzten red, krieg ich's sicher hin, dass du seine Stell einnehmen kannst, auch wenn du kein gelernter Forstmann bist. Ich kann dir alles beibringen, was du brauchst. Was meinst du, was wir dann für ein Leben hätten. Wir könnten alles teilen und miteinander glücklich sein.«

Damit kam Janette bei ihrem Mann nicht besonders gut an. Andreas Moser rümpfte die Nase und blickte direkt über seine Frau hinweg.

»So weit käm's noch, dass ich den Laufburschen meiner eigenen Ehefrau mache. Nein, das kannst du dir abschminken. Ich habe nicht umsonst studiert.«

»Dann mach endlich was draus! Entweder schreibst du dich wieder in der Uni in München ein oder fängst ein Fernstudium an.« Allmählich verlor Janette die Geduld mit ihrem Mann.

Er merkte es und fasste erneut nach ihren Händen.

»Schätzchen, was meinst du, wie oft ich bereits darüber nachgedacht habe! Aber wenn ich in München studiere, müsste ich mir ein Appartement nehmen und könnte nur an den Wochenenden zu dir kommen, und das auch nur, wenn ich nicht lernen muss. Ein Fernstudium bringt bei meinem Studiengang nichts, denn ich muss mit meinem Professor und den Kommilitonen zusammenarbeiten. Am Besten, du gibst dieses komische Forstamt auf, und wir ziehen wieder in die Stadt. Du bekommst sicher einen Schreibtischjob in der Forstverwaltung.«

Seine Stimme hatte etwas Beschwörendes an sich, dem sich seine Frau nicht entziehen konnte. Sie schniefte ein paar Mal und sah ihn mit traurigem Gesicht an.

»Du weißt gar net, wie gern ich das tät. Aber als selbstständige Revierförsterin verdiene ich um einiges mehr als in der Forstverwaltung am Schreibtisch. Wir könnten uns von dem Geld keine gescheite Wohnung leisten und müssten uns mit allem einschränken. Ich wär dazu bereit, aber ich weiß net, ob du das willst.«

Das wollte Andreas Moser ganz und gar nicht. Ihm gefiel das Leben, das er in Kreiental führte und das ihm keinerlei Verpflichtungen auferlegte. Von Janettes Gehalt als Revierförsterin konnten sie herrlich und in Freuden leben. Er sah keinen Grund, warum er einen Beruf ausüben sollte, der ihm nicht zusagte.

Außerdem war es amüsant, sich mit den Touristinnen zu unterhalten, mit denen er zusammentraf. Er ging auch nicht mit jeder ins Bett, denn vielen war nur nach Reden, aber nicht nach Sex zumute. Allerdings sagte er nicht Nein, wenn sich die Gelegenheit bot, sich als Mann zu beweisen.

Er betrachtete seine Frau, die ihm schon früher arg kurvenlos erschienen war. Durch die harte Arbeit im Forst war sie noch hagerer und in seinen Augen unattraktiver geworden. Manchmal fragte er sich, weshalb er sie eigentlich geheiratet hatte. Wahrscheinlich war die Idee mehr von ihr gekommen. Sie sollte froh sein, dass sie überhaupt einen so attraktiven Ehemann wie ihn besaß. Er gab sich auf jeden Fall alle Mühe, um sie zufriedenzustellen.

Er konnte nichts dafür, wenn sie den ganzen Tag im Wald war, am Abend müde und abgehetzt nach Hause kam und auch dann kaum Zeit für ihn hatte, weil sie am Schreibtisch ihren Papierkram erledigen musste. Aus diesem Grund fand er es unverschämt von ihr, ihm Vorwürfe zu machen, weil er sich woanders schadlos hielt.

Ihr das ins Gesicht zu sagen, wagte er jedoch nicht,

denn dann würde es vielleicht doch hart auf hart gehen. Sie war zwar in ihn verliebt und hingebungsvoll bis zur Selbstaufgabe, doch wenn er sie zu sehr angriff, konnte sich das schnell ändern.

Mit einer fast routinemäßigen Zärtlichkeit glitt seine rechte Hand ihren Arm hoch bis zur Schulter, kroch unter ihre Bluse und senkte sich zwischen die zwar kleinen, aber festen Hügelchen ihrer Brust.

»Ich glaub, wir sollten nach dem Essen was anderes machen, als eine Zigarette rauchen oder die berühmten tausend Schritte tun.«

Seine Stimme besaß noch immer Macht über sie, und er fühlte, wie ihr Leib sanft und nachgiebig wurde.

»Ich hab dich lieb, Andreas«, flüsterte sie leise.

»Ich dich doch auch, du Dummerl.«

Er beugte sich vor und küsste sie auf die Wange. Sie umschlang ihn mit den Armen und klammerte sich so fest an ihn, als wolle sie ihn nicht mehr loslassen.

Mit einem gewissen Spott dachte er daran, dass sie ihm sicher noch etliche willige Urlauberinnen verzeihen würde. Er setzte seine Verführungskünste so geschickt ein, dass sie ihn fast von selbst in das gemeinsame Schlafzimmer führte.

4

Die Idee, die Christine während des Gesprächs mit der Schusteröderin ausgebrütet hatte, erwies sich als überaus erfolgreich. Die Bäuerinnen waren durch ihre Arbeit im Haushalt, im Stall und bei der Heuernte im Moment voll ausgelastet. Sie nahmen begeistert die Gelegenheit wahr, ihre Bestellungen telefonisch durchgeben zu können und die Waren noch am selben Tag geliefert zu bekommen.

Als Christine den ersten Einkauf ablieferte, bedauerte sie rasch, nicht noch ein paar Kleinigkeiten mitgenommen zu haben, denn die Kinder sammelten sich um ihr Auto und fragten nach Bonbons und Schokolade. Der Knecht kam dazu und wollte Zigaretten haben, und dem Bauern war das Rasierwasser ausgegangen.

Christine notierte alles und brachte es gleich im Anschluss an ihre Tour zum Hof hinaus. Sie ärgerte sich ein wenig, weil sie zweimal hatte fahren müssen und über den ältesten Bauernsohn, dem inzwischen eingefallen war, dass er dringend Haarcreme brauchte, um am Samstagabend bei den Mädchen Eindruck zu schinden. Da sie Gott sei Dank ein paar Tage Luft hatte, vertröstete sie den Siebzehnjährigen auf später und fuhr weiter.

Diese Erlebnisse häuften sich, und so lud sie bei der nächsten Fahrt etliche Dinge in ihren Wagen, die niemand bestellt hatte und die nicht verderben konnten. Sie verkaufte auf ihrer Runde über die Höfe einiges davon und sprach dann am Abend mit ihrer Tante über die Möglichkeit, einen regelmäßigen Lieferdienst einzurichten.

Daniela Mergentheim hörte ihrer Nichte aufmerksam zu und nickte mehrmals zustimmend, zog dann aber ein Gesicht wie sieben Tage Regenwetter.

»Das ist alles schön und gut, Christine. Aber ich selber kann das net machen. Erstens hab ich kein Auto, und zweitens müsst ich in der Zeit meinen Laden zusperren. Was meinst du, wie schnell die Leut dann wieder nach Holzmatting rennen würden.«

Christine seufzte, als sie diese Bedenken hörte.

Es war zum Verzweifeln, dachte sie. Sie hatte eine gute Idee nach der anderen, doch alle krankten an der Tatsache, dass sie nur noch gut zwei Wochen in Kreiental bleiben würde. Allein schaffte die Tante das nicht. Sobald sie in die Stadt zurückgekehrt war, würde das Geschäft wieder zurückgehen und die Tante irgendwann aufgeben müssen.

»Ich wollt, ich könnt dir helfen, Tanterl. Aber was ich auch anfang, es führt zu keinem guten End.« Christine schüttelte den Kopf und fragte sich, was sie noch machen konnte.

Ihre Tante sah sie nachdenklich an und rieb ihre Fingerspitzen gegeneinander, als würde sie etwas ausbrüten. »Was ist, wenn du bei mir bleibst? Deine Arbeit gefällt dir eh net, dein Appartement in der Stadt ist net größer als eine Hundehütte und teuer ist dort auch alles, das weißt du ja selbst. Ich könnt dir zwar kein direktes Gehalt zahlen, tät dich aber am Umsatz beteiligen. Ein Taschengeld kriegst du auf jeden Fall, damit du net hinter den anderen Madln im Dorf zurückstehen musst.«

Daniela Mergentheim hatte lange darüber nachgedacht. Beim augenblicklichen Geschäftsgang konnte sie Christine fast genauso viel bezahlen, wie diese in der Stadt verdiente. Selbst wenn der Umsatz stagnieren würde, reichte es für sie und ihre Nichte allemal aus.

Das Angebot kam so überraschend, dass Christine nicht sofort darauf antworten konnte.

Sie musterte ihre Tante, die allein nicht in der Lage war, das Ruder herumzureißen, um den Laden dauerhaft erfolgreich zu machen. Außerdem hatte Christine die ganze Sache angestoßen. Trotzdem fürchtete sie sich mit einem Mal, ihr gewohntes Leben loszulassen, obwohl sie sich das vorher so oft gewünscht hatte.

Sie liebte ihre Tante. Aber musste sie sich ganz in deren Hände begeben?, fragte sie sich.

Die Ladenklingel verschaffte ihr eine Denkpause.

»Ich schau nach«, rief Christine ihrer Tante zu und lief nach vorn. Eine junge Frau kramte gerade im Kühlregal herum. Als Christine sie ansprach, zuckte sie zusammen und drehte sich mit rotem Kopf um.

»Grüß Gott, ich wollt bloß diesen Jogurt kaufen.« Sie griff dabei fast aufs Geratewohl zu und holte einen Becher heraus.

»Macht fünfundvierzig Cent.«

Christine behielt die Frau im Auge, während sie das Geld entgegennahm. Irgendwie kam sie ihr bekannt vor, ohne dass sie das Gesicht einordnen konnte. Bevor sie jedoch weiter darüber nachdenken konnte, verschwand die junge Frau wie der Blitz. Wenige Sekunden später heulte draußen ein Automotor auf, und Christine sah durch das Fenster einen Kleinwagen davonschießen.

Die Tante steckte den Kopf herein.

»Wer war's denn?«

»Keine Ahnung, aber irgendwie gefällt mir das Ganze überhaupt net.«

Christine trat misstrauisch an das Kühlregal. Sie hatte es erst an diesem Morgen sauber eingeräumt, doch jetzt lagen die Sachen durcheinander wie Kraut und Rüben.

»Für einen Jogurt hätt sie wirklich net so herumwühlen müssen.«

Kopfschüttelnd machte Christine sich daran, die Jogurt- und Sahnebecher zu sortieren. Plötzlich zuckte sie zusammen und nahm einen der Becher zur Hand.

»Du Tante, kannst du dich erinnern, ob wir die Marke da führen?«

Daniela Mergentheim kam näher, betrachtete die Becher und verneinte.

»Net, dass ich wüsst. Wie kommt denn der da herein?«

»Das tät ich auch gern wissen.« Christine betrachtete den Jogurtbecher genauer und stieß fast im selben Moment einen keuchenden Laut aus. »Schau dir das an, Tanterl. Der ist schon vor einem Monat abgelaufen!«

»Das gibt's net.« Die Tante nahm ihr den Becher aus der Hand und sah ihn an. »Tatsächlich. Dann kann er gewiss net von uns sein, denn du hast erst gestern alle abgelaufenen Sachen ausgeräumt.«

»Wie kommt der Becher in unser Kühlregal?«

Misstrauisch durchsuchte Christine das ganze Regal und wurde dreimal fündig. Ein weiterer Jogurt, eine Schlagsahne und ein Stück Butter kamen zum Vorschein, die nach Recht und Gesetz bereits vor zwei bis drei Wochen in den Abfall gehört hätten. Alle trugen neutrale Preisschilder, wie auch die Tante sie verwendete, doch als sie sich das Stück Butter genauer ansah, bemerkte sie den Rest eines früheren Aufklebers, bei dem noch etwas Farbe zu erkennen war.

»Schau dir das an, Tanterl. Diese Schilder hat unsere Holzmattinger Konkurrenz. Also steckt der Gotthelf dahinter. Aber warum?« Diese Frage konnte Daniela Mergentheim ihrer Nichte nicht beantworten.

Christine schlich inzwischen wie ein witternder Hund durch den Laden und sah sich alles genau an. Wie durch einen sechsten Sinn fand sie eine Dose Brathering, die bereits vor langer Zeit entsorgt hätte werden müssen, sowie zwei uralte Mehlpakete, die einmal feucht geworden sein mussten, denn sie waren steinhart und mit Sicherheit nicht mehr zu gebrauchen.

»Tanterl, hilf mir suchen, ich hab da so einen Verdacht«, wandte sie sich Daniela zu.

»So, und welchen?«

Darauf blieb Christine die Antwort schuldig. Mit leisen Verwünschungen, die alle dem Geschäftsführer der Konkurrenz galten, durchforstete sie den ganzen Laden von oben bis unten. Ihre Tante unterstützte sie dabei und fand hinter den aufgestapelten Schokoladentafeln in einem Regal eine Dose ausgelaufener Schuhcreme. Sie mussten das ganze Regal ausräumen und in der Waschkammer mit heißem Wasser und Kernseife säubern, bevor sie es wieder einbauen konnten. Außerdem mussten sie die Hälfte der aufgestapelten Schokolade wegwerfen, weil sie mit der Schuhcreme in Berührung gekommen war.

»Da hat sich einer aber verdammt viel Mühe gemacht!« Christine bleckte angriffslustig die Zähne, während sie die gefundenen Sachen in eine Plastiktüte packte und nach hinten trug. Als sie zurückkehrte, stand ein fremder Mann in einem weißen Kittel im Laden und sah sich mit so angeekelter Miene um, als befände er sich in einem Schweinestall.

»Der Herr ist Lebensmittelkontrolleur«, klärte Tante Daniela sie auf.

Christine nickte, als hätte sie auch genau das erwartet.

»Dann hat der Herr gewiss auch einen amtlichen Ausweis.«

»Natürlich habe ich das!«

Der Mann hielt ihr das entsprechende Dokument unter die Nase und erklärte, dass sich in letzter Zeit die Beschwerden über den Laden gehäuft hätten, sodass die Behörden eine überraschende Kontrolle angeordnet hätten.

»Dann kontrollieren Sie.«

Um Christines Lippen zuckte es verdächtig. Auch wenn der Mann tatsächlich ein Lebensmittelkontrolleur war, sah ihr das Ganze trotzdem nach einem abgekarteten Spiel aus.

Nach einer Weile revidierte sie diese Ansicht zugunsten des Behördenmenschen, denn er ging mit aller Gründlichkeit vor, ohne sich direkt auf die Stellen zu stürzen, an denen die Fremde die verdorbenen Sachen versteckt hatte.

Plötzlich klatschte Christine sich mit der flachen Hand gegen die Stirn. Jetzt wusste sie, wo sie die junge Frau gesehen hatte: im Holzmattinger Supermarkt. Sie war dort an der Kasse gesessen. Es war das letzte Puzzlestück, das ihren anfänglichen Verdacht erhärtete.

Das hatte Gotthelf sich gut ausgedacht. Er hatte durch seine Verleumdungen die Untersuchung von Tante Danielas Laden in die Wege geleitet und war durch gewisse Verbindungen rechtzeitig über den Termin informiert worden. Es war ein Glück, dass er die nervöse Kassiererin geschickt hatte. Eine Person mit mehr Selbstbeherrschung wäre wahrscheinlich nicht aufgefallen.

»Wie's aussieht, haben Sie sich die Beschwerden zu Herzen genommen und den Laden entsprechend aufgeräumt. Jetzt möchte ich der Vollständigkeit halber noch Ihr Lager sehen.«

Dem Kontrolleur war kein Ärger anzumerken, also gehörte er nicht zu Gotthelfs Clique. Christine war froh darüber, denn ein Kumpel des Marktleiters hätte mit Sicherheit versucht, ihnen irgendetwas anzuhängen.

»Bitte, kommen Sie mit.«

Um einiges freundlicher geworden, führte sie den Mann in das Lager. Nun war sie froh über die vielen Sonderangebote, die sie und Tante Daniela gemacht hatten. So war das Lager zwar gut gefüllt, aber nicht mehr vollgestopft wie noch bei ihrer Ankunft. Vor allem stand nichts mehr in den Fluren oder gar in der Garage. In die passte jetzt ihr eigener Wagen, da Tante Daniela das Gefährt ihres Mannes nach dessen Tod verkauft hatte.

»Alles in Ordnung«, befand der Kontrolleur, als er fertig war.

Christine überlegte, ob sie ihm die untergeschobenen Sachen zeigen sollte. Da sie nur einen Verdacht hatte, aber keinen direkten Beweis, ließ sie es sein.

»Es hätt mich auch gewundert, wenn net alles in Ordnung wär. Wissen Sie, meine Tante hat mich extra nach Kreiental geholt, damit ich ihr im Geschäft helf. Und was die angeblichen Beschwerden betrifft, von denen Sie gehört haben: Letzte Woch hat sich eine Bäuerin beschwert, weil sie in der Früh kurz nach Ladenöffnung einen Jogurt erwischt hat, der einen Tag abgelaufen war. Sie wissen ja, wie leicht aus einer Fliege ein Elefant gemacht wird. Dabei hätt ich den Jogurt bei der morgendlichen Inspektion aus dem Kühlregal herausgenommen. Aber die Frau war halt schneller gewesen.«

Christine lächelte den Kontrolleur an und sah erleichtert, wie er unbewusst nickte.

»Solche Sachen passieren nicht gerade selten. Was meinen Sie, wie oft wir zu Kontrollen geschickt werden, die hinterher ausgehen wie das Hornberger Schießen. Meistens handelt es sich um eine Racheaktion verärgerter Kunden, manchmal stecken auch neidische Konkurrenten dahinter. Aber wir müssen auf jede Anzeige reagieren.«

Der Kontrolleur erzählte ein paar Anekdoten aus seiner Berufspraxis und verabschiedete sich zuletzt ebenso freundlich, wie er zuerst streng gewesen war.

Daniela Mergentheim atmete erleichtert auf, als er den Laden verlassen hatte. Sie ergriff Christines Arm, als müsse sie sich darauf stützen, und schüttelte den Kopf.

»Mich überläuft's heiß und kalt, wenn ich daran denk, dass der Mann die Sachen finden hätt können, die uns der Gotthelf untergeschoben hat. Warum hast du es ihm denn net gesagt?«

»Dem Kontrolleur, meinst du? Weil wir keinen Beweis haben. Ohne Beweis ist's aber bloß eine Vermutung, auf die er nichts geben darf. Wir haben einen Rechtsstaat, in dem man einen bei der Tat erwischen muss, um ihm was nachweisen zu können.«

Ganz wohl war Christine bei der Sache allerdings nicht. Wenn Gotthelf zu solchen Mitteln griff, würde er auch vor weiteren Schritten nicht zurückschrecken. Dieser Bedrohung war ihre Tante allein sicher nicht gewachsen. Sie drehte sich um und sah Daniela Mergentheim durchdringend an.

»Wenn du wirklich meinst, ich soll bei dir in Kreiental bleiben, dann tu ich's!«

Es war der Entschluss eines Augenblicks. Sie wollte ihre Tante in ihrem Kampf gegen Gotthelf und dessen Supermarkt nicht im Stich lassen.

Daniela Mergentheim umarmte ihre Nichte und kämpfte mit Tränen.

»Ich tät mich so freuen, Christine. Weißt du, allein leben ist nichts für mich, und irgendwie verstehst du dir doch besser zu helfen, als ich es kann.«

»Dann ist's ausgemacht. Wart, ich telefonier gleich mit meinem Arbeitgeber. Ich will zusehen, dass ich so schnell wie möglich von dort loskomm. Dir ist nämlich net geholfen, wenn ich noch die ganze gesetzliche Kündigungszeit einhalten muss.«

Mit diesem Vorsatz trat Christine ans Telefon und nahm den Hörer zur Hand. Das Gespräch mit der Sekretärin ihres Chefs verlief kurz und in kühlem Ton. Danach war alles geklärt. Christine musste nur noch einmal in die Firma, um ihren Schreibtisch auszuräumen.

Die Sekretärin hatte bereits eine Nachfolgerin für sie an der Hand – eine Verwandte, die dringend eine Stelle suchte.

»Wahrscheinlich war das der Grund für das Mobbing in der letzten Zeit. Die blöde Kuh hat mich loswerden wollen, um die andere Frau in die Firma zu bringen. Jetzt hat sie's endlich geschafft. Mir kann's wurscht sein.«

Christine winkte verächtlich ab und sah ihre Tante an. »Wenn du nichts dagegen hast, mach ich mich sofort an meinen Umzug. Vielleicht werde ich mein Appartement noch einen oder zwei Monate bezahlen müssen, bis ein Nachmieter gefunden ist. Aber das stört mich jetzt auch nimmer. Am besten ist's, ich fahr gleich los. Unterwegs will ich unserem guten Freund Gotthelf ein paar Sachen zurückbringen.«

Christine bleckte angriffslustig die Zähne und trug den Plastikbeutel, in den sie das verdorbene Zeug gesteckt hatte, zu ihrem Auto.

5

Im Gegensatz zu ihrem ersten Besuch war der Holzmattinger Supermarkt diesmal nicht überlaufen. Als Christine eintrat, entdeckte sie nur zwei Kundinnen zwischen den Regalen sowie den Fahrer eines Lastwagens, der sich wohl eine Brotzeit besorgen wollte. Diese hatte allerdings flüssige Form, denn er kam mit zwei Flaschen Bier auf die Kasse zu, an der dieselbe junge Frau saß, die am Morgen in Tante Danielas Laden gewesen war. Als sie Christine entdeckte, wurde sie leichenblass und begann zu zittern. Christine beachtete sie jedoch nicht, sondern ging durch den Laden, bis sie auf Xaver Gotthelf traf.

»Grüß Gott, der Herr. Ich glaub, das gehört Ihnen! Übrigens dankschön für den Lebensmittelkontrolleur. Er hat bei uns alles in bester Ordnung gefunden.«

Feixend drehte Christine die Tüte um und ließ den Inhalt auf den Boden fallen. Die Jogurt- und Sahnebecher zerplatzten sofort, und ein grünlich aussehender Schleim, der auch nicht besonders gut roch, breitete sich auf den Fliesen aus, ebenso die Schuhcreme. Sogar die Bratheringsdose bekam einen Riss, und die braune Soße gluckerte heraus.

Gotthelf starrte auf die Schweinerei und war so verdattert, dass er kein Wort herausbrachte. Christine ließ ihm nicht die Zeit, sich wieder zu fassen, sondern drehte sich auf den Fersen um und verließ hocherhobenen Hauptes den Laden. Auf dem Parkplatz angekommen, hörte sie, dass der Marktleiter seine Stimme wiedergefunden hatte. Er brüllte die Kassiererin an und machte sie für diesen Fehlschlag verantwortlich.

Christine startete den Motor und musste sich fast zwingen, nicht in Richtung Kreiental zu fahren. Ihr Weg führte nach München, um den Umzug zur Tante in die Wege zu leiten.

Unterwegs dachte sie, dass es vielleicht kindisch gewesen war, Gotthelf die Sachen vor die Füße zu schütten. Bereuen konnte sie die Tat jedoch nicht. Dafür war das entgeisterte Gesicht des Mannes einfach zu köstlich gewesen.

Auf der weiteren Fahrt plante Christine ihre nächsten Schritte. Auf jeden Fall mussten Tante Daniela und sie in Zukunft aufpassen, denn Gotthelf würde die Sache bestimmt nicht auf sich beruhen lassen, sondern es weiter mit unlauteren Mitteln versuchen. Mit etwas Glück konnten sie diese Taten gegen ihn kehren.

Die Kreientaler waren ein besonderer Menschenschlag und würden es nicht hinnehmen, dass ein Fremder eine so beliebte Mitbürgerin wie Daniela Mergentheim mit heimtückischen Mitteln bekämpfte. Aus dieser Überzeugung bezog Christine einen Teil ihres Mutes. Der Rest kam von ihrem jugendlichen Optimismus und der Freude, endlich das dumme Gesicht ihrer Vorgesetzten nicht mehr sehen zu müssen. Mochte es in Kreiental auch hart werden – sie hatte noch nie vor einer Herausforderung gekniffen und würde es auch jetzt nicht tun.

Auf dem Weg in die Millionenstadt erwartete sie der

alltägliche Stau diesmal bereits weit vor den Grenzen Münchens. Ab der Ausfahrt Brunntal war die Autobahn zu. Sie verließ sie bei der Ausfahrt Ottobrunn, aber auf der Landstraße wurde es nicht besser. Eine endlose Autoschlange kroch im Schneckentempo auf Neuperlach zu und durchquerte diesen Ortsteil ebenso langsam.

Als Christine nach einer schier endlos erscheinenden Zeit ihr eigenes Wohnviertel erreichte und einen Parkplatz für ihr Auto suchte, war sie froh, die Stadt verlassen zu können. Vor Erleichterung stiegen ihr die Tränen in die Augen.

Endlich stand ihr Wagen, und sie konnte die letzten hundert Meter zu Fuß in Angriff nehmen. Kurz darauf betrat sie ihre Wohnung, und alles kam ihr fremd vor. Die Nachbarin, die sie gebeten hatte, ihren Briefkasten zu leeren, hatte die Post kurzerhand auf den Tisch gelegt. Christine sah sie flüchtig durch. Das meiste waren Reklamezeitungen, die sie sofort zum Altpapier legte. Ihre Eltern hatten ihr eine Ansichtskarte aus Föhr geschrieben, wo sie jedes Jahr hinfuhren, um, wie ihr Vater sagte, vom Nordseewind ihre Lungen durchlüften zu lassen. Auch von einer Freundin gab es einen kurzen Gruß. Eine andere Freundin berichtete in einem längeren Brief, dass eine Bekannte – »dieses Miststück«, wie sie schrieb – Christine den Freund abspenstig gemacht hätte und mit ihm ins Ausland gegangen wäre.

Zum ersten Mal seit Tagen wurde Christine wieder an Jens erinnert und entdeckte zu ihrer Überraschung, dass sie sich nicht einmal mehr sein Gesicht vorstellen konnte. Mit einer verächtlichen Handbewegung warf sie den Brief auf den Tisch zurück. Das Kapitel Jens war für sie abgeschlossen. Sollte doch die andere mit ihm glücklich werden, Christine berührte das nicht mehr.

Mit dieser Erkenntnis ging sie daran, ihr Appartement zu inspizieren. Da es ihr widerstrebte, Geld für ein Umzugsunternehmen auszugeben, beschloss sie, sich einen kleinen Mietlastwagen zu leihen und ein paar Bekannte zu bitten, ihr beim Beladen zu helfen. In Kreiental fand sie bestimmt jemanden, der sie beim Ausladen unterstützen würde.

Als Nächstes suchte Christine ihren Vermieter auf, der ein Stockwerk tiefer in einer hübschen Vierzimmerwohnung lebte, und erklärte ihm, dass sie ausziehen würde. Der Mann, ein etwas korpulenter Mittfünfziger, sah nicht einmal unzufrieden aus, als er das hörte.

»Also, ich hab nichts dagegen. Ein früherer Schulfreund, der in Mainz lebt, hat nämlich bei mir angefragt, ob ich net ein Appartement für seinen Sohn hätt, weil der nach München kommt, um zu studieren. Wenn Sie's bis zum nächsten Ersten schaffen auszuziehen, wär's mir recht. Machen Sie die Renovierung selber, oder ...« Er legte eine Kunstpause ein, um Christine Gelegenheit zu eigenen Vorschlägen zu geben.

Die junge Frau befand sich in der Zwickmühle. Die Zeit, um selbst zu renovieren, hatte sie nicht, doch es machen zu lassen, würde einen Haufen Geld kosten. Ihr Vermieter bemerkte ihre Unsicherheit und sprach weiter.

»Ich könnt's natürlich selber machen. Außerdem könnt unser Student ein paar Tage eher kommen und mir helfen. Schließlich soll ihm das Appartement gefallen, und dann kann er sich gleich die Tapeten aussuchen. Das käm für Sie bestimmt net teurer als Ihre Kaution.«

»Wenn Sie das machen könnten, wär ich Ihnen sehr dankbar.«

Christine hatte sowieso nicht erwartet, je etwas von ihrer Kaution wiederzusehen, und war mit diesem Vorschlag mehr als einverstanden. Er ermöglichte es ihr, die Stadt schnellstmöglich zu verlassen.

»Kein Problem. Wenn es geht, fang ich gleich übermorgen an.«

Es war ein Fußtritt, und zwar ein kräftiger, die Wohnung zu räumen, doch Christine ging dankbar darauf ein. Sie verabschiedete sich von ihrem Vermieter und kehrte in ihre Wohnung zurück. Dort begann sie, die ersten Sachen in Reisetaschen und Tüten zu packen, hörte damit aber bald auf und rief reihum ihre Bekannten an, um zu fragen, wer ihr helfen wollte. Ein paar konnten nicht, doch sie bekam genug zusammen, um den Umzug in die Tat umzusetzen.

Den Rest des Tages nahmen wichtige Telefonate in Anspruch, außerdem sortierte sie alle Sachen aus, die sie nicht nach Kreiental mitnehmen wollte.

Einer der ersten Gegenstände, die im Abfall landeten, war Jens' Foto, das ganz modern in einen durchsichtigen Kunstharzblock eingegossen war. Sie sah es ganz kurz an und schüttelte den Kopf, weil sie sich in ein so unausgegorenes Bürschchen hatte verlieben können. Dagegen war selbst Sepp Schnegg ein richtiger Mann.

Bei dem Gedanken schob sich ihr jedoch nicht Sepps Bild vor Augen, sondern das von Tobias. Sie schüttelte ärgerlich den Kopf darüber, denn obwohl der Horngachersohn wirklich prächtig aussah, war er nichts für sie. Er würde Sandra Loitzl heiraten und ein Großbauer werden, der nächste in der langen Reihe der ›scheinheiligen drei Könige‹ vom Kreiental, wie Christine sie spöttisch nannte.

Trotzdem blieb ein unangenehmes Gefühl; als wäre es falsch, ihr altes Leben einfach wegzuwerfen, um sich in der bayerischen Prärie zu vergraben. Einen Augenblick lang empfand sie sich als Großstädterin und schreckte vor dem Gedanken zurück, ihr weiteres Leben in einem Bergtal verbringen zu müssen. Das Dorf konnte nur über eine einzige Straße erreicht werden, die zudem im Winter oft genug wegen des Schnees gesperrt wurde, sodass Kreiental ganz von der Welt abgeschnitten war.

Als sie merkte, wie diese Empfindung sie herunterziehen wollte, schüttelte sie energisch den Kopf. Sie hatte ihren Weg selbst gewählt, und sie würde es durchstehen – egal, ob es in Kreiental einen Tobias Horngacher gab oder zehn. Der Bauernbursche war unwichtig. Zuerst galt es, den Kampf mit dem Gotthelf zu bestehen. Das war schwer genug.

Mit diesem Gedanken legte Christine sich ins Bett und schlief, obwohl sich in ihrem Kopf alles drehte, rasch ein.

6

Der Abschied von München ging rascher vonstatten als erwartet. Christine erledigte am nächsten Vormittag die nötigen Behördengänge, danach holte sie den Kleinlastwagen, parkte ihn mit Erlaubnis ihres Vermieters vor dessen Garageneinfahrt und begann ihre Sachen einzuladen. Kurz darauf erschienen ihre Helfer, und ehe sie sich versah, war ihre Wohnung so leer wie ein blank geputzter Teller.

»Schade, dass du fortziehst«, sagte Susi, ein etwas kräftig gebautes Mädchen mit kurzen Stöpsellocken. Ihr Bruder Matthias stimmte ihr nickend zu.

»Irgendwie löst sich unsere ganze Clique auf. Zuerst haut der Jens mit der Verona ab, und dann gehst du auch.« Er brach ab und sah Christine fast erschrocken an. »Das habe ich nicht extra gesagt, das mit dem Jens und der Verona, meine ich.«

»Vergessen und vergeben.«

Christine lachte fröhlich und wies auf den Lastwagen, der so voll war, dass sich seine Hecktür gerade noch schließen ließ.

»So, dann werde ich wohl fahren. Vergelt's Gott für's Helfen. Dafür lade ich euch einmal nach Kreiental ein.«

Sie wollte sich schon auf den Fahrersitz schwingen, als Matthias sie mit bedenklicher Miene stoppte.

»Soll nicht besser ich fahren? Du hast doch noch nie was Größeres gelenkt als dein kleines Auto.«

»Jetzt bin ich aber beleidigt«, rief Christine mit gespielter Empörung. »Warum müsst ihr Männer immer glauben, wir Frauen könnten das nicht? Glaubst du, ich habe den Lastwagen hierher gezaubert? Den habe ich vorhin durch die Stadt chauffiert, und es ist nicht das Geringste passiert. Da werde ich wohl die paar Kilometer nach Kreiental auch noch schaffen. Und jetzt: Pfüat's euch. Wir sehen uns, wann immer ihr Lust habt.«

»Wir kommen bestimmt. Wir könnten bei dir eine kleine Bergwanderung machen. Vielleicht laufe ich dann ein bisschen von meinem Speck herunter.« Susis Augen glitzerten bei dem Gedanken, doch ihr Bruder lachte nur schallend auf.

»Das, was du verlierst, isst du beim Abendessen doppelt und dreifach wieder drauf. Da müsstest du schon sämtliche Alpengipfel von Ost nach West besteigen und dabei streng Diät halten, damit es etwas nützt.«

»Was sagst du dazu, Christine? Und so was ist mein Bruder.« Susi streckte Matthias die Zunge heraus und drückte dann Christine kurz an sich. »Viel Glück. Wir rufen uns zusammen.«

»Das machen wir. Servus alle miteinander!«

Christine winkte ihren restlichen Helfern zu, die sich nicht an dem Gespräch beteiligt hatten, und startete den Motor. Ganz so sicher, wie sie getan hatte, fühlte sie sich am Steuer des Lasters nicht, aber sie biss die Zähne zusammen und lenkte das Gefährt vorsichtig auf die Straße.

Sie merkte aber rasch, dass es im Straßenverkehr beinahe wie im Tierreich zuging. Größe war einfach wichtig. Selbst der forscheste Sportwagenfahrer wich lieber ihrem Kastenwagen im weiten Bogen aus, als zu riskieren, eine

Schramme oder gar eine Beule in sein Heiligtum zu fahren.

Auf dieser Fahrt kam es Christine so vor, als würde alles, was sie belastet hatte, hinter ihr zurückbleiben. Die Zukunft sah hell aus, und sie war gewillt, sie zu meistern. Gotthelf war auch nur ein kleines Rädchen in einem großen Getriebe, und ihr würde schon etwas einfallen, um mit ihm fertig zu werden.

Während sie sich einen Kampfplan gegen den unfairen Konkurrenten zurechtlegen wollte, beschäftigten sich ihre Gedanken ganz gegen ihren Willen mehr mit Tobias. Eigentlich war es schade, dass er unbedingt auf einen Bauernhof einheiraten wollte.

Er hätte ihr gefallen können, sagte sie sich in einem Moment der Ehrlichkeit.

Dann aber schüttelte sie resolut den Kopf und vertrieb Tobias aus ihren Gedanken. Erst einmal war Gotthelf an der Reihe, danach würde sie weitersehen.

Doch gerade als sie das dachte, erinnerte sie sich, dass Tobias sie noch immer nicht zu dem Eis eingeladen hatte, das er ihr angeblich spendieren wollte. Sie würde ihn daran erinnern, schwor sie sich und sah dabei verträumt auf das Land hinaus, das unter einer warmen Sonne grünte und blühte und sang mangels eines Autoradios in ihrem motorisierten Gefährt selbst ein Lied.

Dorf um Dorf blieb hinter ihr zurück, und als sie die Berge erreichte, war ihr, als würde sie in ihre Heimat zurückkehren. Munter fuhr sie weiter und erreichte Holzmatting. Angesichts des nur spärlich besetzten Parkplatzes vor dem Supermarkt lachte sie fröhlich auf. Auch für Gotthelf wuchsen die Trauben nicht in den Himmel, und sie wollte dafür sorgen, dass sie ihm zudem arg sauer schmeckten.

Die letzten Kilometer nach Kreiental legte sie beschwingt zurück und parkte den Lastwagen schließlich vor der Tür ihrer Tante. Diese kam sofort aus dem Haus und starrte ihre Nichte mit großen Augen an.

»Hast du das Riesending selber gefahren?«

»Was heißt da Riesending? Das ist bloß ein 7,5-Tonner, den ich mit meinem Führerschein fahren darf. Außerdem, warum soll ich's net können?«

Christine klang ein wenig harscher als beabsichtigt. Ihre Tante wurde kleinlaut.

»Entschuldige, ich hab dich net kritisieren wollen. Aber es ist halt so, dass so große Kästen meistens von Männern gefahren werden.«

»Die können's auch net besser als eine Frau. Aber wenn sie solche Reden hören, ist's kein Wunder, dass sie sich was auf ihr Männerdasein einbilden. Dabei wären sie ohne uns Frauen vollkommen verratzt. Die meisten Männer können doch noch net einmal unfallfrei ein Spiegelei braten.«

Christine zwinkerte ihrer Tante zu, um ihr zu zeigen, dass sie ihr nicht böse war, und fragte sie dann, wo sie ihre Sachen im Haus unterbringen konnte.

»Die Möbel tun wir erst einmal auf den Speicher, denn dein Zimmer ist ja eingerichtet. Später kannst du dann austauschen, was dir net gefällt. Für das andere Sach werden wir schon ein Platzerl finden.«

Daniela Mergentheim konnte, wie Christine bemerkte, ganz schön energisch werden, denn die beiden Loitzlknechte, die zufällig vorbeikamen, wurden von ihr sofort angesprochen.

»Ferdinand, Cornelius, könnt ihr uns beim Einräumen helfen?«

Ferdinand sah zuerst den Lastwagen an, danach Christine und runzelte die Stirn.

»Sag bloß, der Frechdachs da will bei dir einziehen, Daniela? Dem hilf ich net, so wie der mich früher in den Ferien allweil verspottet hat.«

Er machte Anstalten weiterzugehen, blieb aber dann stehen und sah grinsend in Christines fassungsloses Gesicht.

»Gelt, da fällt dir nichts mehr ein. Aber ich will ja net so sein. Komm Cornelius, das Wagerl haben wir doch gleich ausgeladen.«

»Das will ich meinen.«

Cornelius lachte und trat an den Wagen. Er musterte kurz die Ladung und zeigte auf ein paar Kisten mit Büchern und kleineren Dingen.

»Nehmen wir zuerst die, damit wir Platz haben, die Couch und das Bett richtig anzufassen. Wo soll's denn hin?«

Der erste Teil seiner Rede war für Ferdinand gedacht und der letzte Satz für Christine.

»Erstmal alles auf den Speicher. Ich hoff, es wird euch net zu schwer. Es geht immerhin zwei Treppen hoch.«

Christine hatte erst jetzt daran gedacht, dass es im Haus ihrer Tante keinen Aufzug gab.

Cornelius lachte jedoch nur über ihre Worte.

»Als ob zwei Treppen uns schrecken könnten, net wahr, Ferdinand?«

»Pro Treppe eine Halbe, tät ich sagen«, antwortete sein Kollege grinsend und nahm die große Stehlampe entgegen, die Cornelius ihm reichte.

Christine sah sie an und fand, dass sie in das Schlafzimmer passte, das die Tante ihr gegeben hatte.

»Halt, die kommt net auf den Speicher. Die bringst du mir ins Schlafzimmer«, rief sie und lief hinter Ferdinand her.

Dessen Grinsen wurde zu einem breiten Feixen.

»Ha, da werden die Burschen aber schauen, wenn ich beim Oberwirt erzähl, dass ich mit dir im Schlafzimmer war.«

»Untersteh dich!«

Christine drohte ihm mit der Faust, doch der alte Knecht lachte nur.

»Das wär die richtige Revanche für den Rasputin, meinst du net auch?«

Christine seufzte und schüttelte den Kopf.

»Es tut mir leid, dass ich dir das als Kind nachgerufen hab. Ich hab net gewusst, dass du dich darüber ärgerst.«

»Doch, das hast du schon gewusst, sonst hätt's euch Rasselbande net so viel Spaß gemacht. Aber ich will dir zugutehalten, dass du's net selber erfunden, sondern bloß nachgeplappert hast. Also, wo soll die Lampe hin? Sie schaut übrigens schön aus. So eine werde ich mir auch einmal kaufen.«

»Die gibt's in einem Geschäft in der Neuhauserstraße«, erklärte Christine und zeigte ihm den Platz, an dem sie die Lampe haben wollte.

7

Eine knappe halbe Stunde später war die Ladefläche des Lastwagens geleert. Ferdinand und Cornelius waren nicht nur schnell gewesen, sondern auch so behutsam, dass kein einziges Möbelstück oder sonstiger Gegenstand aus Christines Besitz eine Schramme abbekommen hatte. Als alles verstaut war, sah Christine die beiden Männer dankbar an.

»Dafür bin ich euch aber was schuldig.«

»Eine Halbe für den Cornelius und eine für mich, das langt«, erklärte Ferdinand.

»Also gut, gehen wir zum Wirt.«

Christine wollte in Richtung Gasthaus, doch da hielt der alte Knecht sie zurück.

»Beim Wirt ist das Bier viel zu teuer. Habt ihr net zwei Flascherl daheim?«

»Doch, aber ...«

»Kein aber«, mischte Cornelius sich ein. »Wir müssen eh heim. Was meinst du, was unser Bauer sagen würd, wenn wir mitten unter der Woch vor der Stallarbeit im Wirtshaus sitzen täten.«

Da Christine unschlüssig war, griff Tante Daniela ein. Sie holte vier Flaschen Bier aus dem Keller, dazu zwei Schachteln Zigaretten und ein paar Tafeln Schokolade und drückte sie den beiden Knechten in die Hand.

»Weil ihr so brav gearbeitet habt. Vergelt's Gott sagen wir auch noch dazu.«

»Das ist ja viel zu viel. Außerdem raucht keiner von uns«, wehrte Cornelius ab.

»Ich schnupf bloß.« Ferdinand rief es in der Hoffnung, die Krämerin könnte statt der Zigaretten eine Packung Schnupftabak springen lassen.

Er hatte sich nicht geirrt. Daniela Mergentheim räumte die Zigaretten wieder ein und brachte dafür ein Päckchen Schnupftabak, das Ferdinand mit sichtlichem Wohlgefallen entgegennahm.

»So einen guten Schmalzler hab ich noch nie gehabt. Vergelt's Gott, Krämerin. Wenn du oder die Christine wieder einmal jemand braucht, dann wisst ihr, wenn ihr fragen müsst.«

»Ich werd's mir merken.«

Christine reichte den beiden Männern die Hand, um sich bei ihnen zu bedanken. Während sie das tat, sah sie Sandra Loitzl die Straße hochkommen. Die junge Witwe war wohl wieder zum Friedhof unterwegs, denn sie hielt frische Blumen in der Hand. Ganz in Gedanken versunken, bemerkte sie weder Christine noch die beiden Hofknechte, sondern ging an ihnen vorbei, als wären sie Luft.

Ferdinand blies leise die Luft aus den Lungen und sah ihr kopfschüttelnd nach.

»Manchmal frag ich mich wirklich, ob das Madl noch ganz normal ist.«

Christine achtete nicht auf ihn, sondern auf Cornelius, in dessen Augen plötzlich ein warmer Ausdruck lag, der die junge Bäuerin sanft umfing. Es dauerte jedoch nur einige Sekunden, dann wurde das Gesicht des Knechtes starr, beinahe abweisend.

»So, wir müssen weiter. Unser Bauer wird sich eh schon

fragen, wo wir abgeblieben sind.« Nach diesen Worten schritt er grußlos davon, ohne sich noch einmal umzusehen.

Ferdinand kratzte sich am Bart und schnaubte.

»Nehmt es ihm net übel. Manchmal hat er halt solche Phasen. Aber in einem hat er recht: Wir müssen nämlich wirklich heim. Pfüat Gott derweil.«

»Pfüat di, Ferdinand.«

Christine winkte ihm zum Abschied zu und kehrte in das Haus zurück. Dabei schossen ihr die verrücktesten Gedanken durch den Kopf. Eines war für sie jedoch sicher: Cornelius liebte Sandra, schien aber zu glauben, dass diese Liebe hoffnungslos war. Im ersten Augenblick gab ihm Christine recht, denn sie kannte den Stolz des Loitzlbauern, der dem seiner beiden Nachbarn in nichts nachstand. Dann aber fragte sie sich, ob es wirklich so sein musste.

Sandra brauchte einen Mann, der Verständnis für sie aufbrachte. Ihre derzeitigen Verehrer taten das bestimmt nicht, selbst Tobias nur zum Teil. Cornelius aber …

Sie kam nicht dazu, den Gedanken zu Ende zu spinnen, denn ihre Tante zupfte sie am Ärmel.

»Du, erzähl, was hast du gestern mit dem Gotthelf in Holzmatting gemacht? Die Schwester von der Gföllnerin, die dort verheiratet ist, hat da was erzählt. Der Mensch muss fuchsteufelswild gewesen sein und geplärrt haben, dass man es im halben Ort gehört hat.«

Christine zuckte mit den Achseln.

»Also, ich hab ihm bloß das Gelumpe zurückgebracht, mit dem er uns in Schwierigkeiten bringen hat wollen. Jetzt tut's mir ein bisserl leid, ihn auf die Weis herausgefordert zu haben, aber ich hab mich einfach über seinen infamen Trick geärgert.«

»Auf alle Fäll hast du es ihm ganz schön heimgezahlt. Übrigens kommen die ersten Holzmattingerinnen, die bei uns einkaufen wollen. Von denen hör ich auch das eine oder andere. Der Gotthelf muss seit der Eröffnung des Supermarktes gegen die kleinen Läden in der Umgebung gehetzt haben, dass es auf keine Kuhhaut mehr geht. Die Krämerin von Feldberg hat seinetwegen sogar ihren Laden aufgegeben müssen. Die Feldberger wollen, soviel ich gehört hab, bei uns einkaufen, weil sie dem Gotthelf die Schuld dafür geben.«

»Schön wär's, dann hätten wir genug Kunden, um uns über Wasser zu halten. Allerdings vertrau ich solchen Parolen erst, wenn sie Wirklichkeit geworden sind.«

Christines Gedanken beschäftigten sich noch immer mit Sandra und Cornelius, und sie hatte Mühe, sich auf die Probleme mit dem Laden zu konzentrieren.

Ihre Tante war jedoch noch nicht am Ende.

»Die Schusteröderin hat wieder angerufen, dass du ihr was vorbeibringen sollst. Ihrer Schwester, die zu Feldberg gehört, übrigens auch. Ich hab's aufgeschrieben.«

Christine seufzte ein wenig, denn eigentlich war sie heute schon genug herumgefahren. Sie folgte ihre Tante ins Haus und packte die Sachen zusammen. Als sie die Garage öffnete, fand sie diese leer und erinnerte sich, dass ihr Auto noch in München stand. Für einen Augenblick überlegte sie, die Bestellung erst am nächsten Nachmittag auszuliefern, wenn sie den Lastwagen wieder abgeliefert und ihr Auto zurückgeholt hatte. Dann aber straffte sie ihren Rücken. Wenn sie das tat, würden die Bäuerinnen denken, dass ihr nicht mehr viel daran lag, sie zu versorgen. Also nahm sie die bestellten Sachen, verpackte sie in Kartons und wuchtete sie in den Lkw.

»Willst du vielleicht mit dem Riesenkasten herumfahren?«, fragte ihre Tante verdattert.

»Womit soll ich das sonst machen? Mein Auto steht in München.« Ohne auf eine Antwort zu warten, schwang Christine sich auf den Fahrersitz und startete den Motor.

Das erste Stück der Straße war einfach, doch dann musste sie auf den besseren Feldweg abbiegen, der zum Schusteröderhof führte. Der Lkw wackelte und rüttelte bedenklich, und als Christine zu einer schmalen Holzbrücke kam, musste sie sich förmlich zwingen darüberzufahren. Nur der Gedanke, dass ihr leerer Kastenwagen leichter war als ein Traktor mit einem voll beladenden Heuwagen, machte ihr ein wenig Mut.

Das Aufsehen, das sie auf dem Schusteröderhof erregte, belohnte sie für ihr Wagnis. Die Bäuerin, der Bauer und sämtliche Kinder stürmten aus dem Haus, um zu schauen, wer mit so einem großen Wagen des Weges kam. Bei Christines Anblick zeichnete sich Verblüffung auf allen Gesichtern ab.

»Respekt, du kannst aber auch alles, Christine! Aber jetzt erst einmal: Grüß Gott.« Die Bäuerin reichte ihr durch die offene Fahrertür die Hand.

Christine ergriff sie und lachte.

»Bei einem Gegner wie dem Gotthelf vom Holzmattinger Supermarkt muss man sich schon was einfallen lassen.«

»Wenigstens bringst du in den Wagen was hinein. Weißt du, ein wengerl eine Auswahl ist nämlich net schlecht.

Man vergisst doch allweil was, das man dringend braucht. Ein menschlicher Kopf ist halt kein Computer.«

Während die Schusteröderin seufzte, hob Christine lachend die Hände.

»Gott sei Dank, denn ein Computer hat keine Gefühle, und dumm ist er auch.«

»Das glaub ich net!« Die Bäuerin starrte sie verwirrt an.

»Doch«, erklärte Christine. »Ein Computer ist bloß so gut, wie ihn der Mensch programmiert hat, und er kann nur das tun, was in seinem Programm steht. Außerdem hat er kein Gefühl, und das macht ihn mir doppelt unsympathisch.«

»Dafür ist er halt eine Maschine«, warf der Bauer ein.

»Genau das ist er!« Christine nickte bekräftigend, dann holte sie die bestellten Waren aus dem Wagen.

»Jetzt hätt ich noch ein Problem«, erklärte sie dann. »Ich weiß nämlich net, wo deine Schwester wohnt, Bäuerin.«

»Das ist ganz einfach, aber wenn du willst, kann unser Hannerl mit dir fahren und dir den Weg zeigen.« Die Schusteröderin sah Christine fragend an.

Diese nickte und wandte sich dem Mädchen zu.

»Du magst doch bestimmt eine Tafel Schokolade?«

»Das muss wirklich net sein, Christine. Das Madl macht das gern.«

Trotz dieser ablehnenden Worte war der Schusteröderin anzusehen, dass sie sich freute, weil Christine ihrer Tochter eine Belohnung versprochen hatte. Auch Hannerls Augen glänzten vor Freude, und sie kletterte auf den Beifahrersitz hinauf.

»Mei, ist der Lastwagen groß. Mit so einem großen Auto bin ich fei noch nie mitgefahren«, plapperte sie darauflos.

Christine lächelte ihr verständnisvoll zu.

»Es gibt immer ein erstes Mal, Hannerl. So ist's halt einmal im Leben. Aber jetzt sag mir, wie ich fahren muss.«

Während das Mädchen in die Richtung zeigte, in die sie abbiegen musste, verabschiedete Christine sich von den Schusteröderleuten und startete den Wagen.

Schon bald wünschte sie sich aber, sie hätte sich den Weg mithilfe einer Straßenkarte herausgesucht, denn Hannerl leitete sie mitten durch die Wildnis. Mehr als einmal hatte sie Angst, den Wagen auf schmalen Brücken zu beschädigen, und traute sich nur im Schneckentempo darüberzufahren.

Kurz darauf ging es über einen Waldweg, der so eng von Bäumen gesäumt wurden, dass die Zweige den Wagenkasten streiften. Zuletzt lag noch ein unbefestigter Wiesenweg vor ihnen, den der Lkw bei Regenwetter wohl kaum geschafft hätte, ohne von oben bis unten mit Schlamm bespritzt zu werden.

Als sie schließlich ihr Ziel erreichten, war Christine durchgeschwitzt und überlegte schon, ob sie Hannerl anstelle der versprochenen Tafel Schokolade eine derbe Tracht Prügel geben sollte. In dem Augenblick drehte die Kleine sich zu ihr um.

»Du bist eine bessere Fahrerin als der Mann vom Lagerhaus. Der traut sich da nämlich net zu fahren.«

»Danke!«

Christine fragte sich, ob sie mildernde Umstände bekommen würde, wenn sie das Mädchen erwürgte. Die sichtliche Anerkennung, die ihr aus Hannerls Augen entgegenleuchtete, tat ihr jedoch gut, und sie konnte die Bäuerin, die beim Anblick des großen Fahrzeuges aus dem Haus gekommen war, mit einem fröhlichen Lächeln begrüßen.

»So, da wär ich, Bäuerin. Ich hoff, ich hab alles dabei, was du bestellt hast.«

Die Frau sah zuerst Christine an, dann das große Fahrzeug und kratzte sich am Kopf.

»Meine Schwester hat schon gesagt, dass du eine Besondere bist. Aber wenn ich das net mit eigenen Augen gesehen hätt, hätt ich's net geglaubt. Wenn ich das dem Fahrer vom Lagerhaus erzählt, dem fallen die Augen aus dem Kopf.«

»Lieber net, sonst müsst er sie wieder vom Boden aufklauben, wenn er net blind bleiben will.«

Christine hatte ihren Humor wiedergefunden und trug der Frau die Einkäufe ins Haus. Während sie die Sachen mit der Liste verglich und die Rechnung stellte, schwatzte sie ein wenig mit der Bäuerin. Da diese mit der Feldberger Krämerin verwandt war, erfuhr sie einiges über die Methoden, mit denen Gotthelf diese Konkurrenz ausgeschaltet hatte.

So, wie das sich anhörte, würde er im Fall ihrer Tante sicher nicht so einfach aufgeben. Christine spürte instinktiv, dass der eigentliche Kampf mit dem Supermarktleiter erst begonnen hatte. Sie war jedoch bereit, ihn durchzustehen. Das eben erlebte Abenteuer machte ihr Mut, Dinge zu tun, vor denen sie früher zurückgeschreckt wäre.

Gleichzeitig arbeitete ihr Kopf auf Hochtouren. Feldberg lag etwas weiter von Kreiental entfernt, sodass die Einwohner dort nicht oft zum Einkaufen hinfahren konnten. Doch wenn der Prophet nicht zum Berg wollte, musste der Berg eben zum Propheten.

Mit diesem Gedanken verabschiedete sie sich von der Bäuerin und stieg wieder in ihren Wagen. Eigentlich hatte sie Hannerl nach einem bequemeren Weg zurück fragen wollen, doch nun biss sie die Zähne zusammen und nahm dieselbe Strecke in Angriff, die sie gekommen waren. Sie fuhr vorsichtig, um nichts zu riskieren, und erreichte den Schusteröderhof ohne größere Probleme. Dort setzte sie Hannerl ab, nicht ohne dem Mädchen eine Tafel Schokolade in die Hand zu drücken und ihr für die Hilfe zu danken.

Als sie wenig später nach Kreiental zurückkam und vor dem Laden ihrer Tante parkte, spielte ein Lächeln um ihre Lippen, das Daniela Mergentheim aufmerksam werden ließ.

»Du hast was vor, Christine, das seh ich dir an. Rück damit heraus!«

»Man redet net über ungelegte Eier, Tanterl.«

Christine lachte nur und huschte ins Haus. Ihre Tante folgte ihr mit einem Gesicht, als dächte sie darüber nach, ob eine Tracht Prügel das Mädchen gesprächiger machen würde.

Das Klingeln der Ladenglocke erlöste Christine von den inquisitorischen Fragen, die auf sie einprasselten. Sie sprang auf und war so rasch verschwunden, dass die Tante den letzten Satz ins Leere hineinsprach.

Das rollende Kaufhaus

1

Christine war nach München gefahren, um ihren Lastwagen wieder abzuliefern. Diesmal dauerte es ein paar Tage, bis sie wieder nach Kreiental zurückkehrte.

Sie hatte in der Stadt bei ihrer Freundin Susi übernachtet, die Zeit dort aber nicht nur damit verbracht, alten Erinnerungen nachzuhängen. Stattdessen hatte sie die Zentralen mehrer Lebensmittelfirmen aufgesucht und einige recht günstige Lieferverträge abgeschlossen.

Der Hauptgrund ihrer langen Abwesenheit war jedoch ein anderer. Sie brachte eine Überraschung mit nach Kreiental, deren Anblick Tante Daniela – auf gut bayerisch gesagt – dreinschauen ließ »wie ein Schwaiberl, wenn's blitzt«. Es handelte sich um einen gebrauchten Kleinbus, hellblau lackiert und mit der Aufschrift »Kaufhaus Mergentheim« an beiden Längsseiten.

Christines Tante ging um das Gefährt herum, kratzte sich dabei unentwegt am Kopf und sah ihre Nichte fragend an.

»Was ist denn das?«

»Unser rollendes Kaufhaus, Tanterl. Weißt du, ich hab gemerkt, dass wir unsere Ware zum Kunden bringen müssen, wenn wir auf Dauer Erfolg haben wollen. Aus dem Grund hab ich mein altes Auto verkauft und dieses Prachtstück erstanden. Ich hab den Wagen gleich neu lackieren lassen, außerdem haben wir eine kleine Kühlanlage drinnen, sodass ich auch Wurst und Käs und sowas mitnehmen kann. Morgen früh mach ich meine erste Tour. Du wirst sehen, die Bäuerinnen werden begeistert sein.«

So ganz war Tante Daniela von dem Wundergefährt noch nicht überzeugt.

»Der war gewiss net billig, Christine. Ob's wirklich notwendig war, dein Auto zu verkaufen? Es hat doch ausgereicht, um die Bestellungen auszuliefern.«

»Erstens hätt ich damit bloß ein paar Höf anfahren können, und zweitens hätt die Hitz den verderblichen Waren net gutgetan. Wir wollen erstklassige Ware verkaufen, Tanterl. Da muss man schon was investieren. Außerdem, so viel hab ich auch wieder net draufgezahlt.«

»Aber du hast draufgezahlt«, erklärte die Tante streng. »Du musst mir sagen, was du kriegst. Ich kann dich doch net das Ding da zahlen lassen.«

»Das Ding da, wie du es nennst, wird sich ganz von selbst bezahlt machen. Weißt du was, Tanterl? Wir nehmen das, was ich dafür ausgegeben hab, als meinen Anteil an deinem Geschäft und verrechnen das hinterher.«

Christine wollte an der Tante vorbei ins Haus, doch die schnappte sich ihren Arm und hielt sie fest.

»Aber du brauchst Geld für Kleidung und so. Schließlich bist du ein junger Mensch und sollst was von deinem Leben haben.«

»Aber Tanterl, ein paar Markl – oder besser gesagt Euro – Ersparnisse hab ich schon noch. Davon kann ich mir leicht alles kaufen, was ich so brauch, zumal ich von dir eh den Einkaufspreis krieg. Übrigens hab ich in München mit ein paar Firmen gesprochen, die uns günstig beliefern wollen.«

Daniela Mergentheim fühlte sich von dem Tempo ihrer Nichte förmlich überrollt. Dann aber nickte sie anerkennend.

»Auf den Kopf bist du net gefallen, Dirndl. Übrigens ist's gut, dass du wieder da bist. Die letzten zwei Tag hab ich den Tobias gebeten, die Bestellungen auszuliefern. Er hat's gern getan, aber mehr als eine Tafel Schokolad hat er dafür net angenommen.«

»Der Tobias?«

Christines Miene verdüsterte sich, denn der war wirklich der letzte Mensch, dem sie sich verpflichtet fühlen wollte. Doch gerade als sie das dachte, erklärte ihre Tante, dass sie sich bei ihm bedanken müsse.

»Weißt du, der Tobias ist ein so freundlicher und hilfsbereiter Bursch und so ganz anders wie sein Bruder Hans oder gar die Büffeln vom Wirnsbergerhof. Von denen hätt uns keiner seine Hilfe angeboten. Net nur das, der Tobias hat seine Schwester dazu gebracht, dass sie bei uns einkauft.«

»Da wär's ja fast besser, du hättest ihn als Geschäftspartner geholt anstatt mich.«

Christines Ausbruch verwirrte die Tante. Sie kniff die Augen zusammen, beobachtete ihre Nichte, auf deren Stirn kleine dunkle Wolken tanzten, und fragte sich, ob Christine Tobias noch immer nachtrug, dass er sie damals an ihrem letzten Ferientag in den Löschweiher geworfen hatte. Es war ein ganz dummer Streich gewesen und als solcher auch verwerflich. Trotzdem empfand sie es als falsch von Christine, diese Sache Tobias fast zehn Jahren lang nachzutragen.

»Übrigens, wegen der Eiseinladung hat der Tobias

auch gefragt. Er wollt wissen, ob du am Sonntag Lust dazu hast. Das Wetter soll schön werden, und er meint, ihr könntet zur Wirnsbergeralm aufsteigen. Die wird bewirtschaftet, und ihr kriegt net bloß ein ausgezeichnetes Eis, sondern könnt auch gleich dort zu Mittag essen.«

»Auf seine Kosten vielleicht? Nein danke!«

Christine wusste selbst nicht, weshalb sie so kratzbürstig reagierte. Es war, als würde allein der Name Tobias in ihr eine Reaktion auslösen, die sie nicht beherrschen konnte. Sie ärgerte sich darüber, denn so wichtig war er nun auch wieder nicht.

Nimm dich zusammen, rief sie sich zur Ordnung. Immerhin hat der Tobias der Tante geholfen. Also kannst du ruhig ein bisschen verbindlich sein.

»Also gut, Tanterl, ich geh mit ihm hoch. Aber das Essen zahl ich, und zwar auf deine Kosten, weil er uns im Geschäft geholfen hat.«

Daniela Mergentheim atmete erleichtert auf. Sie mochte Tobias und wollte nicht, dass es Streit zwischen ihrer Nichte und ihm gab.

»Das ist eine gute Idee«, stimmte sie Christines Vorschlag zu. »Ihr müsst aber net das Billigste essen. Ich geb dir genug Geld mit, damit ihr es euch gut gehen lassen könnt.«

»Übertreiben wollen wir's net.«

Christine seufzte und wandte sich wieder ihrem Kleinbus zu. Der war ihr im Moment wichtiger als Tobias Horngacher, der in ihren Augen bleiben konnte, wo der Pfeffer wuchs.

»Also, Tanterl, wenn du dir unser Prachtstück einmal

ansehen willst. Ich hab ihn günstig gekriegt und gleich so einrichten lassen, wie wir ihn brauchen.«

Christine öffnete die Tür und wies auf die eingebauten Regale, die so geschickt angebracht waren, dass nichts herausfallen konnte. Der große, viereckige Block mit dem Kühlfach konnte bequem von hinten geöffnet werden, sodass sie nichts umräumen musste, um daranzukommen. Da die Hecktür nach oben schwang, konnte sie bei schlechtem Wetter als Regenschutz dienen.

Daniela Mergentheim musterte den Kleinbus genau und stieg schließlich sogar hinein.

»Da kannst du wirklich einiges unterbringen«, sagte sie zuletzt beeindruckt, wurde dann aber sofort wieder ängstlich. »Meinst du, dass sich das wirklich lohnt?«

»Genau das werden wir herausfinden, Tanterl.«

Christine nickte ihrer Tante aufmunternd zu und erklärte ihr dann, wie sie die verschiedenen Waren einräumen wollte.

2

Christines erste Runde zu den Kreientaler Höfen und durch Feldberg erregte Aufsehen. Überall liefen die Leute zusammen, um sich das hellblaue Gefährt anzusehen. Die Schusteröderin schlug sogar die Hände über dem Kopf zusammen, als sie das erste Mal in den vollen Wagen blickte.

»Ja, gibt's denn das. Du hast euren ganzen Laden dabei.«

»Den ganzen net, denn die Tante Daniela braucht auch Ware, die sie verkaufen kann.«

Christine lächelte gut gelaunt, denn die Sache ließ sich besser an als erwartet. Auch die Schusteröderin kaufte bei ihr ein und wählte dabei zusätzlich ein paar Dinge aus, die Christine extra als Sonderangebote gekennzeichnet hatte.

Die Leute waren es gewohnt, dass es einige Waren billiger gab, daher hatte sie beschlossen, weiterhin solche Schnäppchen anzubieten. Wenn die Verbindungen, die sie in München geknüpft hatte, alle klappten, musste sie das nicht einmal mehr unter dem Einkaufspreis tun.

»Also ich muss sagen, so ein rollendes Kaufhaus ist uns wirklich abgegangen. Mich wundert's nur, dass bisher noch keiner daran gedacht hat. Da hat wirklich erst ein Madl aus der Stadt kommen müssen.«

Die Schusteröderin sah Christine dabei so bewundernd an, dass diese verlegen wurde.

»Mir ist der Gedanke gewiss net in der Stadt gekommen, Bäuerin, sondern als ich euch die telefonisch bestellten Sachen gebracht hab. Ihr habt allweil zusätzliche Wünsche gehabt, wegen denen ich ein zweites Mal fahren hab müssen. Da hab ich mir denkt, ich nehm den ganzen Krempel mit, dann findet gewiss jeder, was er braucht.«

»Das hast du gut gemacht«, lobte die Schusteröderin und erstand noch eine Flasche von dem Likör, von dem ihr Mann gern einmal ein Gläschen trank.

»Weißt du, ich hab's meinem Martin so oft versprochen, dass ich ihm den einmal kauf, aber allweil wieder vergessen. Mei, wird er sich freuen, wenn er sich heut Abend ein Stamperl einschenken kann.«

Die Schusteröderin nickte äußerst zufrieden, bezahlte und wünschte Christine viel Erfolg auf ihrer Runde.

Der Wunsch ging in Erfüllung. Auf allen Höfen, die Christine anfuhr, war gerade etwas ausgegangen und die Bäuerinnen waren froh, auf so leichte Art Ersatz zu bekommen. Meist wechselten dabei zusätzlich ein paar andere Waren den Besitzer.

Nachdem Christine Feldberg abgeklappert hatte, gähnten bereits beträchtliche Lücken in ihren Regalen. Sie war aber vernünftig genug, um von diesem Anfangserfolg nicht auf weitere Fahrten zu schließen. Sie würde froh sein, wenn sie regelmäßig ein Drittel des Umsatzes machte, den sie an diesem Tag erzielt hatte.

Als sie am Abend mit ihrer Tante abrechnete, fielen dieser beinahe die Augen aus dem Kopf.

»Das gibt's doch net. Du hast heut mehr verkauft als wir sonst im Laden in einer ganzen Woch. Hast du dich auch net geirrt?«

»Ich glaub net. Aber wenn du willst, kann ich's noch einmal nachrechnen.«

So ganz traute Christine dem Braten selbst nicht, doch nach einer erneuten Abrechnung blieben die Zahlen stehen. Ihr schwindelte fast, als sie die Summe auf dem Papier las. Sie hatte mit ihrem blauen Verkaufswagen einen Tagesumsatz erreicht, bei dem sich auch ein Xaver Gotthelf im Holzmattiger Supermarkt anstrengen musste, um damit gleichzuziehen.

»Das wird dem Kerl net so recht schmecken«, sagte sie nachdenklich.

Zu welchen Tricks der Konkurrent greifen konnte, hatten Tante Daniela und sie bereits erlebt, und so fragte sie sich, gegen welche Gemeinheiten sie sich wohl wappnen musste.

3

Zunächst blieb alles friedlich. Der Sonntag kam und mit ihm auch der kleine Ausflug, zu dem Tobias Christine eingeladen hatte.

Der junge Bursche hatte sie und die Tante bereits auf dem Kirchplatz begrüßt und erklärt, dass er kommen würde, um Christine abzuholen.

»Wisst ihr, heut mach ich's dem Feiler Cornelius nach und trink bloß eine Halbe zum Frühschoppen«, setzte er lachend hinzu.

»Trinkst du sonst vielleicht mehr?« Christine hörte sich ganz so an, als würde sie ihn für einen Säufer halten.

Tobias zuckte schuldbewusst zusammen.

»Meistens sind's zwei Halbe, aber die reichen dann für den Tag. Ich will mir ja keinen Rausch ansaufen.«

Nun fand es die Tante an der Zeit, einzugreifen.

»Also Christine, der Tobias ist der vernünftigste Bursch in der ganzen Gegend. Der trinkt nie über den Durst, wie's der Wirnsberger Karl und die anderen öfter tun.«

»Ich will noch wissen, wie ich heimgekommen bin.«

Tobias grinste über einen Streich, den er seinem Bruder Hans gespielt hatte. Der hatte sich am letzten Sonntag so volllaufen lassen, dass er nicht mehr in der Lage war, auf den eigenen Füßen zu stehen.

Tobias hatte ihn von Oberwirt heimgetragen und ihn

dann in eine leere Box des Schweinestalles gelegt, wo Hans am nächsten Vormittag aufgewacht war. Er wusste bis heute nicht, wie er dorthin geraten war, und Tobias hatte nicht die Absicht, es ihm zu verraten.

Bei solchen Anlässen konnte Hans gewalttätig werden, und Tobias wollte sich nicht mit dem eigenen Bruder prügeln. Der Gedanke erinnerte ihn daran, dass Hans ihm inzwischen ein Ultimatum gesetzt hatte, um ihn zum Ausziehen – sprich: zum Heiraten – zu bewegen. Er hatte sich in den letzten Wochen jedoch nur beiläufig um Sandra gekümmert und sogar ein paar Mal über andere Hoferbinnen nachgedacht. Keine von denen, die er kannte, reizte ihn besonders. Es besaß auch keine einen Hof, der sich auch nur im Entferntesten mit dem Loitzlhof messen konnte.

Tief in Gedanken versunken, hatte Tobias ein paar Sätze von Tante Daniela überhört. Erst als Christine ihn spöttisch anstupste, wurde er wieder aufmerksam.

»Die Tante will wissen, wie weit die Sache zwischen dir und der Sandra gediehen ist.«

In der Stadt wäre eine solche Frage als absolute Frechheit angesehen worden, doch auf dem Land interessierten sich die Leute stärker füreinander. Tobias wusste nicht recht, was er darauf antworten sollte. Die Wahrheit, dass er nämlich eher zögerlich an die Sache heranging, konnte er nicht sagen. Die Krämerin hätte es gewiss unter dem Siegel der Verschwiegenheit weitererzählt, und von da bis zu den Spatzen, die es von den Dächern pfiffen, war es nicht weit.

»Die Sandra trauert halt allweil noch um ihren Mann«, redete er sich daher heraus.

Die Krämerin nickte nachdenklich.

»Das ist schon ein Kreuz, den Mann nach so kurzer Zeit zu verlieren. Kein Wunder, dass die Sandra ein wengerl niedergeschlagen ist. Andererseits ist ihr Mann lang genug tot, dass sie wieder ans Leben denken könnt. So sehr bräuchte sie nimmer zu trauern.«

Nach dieser nicht ganz schlüssigen Erklärung sah sie Tobias an und wies dann mit dem Kinn auf den Oberwirt.

»Wenn du noch länger säumst, kommst du zu spät zum Frühschoppen.«

Sie hatte nicht ganz unrecht, denn die meisten Leute hatten den Kirchplatz inzwischen verlassen. Nur ein paar notorische Tratschmäuler standen noch herum und hechelten die Ereignisse der letzten Woche durch.

Tobias verabschiedete sich von Christine und ihrer Tante und schlenderte zum Wirt. Die Gaststube war brechend voll, und einige der Gäste, die dicht gedrängt auf den Bänken saßen, blickten neidisch auf die Stammtische, die ihren Benutzern bequeme Plätze boten.

Tobias setzte sich auf den Stuhl, den außer ihm niemand im Dorf zu benutzen wagte, und rief der Bedienung zu, ihm eine Halbe Bier zu bringen.

»Ich zahl auch gleich«, setzte er hinzu.

Sein Bruder blickte überrascht auf.

»Hast du was vor?«

»Vielleicht will er Trauerkränze flechten, um bei der Sandra einen besseren Eindruck zu machen.«

Karl Wirnsberger hörte sich gehässig an. Im Gegensatz zu Tobias belagerte er die Festung mit aller Macht, wurde aber von Sandra noch weniger beachtet als Tobias.

Dieser drehte sich zu ihm um und musterte ihn mit einem kalten Blick.

»Was ich tu oder net tu, geht dich einen unanständigen Ausdruck an.«

»Heh, Bürscherl, so kannst du net mit mir reden.« Karl plusterte sich auf wie ein Kampfhahn.

Tobias winkte jedoch nur spöttisch ab.

»Das Bürscherl will ich dir verzeihen, weil ich ein gutmütiger Mensch bin. Und was das Reden angeht, so hast du damit angefangen. Und du weißt, wer in meinen Wald hineinschreit, muss das Echo vertragen können.«

»Willst fegen?« Karls Selbstbeherrschung war endgültig dahin.

Tobias dachte, dass es an der Zeit war, Karl eine Abreibung zu verpassen. Heute kam es ihm allerdings nicht gerade gelegen, denn er wollte nicht verschwitzt und zerrupft bei Christine ankommen.

»Gib Ruh und lass mich mein Bier trinken. Wenn dich dein Fell nächste Woch allweil noch juckt, tu ich dir den Gefallen und werd dich kratzen.«

Die feste Entschlossenheit in seiner Stimme ließ den hochgeschäumten Mut seines Rivalen wieder in sich zusammenfallen.

Karl erinnerte sich daran, wie oft er gegen Tobias bereits verloren hatte. Da er noch nicht betrunken genug war, um die Warnung seines Verstandes in den Wind zu schießen, wechselte er das Thema.

»In zwei Wochen ist Schützenfest. Ich hab ganz das Gefühl, dass heuer ich der König werd.«

»Da musst du aber erst einmal den Tobias und mich schlagen!«

Sepp Schnegg, der bislang stumm am Tisch gesessen hatte, mischte sich in das Gespräch mit ein.

Karl machte eine verächtliche Geste in seine Richtung. »Dich zu schlagen ist wohl das Einfachste, was es auf der Welt gibt.«

»Letztes Jahr hast du es aber net geschafft.«

Tobias sah ihn spöttisch an, denn Karl schoss mit dem Mund besser als mit dem Gewehr. Er war kein Gegner, den er auf der Rechnung hatte. Bei Sepp Schnegg musste er sich da schon mehr vorsehen.

Im Großen und Ganzen war Tobias jedoch siegessicher. Dreimal hintereinander hatten in der langen Geschichte der Feuerschützengesellschaft Kreiental erst drei Schützen gewonnen, und der letzte war sein Großvater gewesen. Sein Vater hatte das Preisschießen zwar insgesamt fünfmal gewonnen, aber immer in Abständen.

»Pah, letztes Jahr, da hab ich's in der Schulter gehabt und das Gewehr net richtig ansetzen können.«

Karl sagte es in einem Ton, als würde er seine Ausrede selbst glauben. Damit reizte er den Sepp, der sich missachtet fühlte und deshalb Kontra gab.

»Hast du net letztes Jahr vor dem Schießen gesagt, dass du dir hundertprozentig sicher bist zu gewinnen? Aber dir wird auch heuer eine gute Ausred einfallen. Vielleicht hat dich dann der kleine Zeh gezwickt, oder du hast Luft im Darm gehabt.«

Karl hatte inzwischen seine dritte Halbe intus und eine vierte bestellt und kam langsam in den Bereich, in dem sein Verstand ein Schläfchen einlegte. Mit hochrotem Gesicht stand er auf, packte Sepp bei der Hemdbrust und riss ihn hoch.

»Das hast du net umsonst gesagt, du Loder. Das tränk ich dir ein.«

Tobias sah ihn kopfschüttelnd an.

»Irgendwie kann ich net glauben, dass der Mensch vom Affen abstammt. Die stellen sich nämlich net so deppert an wie der Karl. Da muss eher ein Dinosaurier dabei gewesen sein.«

»Wenn ich mit dem Sepp fertig bin, kannst du mir das mit dem Dinosaurier genauer erklären!«

Karl hatte jede Vernunft abgelegt und freute sich darauf, seine beiden Stammtischbrüder zu verprügeln. Tobias wusste, dass er sich dieser Forderung nicht mehr entziehen konnte, ohne bei den anderen Burschen als Feigling zu gelten.

Sepp musste die Herausforderung ebenfalls annehmen, auch wenn er alles andere als ein Raufbold war und die wenigen Kämpfe, die ihm aufgezwungen worden waren, zum größten Teil verloren hatte. Er stand als Erster auf und schritt zur Tür. Karl folgte ihm auf dem Fuß, während Tobias sich ein wenig Zeit ließ.

Die übrigen Burschen, die das Privileg hatten, am Stammtisch sitzen zu dürfen, und einige der anderen Gäste gingen mit nach draußen. Eine Rauferei war immer etwas Feines – vor allem, wenn man selber nur zuzuschauen brauchte.

Sepp legte seine Joppe ab und krempelte die Hemdsärmel hoch. In diesem Moment kam Emerenz Grünberger aus dem Krämerladen und blickte herüber. Sepp sah für einen Augenblick einen verächtlichen Ausdruck auf ihrem Gesicht, der ihr Unverständnis für solch primitive Rituale ausdrückte. Daneben glaubte er Mitleid zu erkennen, das ihm galt, und knirschte mit den Zähnen. Auch wenn er nicht so viel hermachte wie zum Beispiel Tobias, war er doch ein ganzer Kerl und nicht die Witzfigur, als die Karl ihn immer wieder hinstellte.

Sepp erinnerte sich an viele Gemeinheiten des anderen, unter denen er seit seiner Kindheit zu leiden gehabt hatte. Es fiel ihm ein kalter Wintertag vor vielen Jahren ein. Sie waren alle noch in die Schule gegangen. Karl war wegen einer Frechheit vom Lehrer zurechtgewiesen worden und hatte sich hinterher ein Opfer gesucht, an dem er sich abreagieren konnte. Sepp war damals so schnell gerannt wie noch nie zuvor, um Karl zu entkommen.

Schließlich hatte dieser sich auf die um zwei Jahre jüngere und viel kleinere Emerenz gestürzt und sie nicht nur derb verprügelt, sondern zuletzt mit dem Kopf voraus in eine Schneewehe geworfen. Danach war er gegangen. Das Mädchen hatte sich selbst nicht mehr befreien können. Sepp hatte es gemerkt und war hingelaufen, um es aus dem Schneehaufen zu zerren. Sie heulte Rotz und Wasser vor Schmerzen, bedankte sich aber trotzdem bei ihm, weil er sie gerettet hatte. Er hatte noch heute ihre Stimme im Ohr, als sie gesagt hatte, dass sie zu ersticken geglaubt habe.

Zähneknirschend sagte Sepp sich, dass er Karl etwas schuldig war. Er trat als Erster in den primitiven, von vier Jacken begrenzten Ring und musterte seinen Gegner mit einem heißen Blick. Karl war viel zu siegessicher und achtete nicht darauf. Er hatte Emerenz ebenfalls entdeckt und plusterte sich auf.

Auch wenn er beschlossen hatte, Sandra zu heiraten, so war die junge Sennerin doch ein appetitlicher Happen, den er nicht verschmähen würde. Noch sträubte sie sich, doch mit dem Selbstbewusstsein, das ihm als dem Sohn eines der ›drei Könige‹ von Kreiental eigen war, nahm er ihre abwehrende Haltung nicht ernst.

Jetzt aber wollte er erst einmal Sepp in den Boden stampfen und dann Tobias vermöbeln, damit Emerenz und die Burschen im Dorf sehen konnten, wer Karl Wirnsberger war.

Mit diesem Vorsatz ging er in den Kampf und rannte voll in Sepps Faust. Er hörte die Englein singen und fühlte sich mit einem Mal ungewohnt leicht. Eine Zehntelsekunde später klatschte er auf den Boden und blieb reglos liegen.

Sepp starrte verwirrt auf seinen Gegner, dann auf seine Faust, rieb mit der anderen Hand darüber, als müsse er sich überzeugen, dass sie wirklich ihm gehörte, und drehte sich zu den anderen Burschen um.

»Also, ich weiß net …«

»Das war ein sauberer Kinnhaken und genau auf den Punkt. Der Karl wird noch ein wengerl schlafen.«

Hans Horngacher nickte beeindruckt. Auch wenn Karl mit dem Mund meist besser war als mit den Fäusten, so hatte er doch etliche Raufereien zu seinen Gunsten entschieden. Ihn wie vom Blitz gefällt liegen zu sehen, steigerte Sepps Ansehen ungemein. Der begriff noch immer nicht, wie ihm geschehen war. Erst, als Tobias ihn bei den Schultern packte und in die Gaststube führte, erwachte er aus seiner Erstarrung.

»Also, wie das eben gegangen ist, das weiß ich wirklich net.«

»Auf alle Fäll hast du's dem Karl gezeigt.«

Tobias' Antwort erinnerte Sepp an Emerenz. Rasch eilte er zum Fenster und sah sie hocherhobenen Hauptes davonschreiten. Obwohl sie ihm den Rücken zuwandte, hätte er wetten können, dass auf ihren Lippen ein Lächeln spielte.

4

Durch den Zwischenfall mit Sepp und Karl kam Tobias ein paar Minuten zu spät zur Krämerei. Christine war bereits angezogen und sah trotz der bequemen Kniebundhosen und dem rotweiß karierten Hemd in seinen Augen sehr attraktiv aus.

Das muss der Neid ihr lassen, dachte er, gegen die Christine kommt so leicht kein Mädchen im weiten Umkreis auf. Er freute sich plötzlich riesig, sie für diesen Tag eingeladen zu haben, und reichte ihr lächelnd den Arm.

»Schönes Fräulein, darf ich's wagen?«

Christine sah ihn mit spöttisch blitzenden Augen an.

»Ist das echte Bildung, oder hast du's in der Zeitung gelesen?«

»An mir ist alles echt«, antwortete er gekränkt. »Das Zitat ist vom Schiller, ich mein von dem, der die Glocke geschrieben hat.«

»Meines Wissens eher vom alten Goethe, aber nachdem die zwei schon so lang tot sind, sei dir der Irrtum verziehen.«

Ein schelmisches Lächeln lag auf Christines Lippen und verstärkte Tobias' Ansicht, dass sie einfach unvergleichlich war.

Dieses Mädchen könnt mir gefallen, dachte er. Nur leider war sie aus der Stadt und würde dorthin zurückkehren, wenn ihr die Sache mit dem Krämerladen zu viel wurde. Dieser Gedanke betrübte und erleichterte ihn gleichzeitig. Wenn Christine fort war, bräuchte er auch nicht mehr an sie denken und könnte bei Sandra endlich Nägel mit Köpfen machen. Doch diesen Ausflug mit ihr wollte er genießen.

»Gehen wir's an?«, fragte er.

»Gleich, ich wart auf die Brotzeit, die uns die Tante Daniela einpacken will.«

Christine bedeutete ihm, noch einen Moment zu warten, und rief damit seinen Widerstand hervor.

»Wir können droben auf der Wirnsbergeralm was essen.«

»Das tun wir sowieso. Aber eine Bergwanderung verbraucht Kalorien, und die Tante ist der Ansicht, dass man die unterwegs ersetzen sollte.«

Christine lachte dazu fröhlich und fragte drinnen nach, wann denn alles fertig wäre.

»Der Tobias ist gekommen. Wenn's noch lang dauert, läuft er allein los«, setzte sie heiter hinzu.

»Das tu ich gewiss net!«

Tobias verzog beleidigt seine Miene, konnte das aber nicht lange aufrechterhalten und platzte los. Christine stimmte in sein Gelächter ein. So traf die Tante die beiden an.

»Was ist denn so lustig?«, fragte sie neugierig.

»Nix, Tanterl, oder besser gesagt, dem Tobias sein Gesicht.«

Christine brachte es vor Lachen kaum heraus. Ihre Tante betrachtete den jungen Burschen und schüttelte den Kopf.

»Also, der Tobias macht einen ganz normalen Eindruck auf mich.«

»Dankschön, Daniela«, keuchte der Bursche, während Christine noch lauter lachte.

»Du hast ihn net gesehen, Tanterl. Ein fünfjähriger Bub, der sich vor Wut auf den Boden werfen will, ist ein Dreck dagegen.«

»Also, so schlimm war's wirklich net!«, protestierte Tobias und beäugte den Rucksack, den Daniela Mergentheim in den Händen trug. »Was hast du uns Schönes eingepackt?«

Es gelang ihm damit, das Thema zu wechseln, denn Christines Tante öffnete nun den Rucksack und zeigte ihm alles. Angefangen von Wurstsemmeln über Engergieriegel und verschiedene Getränke bis hin zum Heftpflaster war alles vorhanden.

Christine sah es und schüttelte den Kopf.

»Aber Tanterl, das reicht ja für eine Mont-Blanc-Besteigung. Dabei wollen wir bloß ein wengerl spazieren gehen.«

»Du wirst um das Heftpflaster noch dankbar sein, wenn du dir eine Blase gelaufen hast«, erklärte Tobias mit gekünsteltem Ernst.

Ihm war bei dem vollen Rucksack zum Lachen zumute, oder besser gesagt zum Weinen, denn er würde das Ding schleppen müssen. Seufzend nahm er den Rucksack entgegen, machte die Verschlüsse zu und warf ihn sich auf den Rücken.

»Ich wär so weit!«

»Also, Tanterl, bis bald!« Christine winkte ihrer Tante kurz zu, dann wandte sie sich energisch um und schritt in das Dorf hinein.

Tobias blieb nicht mehr, als »Pfüat di, Daniela« zu rufen und hinter ihr herzulaufen.

»Wo willst du hin?«, fragte er, als er Christine eingeholt hatte.

Diese sah ihn erstaunt an.

»Ich denk, du hast mich zum Eisessen auf die Wirnsbergeralm eingeladen?«

»Das schon, aber da geht man bloß eine halbe Stunde hoch und eine halbe runter, und das ist gewiss keine zünftige Bergwanderung. Um die Kalorien abzubauen, die uns deine Tante mitgegeben hat, müssen wir schon einige Höhenmeter mehr hinter uns bringen.«

»Wir können einen Teil wieder mit nach Haus bringen«, begegnete Christine diesem Einwand.

Tobias schüttelte sofort den Kopf.

»Das gewiss net. Ich hab keine Lust, unnützen Ballast spazieren zu tragen. Ich bin doch kein Schiff.«

Christine sah ihn von der Seite her an und lachte.

»Nein, das bist du net. Ein Schiff hat nämlich elegantere Formen als du.«

»Jetzt hast du es mir aber richtig gegeben.«

Tobias Grinsen sprach dem geknickten Tonfall Hohn, mit dem er es gesagt hatte. Dann musterte er Christine genau und schnalzte mit der Zunge.

»Also, auch wenn dir ein Schiff besser gefällt als ich. Bei mir ist das anders. Mir sind deine Formen lieber als so ein Stahlrumpf.«

»Meine Formen gehen dich überhaupt nichts an.« Ohne, dass sie wusste, warum, reagierte Christine eingeschnappt.

Die Fröhlichkeit, die eben noch zwischen ihnen geherrscht hatte, war plötzlich verflogen, und sie sah diesen

Ausflug nur noch als Pflicht, die sie der Tante wegen übernommen hatte.

Ihre schlechte Laune hielt dem herrlichen Bergpanorama, das sie umgab, dem leuchtenden Blau des von keinem Wölkchen getrübten Himmels und dem Anblick der hoch über ihnen kreisenden Bussarde und Steinadler nicht lange stand.

Nach einer Weile blieb sie stehen und sah sich um.

»Es ist wirklich wunderschön!«

Tobias blieb neben ihr stehen und musterte seine Heimat, als würde er sie zum ersten Mal sehen.

»Das ist schon was anderes als die Hochhäuser in München, net wahr?«

»Das kannst du laut sagen.«

Der Ausspruch war Christine einfach so herausgerutscht, Tobias verstand ihn jedoch als Aufforderung und rief seinen Satz mit lauter Stimme über das Land. Er irritierte damit ein paar Wanderer, die nicht weit entfernt ihres Weges zogen und sich zu ihnen umdrehten.

»Habt ihr uns gerufen?«, plärrte einer zu ihnen herüber.

»Net, das ich wüsst!«, schrie Tobias zurück. Der Mann machte eine wegwerfende Handbewegung und ging weiter.

»Dem ist wohl die Sonne zu Kopf gestiegen«, erklärte er seinen Begleitern nicht gerade leise, dann verschwanden die Wanderer im Wald.

»Auf Nimmerwiedersehen«, rief Tobias ihnen lachend nach und zwinkerte Christine zu. »Leut gibt's, die gibt's gar net.«

»Ich glaub, dasselbe haben die von dir gedacht.«

Christine konnte sich kaum halten vor Lachen und wunderte sich über sich selbst. Eben war sie noch verstimmt gewesen, doch jetzt hatte sie das Gefühl, als könne es nichts Schöneres geben, als mit Tobias einen Ausflug zu machen.

»Versuch das mal auf dem Marienplatz. Ich glaub, dann fotografieren die Japaner dich als Münchner Kuriosität.«

Tobias stellte sich feixend die Szene vor und forderte Christine auf, ihre Stimmkraft unter Beweis zu stellen. »Ich möchte zu gern wissen, ob du so einen richtigen Urschrei loslassen kannst.«

Christine legte den Kopf schief und dachte nach.

»Einen Urschrei? Das ist doch eher was für euch Mannsbilder. Aber ich kann's probieren. Du musst mir allerdings zeigen, wie das geht!«

Tobias ging prompt in die Falle. Er stellte sich breitbeinig neben dem Weg auf, formte die Hände zu einem Trichter und ließ einen Schrei los, der noch einen Kilometer weiter die Hirsche entsetzt das Weite suchen ließ. Als er Christine ansah, saß diese am Boden und krümmte sich vor Lachen.

»Das war wirklich ein Urschrei. So einen kann ich gewiss net«, keuchte sie bei dem verzweifelten Versuch, Luft zu schnappen.

»Jetzt, wo ich's dir vorgemacht hab, musst du's auch probieren.«

Tobias sah so aus, als wäre er beleidigt, wenn sie sich weigern sollte. Das wollte Christine dann doch nicht. So stellte sie sich ähnlich in Positur wie er, hielt die Hände vor den Mund und ließ einen Schrei los, vor dem sie selbst erschrak.

»Na, wie war ich?«, wollte sie von Tobias wissen.

Der griff sich gerade mit den Fingern der rechten Hand in den Mund.

»Wart einen Moment, ich muss zuerst schauen, ob noch alle Zähne richtig sitzen. Bei deinem Schrei sind sie mir nämlich fast aus dem Mund gefallen.«

»Mei, bist du gemein!«

Christine ging auf ihn zu und holte mit der Rechten aus. Sie besann sich aber noch rechtzeitig und ließ sie wieder sinken.

»Das tät dir so passen, dass ich für deine kaputten Beißer zahlen muss und ein Schmerzensgeld vielleicht noch dazu. Aber das mach ich net.«

»Du bist ein gescheites Dirndl«, lobte er sie. »Ein Busserl wär mir nämlich viel lieber als eine Watschen.« Das war ihm so herausgerutscht, bevor er die Worte zurückhalten konnte.

»Bussel lieber die Sandra ab, und wenn die vor lauter Trauer net mag, ihre beste Kuh auf dem Hof.«

Der Augenblick der Eintracht war vorüber. Tobias schalt sich einen Narren, weil er sein Mundwerk nicht besser im Zaum halten konnte.

Seine Versuche, das Eis, das sich zwischen ihnen gebildet zu haben schien, wieder zu brechen, gingen ins Leere.

5

Sie erreichten die alte Burgruine, die hoch über dem Tal auf einem Felssporn lag. Christine hatte sich wieder so weit in der Gewalt, dass sie Tobias mit gleichmütigem Gesicht ansehen konnte.

»Das ist aber net die Wirnsbergeralm«, erklärte sie überflüssigerweise.

»Nein«, antwortete er und zeigte auf einen Streifen grünen Landes, der nicht weit von ihnen entfernt war.

Dort befand sich ein recht großes Gebäude mit einer ausladenden Terrasse, die um diese Zeit von Menschen übersäht war.

»Das ist die Wirnsbergeralm. Aber ich hab mir denkt, dass wir um die Zeit net dort sein müssen. Bei euch in der Stadt kann's auch net schlimmer zugehen. Das Hofbräuhaus ist ein Dreck dagegen.«

»Also, das find ich ein bisserl übertrieben. Aber du hast schon recht. Dort täten wir uns net wohlfühlen.«

»Noch dazu, wo uns deine Tante einen ganzen Rucksack mit Leckereien mitgegeben hat. Außerdem bräuchten wir mindestens anderthalb Stunden, bis wir drüben sind.«

»So lang?«, fragte Christine, während Tobias den Rucksack ablegte.

»Sag bloß, du hast die Kreienklamm vergessen, die dazwischenliegt?« Er sah sie erstaunt an und lachte. »Weißt du noch, wie wir durch die Klamm bis nach oben zu unserer Höhle geklettert sind, um dort unsere Blutsbrüderschaft zu besiegeln?«

Christine musste ein wenig nachdenken, bis ihr die Erinnerung kam.

»Meinst du, als ihr mich gezwungen habt, splitternackt in das eiskalte Wasser zu steigen?«

»Ich weiß es noch wie heut. Du warst das einzige Madl, das sich das getraut hat. Die Sandra, die Wirnsberger Monika und die Emerenz waren zu feig dazu. Deswegen haben wir sie auch net zu unserem Geheimversteck mitgenommen, und das hat die Madln net wenig gefuchst.« Tobias verlor sich einige Augenblicke lang in den Erinnerungen aus seiner Jugendzeit und lächelte versonnen. »Du warst schon damals was Besonderes!«

Christine tippte sich an die Stirn.

»Pah, deppert war ich, mit euch Buben nackert zu baden.«

Tobias fing an zu lachen.

»Jetzt tu net so, als ob wir dir was abschauen wollten. Ich war mit acht Jahren der Älteste, und ich kann dir sagen, das hat mich wirklich noch net interessiert.«

Jetzt musste auch Christine lachen.

»Wenn ich dran denk, wie stolz ich war, weil ihr mich in euer Waldversteck mitgenommen habt. Dabei war's bloß eine primitive Hütte im Jungholz, zu der man sich durch Dornen und Zweige kämpfen musste. Sie war ja net einmal regendicht, denn als wir dort waren, ist ein Wolkenbruch gekommen und hat uns alle durchnässt. Ich bin wie eine getaufte Katz zu meiner Tante zurückgekommen. Die hat mich dann auch noch wegen der Tannennadeln ausgeschimpft, die ich überall hatte.«

»Das Regenproblem haben wir hinterher gelöst. Der Wirnsberger Karl hat ein Stück Dachpappe von daheim mitgehen lassen. Für einen Tag war er der König und hat sich auch entsprechend aufgeführt.«

Während die beiden sich unterhielten, vergaßen sie das Brotzeitmachen nicht. Als sie eine gute halbe Stunde später aufbrachen, war der Rucksack nur noch halb so voll wie vorher. Tobias reckte sich zufrieden und grinste.

»So, jetzt ist mir leichter.«

»Dabei ist's doch eigentlich bloß eine Gewichtsverlagerung, nämlich vom Rucksack in deinen Bauch«, antwortete Christine spöttelnd.

Tobias sah sie mit großen Augen an.

»Also, ich hätt denkt, dass du auch ganz gut zugegriffen hast, und das ist eine echte Gewichtsverlagerung, denn deinen Bauch schleppst du gefälligst selber.«

»Mein Bauch, um es ganz deutlich zu sagen, geht dich überhaupt nichts an, verstanden!«

Für einen Augenblick wusste Tobias nicht, ob Christine erneut eingeschnappt war. Doch als sie putzmunter losmarschierte und ihm unterwegs einige Fragen über die Kreienklamm stellte, atmete er auf.

Versteh einer die Frauen, dachte er, erzählte aber einige Sagen und Anekdoten über die enge, tief eingeschnittene Klamm, in der der letzte Ritter von Kreiental umgekommen sein sollte.

»Weißt du, das war ein ganz ein Wilder, halt ein richtiger Raubritter, wie er im Buche steht. Der hat die ganze Gegend heimgesucht, die Bauern und Klöster ausgeplündert und schöne Madln auf seine Burg verschleppt. Die schönste Frau soll übrigens die Äbtissin eines Frauenklosters gewesen sein, eine entfernte Verwandte der Habsburger, die damals grad in Tirol an die Macht gekommen sind. Die wollten sich das net gefallen lassen und haben daher beschlossen, die Raubritterburg anzugreifen und den Schuft seiner gerechten Strafe zuzuführen. Außerdem hätten sie sich gern unser schönes Kreiental unter den Nagel gerissen. Das hat aber unser Herzog in München spitz gekriegt und hat sich denkt, denen pfeif ich was. So schnell, wie er konnte, hat er seine Ritter auf die Pferdln gesetzt, die Kreienburg angegriffen und erobert. Wie dann die Habsburger gekommen sind, flatterte schon die bayerische Rautenfahne über der Burg. Sie müssen ganz schön sauer gewesen sein. Ihre Klosterschwester haben sie zurückgekriegt, allerdings net ganz unbeschädigt, denn der Raubritter hat ihr zu einem dicken Bauch verholfen. So war's damals, und wenn der Herzog net so schnell reagiert hätt, wären wir heut Österreicher. Ich weiß net, ob ich das überleben tät.«

Christine tippte sich erneut gegen die Stirn.

»Wenn's so gekommen wär, wär's für dich heut das Natürlichste auf der Welt, und du wärst froh, kein Bayer zu sein.«

»So was darfst du net sagen«, beschwerte Tobias sich, erinnerte sich aber an einige gute Freunde, die er jenseits der Grenze besaß, und stimmte ihr zu. »Da könnt schon was dran sein. Weißt du, jeder ist am liebsten das, was er ist. Dabei sind wir Bayern und die Tiroler gar net einmal so weit auseinander.«

Christine wollte mit einer spöttischen Bemerkung darauf antworten, doch da tauchte vor ihnen eine Frau auf. Die schmale Silhouette mit der Flinte auf dem Rücken war unverkennbar. Doch so energisch der Schritt der Försterin wirkte, in ihrem Gesicht arbeitete es, als müsste sie gegen Tränen kämpfen.

»Das Weibl hat auch keinen leichten Stand«, sagte Tobias Christine leise ins Ohr. »Sie muss sich zum einen mit den Waldbauern herumschlagen, und das ist, wie ich meinen Alten kenn, kein Zuckerschlecken. Zum anderen hat sie einen Luftikus von Mann, der hinter jedem Weiberrock her ist.«

»Ich weiß!« Christines Stimme klirrte leise.

»Hat er's bei dir auch versucht?« Tobias empfand auf einmal Eifersucht und stellte sich seine Fäuste vor, wie sie das glatte Gesicht Andreas Mosers ein wenig verdellten.

»Bin ich kein Weiberrock?«, fragte Christine provokant. »Der Kerl ist mir gleich an einem meiner ersten Tage in Kreiental über den Weg gelaufen und wollt Süßholz raspeln. Aber den hab ich auch geraspelt, und zwar über den Mund.«

»Das hätt ich sehen mögen. Ein Mundwerk hast du ja wie ein Schwert.«

»Hä?«

»Ich mein, so spitz und so scharf.«

Tobias präzisierte seine Aussage und entkam nur deshalb einer vernichtenden Antwort, weil die Försterin schon zu nahe gekommen war. Stattdessen richtete Christine das Wort an diese.

»Grüß dich, Janette. Dich hält's bei dem schönen Wetter wohl nimmer im Forsthaus.«

Die Försterin zuckte zusammen, bemerkte die beiden und im Bruchteil einer Sekunde verschwand der gequälte

Ausdruck auf ihrem Gesicht und machte einer eher belanglosen Miene Platz.

»Grüß Gott miteinander. Wie du an meiner Flinte sehen kannst, bin ich beruflich unterwegs.«

Janette Moser wollte mit diesen Worten an Christine und Tobias vorbeigehen, da hielt der junge Mann sie auf.

»Försterin, einen Moment! Mein Vater hat gesagt, dass er mit dir reden müsst. Er wird um die Zeit daheim sein.«

»Ich muss meinen Reviergang machen. Wenn ich hinterher noch Zeit hab, schau ich vielleicht vorbei.«

Janettes Gesichtsausdruck wurde abweisend. Sie hasste es, wenn die großen Bauern so taten, als müsse sie laufen, wenn man nach ihr pfiff. Am liebsten hätte sie Tobias gesagt, dass es vom Horngacherhof zum Forsthaus auch nicht weiter war als umgekehrt. Doch der junge Mann war noch der Beste der ganzen Bande, wie sie die Familien der drei Großbauern insgeheim für sich bezeichnete.

Niemand im Tal machte ihr mehr Schwierigkeiten als der Horngacher, der Loitzl und der Wirnsberger. Da kam selbst die Schneggin nicht mit, obwohl diese in den Augen der Försterin ein Gemüt aufwies, von dem sich ein Kampfhund einiges hätte abschneiden können.

6

Während Christine und Tobias hinter ihr zurückblieben, ging die Försterin mit gewohnt raumgreifenden Schritten weiter und erreichte die Burgruine, die die jungen Leute erst vor Kurzem verlassen hatten. Dort setzte sie sich auf einen Mauerrest und blickte ins Tal hinab, ohne jedoch die malerischen Bauernhöfe und die hübschen kleinen Häuschen wirklich zu sehen.

Vor ihrem inneren Auge stand noch immer, was sie vorhin beobachtet hatte: Ihr Mann Arm in Arm mit jener Touristin, mit der er sich seit mehreren Wochen traf. Alles war angeblich rein platonisch, doch Janette hatte die beiden mehr als einmal in verfänglichen Situationen erlebt. Nur die Scham, bloßgestellt und ausgelacht zu werden, und die Angst, ihrer Sinne nicht mehr Herr zu sein und Dinge zu tun, die sich verhängnisvoll auswirken konnten, hatten bisher verhindert, dass sie dazwischengetreten war. Sie wusste jedoch, dass sie diese Kraft bald nicht mehr aufbringen würde.

In den Nächten schreckte sie schweißgebadet aus Alpträumen hoch, in denen sie mit rauchender Flinte neben den Leichen ihres Mannes und jener fremden Frau gestanden hatte.

»Mein Gott, was hab ich nur in meiner Ehe falsch gemacht, dass der Andreas so geworden ist?«, fragte sie sich verzweifelt.

Weder der Wind, der durch die Wipfel der hohen Tannen strich, noch die ruhigen grünen Bäume vermochten ihr Antwort zu geben. Die junge Försterin blieb allein mit ihren Ängsten und der Schmach, die an ihrem Herzen nagte. Mehr denn je sehnte sie sich nach einem Menschen, mit dem sie reden und dem sie ihre Sorgen erzählen konnte.

In den zwei Jahren, die sie in Kreiental lebte, war sie davor zurückgeschreckt, sich den einheimischen Frauen anzuschließen.

Auch wenn die moderne Zeit Kreiental bereits gestreift hatte, so galt das Wort eines Mannes immer noch mehr als das einer Frau. Das hatte sie selbst oft genug erleben müssen und daher versucht, sich von den anderen Frauen abzuheben.

Vielleicht war das ein Fehler gewesen, denn auf der einen Seite war sie eine ganz normale Frau, die sich manchmal nach dem Rat und dem Trost einer Freundin sehnte. Auf der anderen Seite hatte sie hart und männlich erscheinen wollen, um den einheimischen Bauern zu imponieren. War das vielleicht der Grund, warum Andreas allen Frauen nachstellte, die weiblicher als sie wirkten? Ihm gegenüber hatte sie sich doch nicht verändert.

Gut, sie hatte nicht mehr so viel Zeit für ihn wie früher, wo sie als Forstassessorin in einem Münchener Vorort gearbeitet hatte. Trotzdem tat sie alles, damit er sich glücklich fühlte.

Janette platzte fast der Kopf vor lauter Selbstquälerei. Am liebsten hätte sie geweint, doch da hörte sie Schritte und verbarg ihre Sorgen erneut tief in sich, das Gesicht zu einer unbeteiligten Maske erstarrt.

Es waren keine Leute aus dem Dorf, sondern ein Ausflüglerpaar, das sich die Reste der berüchtigten Raubritterburg ansehen wollte. Er war sportlich in Jeans, T-Shirt und Turnschuhe gekleidet, sie ging im gepunkteten weißen Kleidchen und Riemensandalen.

Janette schüttelte den Kopf, als sie das sah. Diese Ausrüstung war nicht einmal für den relativ leichten Aufstieg zur Ruine passend. Ganz sicher liefen die beiden so auch im Gebirge herum. Da konnte man nur hoffen, dass sie nicht irgendwann einmal unfreiwillig Bekanntschaft mit der Bergwacht machten.

Die Försterin überlegte schon, ob sie das Paar ansprechen sollte, fühlte sich aber in ihrem jetzigen Zustand einer verbalen Auseinandersetzung nicht gewachsen. Da die Anwesenheit anderer Menschen sie störte, verließ sie die Ruine und stieg in den Wald hinab. Unterwegs hörte sie noch, wie die Gepunktete ihrem Jeanskavalier mit piepsiger Stimme zurief, dass es hier wohl einen weiblichen Rombach gäbe.

Janette schüttelte es bei diesem Vergleich. Ihr Leben hatte mit dem eines Fernsehförsters wirklich wenig gemein. Sie vergaß die Episode aber schnell wieder, ebenso wie das Wort *Flintenweib*, das von dem Mann ein wenig verächtlich hinter ihr herklang, und wandte ihren Schritt zum Forsthaus.

Das einstöckige Gebäude hatte ein riesiges Hirschgeweih über der Tür, das der Überlieferung nach von einem von Prinzregent Luitpold persönlich geschossenen Tier stammte. Mit den kleinen Sprossenfenstern und den grün gestrichenen Fensterläden glich das Haus einer Postkartenidylle. Allerdings war es nicht unbedingt angenehm, darin zu wohnen, denn seine Innenausstattung entsprach dem Stand von vor fünfzig Jahren.

Der Haushälterin und Köchin Cilly machte das nichts aus, doch Andreas hatte sich mehrfach über das primitive Badezimmer und die nicht weniger rustikale Toilette beschwert. Für eine Renovierung gab es jedoch kein Geld, das hatte Janette sich in München sagen lassen müssen.

Vielleicht war es das, was Andreas nicht gefiel, dachte sie, während sie die Tür öffnete.

Cilly steckte sofort den Kopf zur Küchentür heraus.

»Du kommst ja heut ausnahmsweis bloß zwei Stunden zu spät zum Mittagessen, Försterin. Soll ich gleich auftragen?«

Janette wollte schon den Kopf schütteln, sagte sich dann aber, dass sie Kraft brauchte, wenn sie ihren Posten zur Zufriedenheit ihrer Vorgesetzten ausfüllen wollte.

»Ja, tu das«, sagte sie daher und ging auf ihr Zimmer, um sich zum Essen umzuziehen.

»Der Herr Förster isst heut net mit?«, rief Cilly ihr nach.

Die Wirtschafterin stammte aus einer anderen Generation, und es ging über ihr Begriffsvermögen, dass eine Frau Försterin genannt werden konnte, obwohl deren Mann selbst kein Förster war.

Eine andere Frau in ihrer Position hätte Janette vielleicht eine Freundin werden und ihr tatkräftig zur Seite stehen können.

Für die brave Alte war jedoch der Unterschied zwischen Dienstpersonal und Herrschaft zu groß. Dieser Klassenunterschied zeigte sich auch bei Tisch. Obwohl

Platz genug war, deckte sie nur für die Försterin und nahm ihre eigene Mahlzeit in der Küche ein.

Janette musste sich zwingen, etwas von dem ausgezeichneten Kalbsbraten mit Knödeln und Blaukraut zu essen.

Nur der Gedanke an die Frau, mit der ihr Mann gerade eine Wandertour unternahm und die viel mehr Busen und Hintern besaß als sie selbst, brachte Janette zum Essen. Sie war immer schlank gewesen, doch nun sehnte sie sich nach volleren Formen, auch wenn die Waldbauern sie dann womöglich noch weniger ernst genommen hätten.

Der Gedanke brachte ihr wieder zu Bewusstsein, dass der alte Horngacher nach ihr verlangt hatte wie nach einem Dienstboten. In unbewusster Abwehr straffte sie ihre Schultern.

Franz Horngacher war kein Greis und konnte die paar Hundert Meter zum Forsthaus selbst zurücklegen. Schließlich wollte er etwas von ihr und nicht sie von ihm.

7

Christine und Tobias hatten die Kreiener Ache kurz unterhalb der Klamm mithilfe eines schmalen Stegs überquert und stiegen gut gelaunt zu den Almen hoch.

Die Horngacheralm war die erste, auf die sie trafen. Sie hielten sich nicht lange auf. Die Sennerin war zwar zuverlässig, aber auch ein wenig eigenartig und behandelte die beiden fast wie Eindringlinge in ihr Reich. Sie schien direkt froh zu sein, als Tobias sich wieder verabschiedete. Sie hatte ihm hoch und heilig versichert, dass bei ihr auf der Alm alles in Ordnung wäre und sie auch nichts benötigen würde.

»Du brauchst nächste Woch net extra wegen mir heraufkommen«, rief sie ihm noch nach, nachdem er und Christine die Hütte verlassen hatten, und schlug dann die Tür so heftig zu, als wolle sie die ganze Welt aussperren.

»Ich weiß net, Sennerin wär net grad das meine, wenn man dabei so seltsam wird«, fand Christine.

»Die Mali ist schon ein extremes Beispiel, das geb ich zu. Aber es gibt ganz andere Sennerinnen, die Emerenz zum Beispiel.«

Christine musterte ihn mit einem spöttischen Blick.

»Die sticht dir wohl arg ins Aug. Wenn man dir so zuhört, könnt man meinen, du willst dir einen Harem zulegen. Die Sandra als Hauptfrau, zwengs dem Vergnügen die Emerenz – und mich hast du vorhin auch schon angebaggert.«

»Ich hab dich net angebaggert, sondern dir bloß ein Kompliment gemacht, allerdings ein übertriebenes, wie ich zugeben muss.« Tobias reagierte ärgerlich, weil Christines Bemerkung ihn aus der Verzauberung des Augenblicks gerissen hatte.

Christine kaute unterdessen an dem angeblich übertriebenen Kompliment herum. War sie nicht attraktiv genug für diesen Bauernbüffel?, fragte sie sich. Vielleicht stand er mehr auf füllige Frauen. Sandra hatte mindestens zwanzig Pfund mehr auf den Rippen. Sie war ein wenig ungerecht zu ihrer Freundin aus Kindertagen und wusste es. Es machte ihr allerdings nichts aus.

Ganz in Gedanken überquerten sie die Horngacheralm und wurden dabei von einigen Rindviechern angestarrt, die Tobias von daheim kannten und ihn anmuhten.

Auf der Loitzlalm kamen die Kühe neugierig näher. Eine schnappte sogar nach Christines Ärmel und ließ erst los, als diese sie schimpfte.

»Hat man so was schon gesehen, will die mich glatt fressen«, rief Christine empört.

»Du bist halt auch zum Anbeißen«, antwortete Tobias und machte damit das angeblich übertriebene Kompliment wieder wett.

Sie gingen lachend weiter und erreichten bald die Hütte. Die Tür stand offen und aus dem Keller drang Emerenz' angenehme, aber resolute Stimme.

»So, und jetzt drehst du diesen Käs dort um, aber behutsam, wenn ich bitten darf, und dann geht's genauso weiter wie vorhin. Den Lappen in die Salzlake tauchen und den Käs damit abreiben.«

Tobias wandte sich grinsend an Christine.

»Wen kommandiert die Emerenz da herum? Der Loitzl hat ihr doch net etwa jemand zur Unterstützung hochgeschickt?«

Er war verwundert, denn der Dienst auf der Loitzlalm galt als der härteste, denn es gab noch Kühe, während anderswo nur das Jungvieh auf die Almen getrieben wurde. Emerenz musste jeden Tag zweimal melken und aus der Milch Käse machen.

Während Tobias noch nachdachte, schlüpfte Christine bereits in die Hütte und rief laut: »Grüß dich, Emerenz!«

Der Kopf der Sennerin tauchte aus einem Loch im Boden der Hütte auf, das in einen kleinen Felsenkeller hinabführte.

»Servus Christine, du bist es. Das freut mich aber, dass du mich besuchst.«

»Ich hoff, ich komm net ungelegen.« Christine glaubte, eine Männerstimme im Keller zu vernehmen.

Ihre Freundin schüttelte sofort den Kopf.

»Ganz und gar net. Komm setz dich, wir sind eh gleich fertig.«

»Ich bin aber net allein. Der Tobias ist bei mir«, sagte Christine.

»Der kann sich auch hinsetzen«, klang es resolut von unten herauf.

Da es nur drei Sitzgelegenheiten in der Hütte gab und die Sennerin bestimmt nicht stehen würde, würde es ihr unbekannter Besucher tun müssen. Christine fragte sich, um wen es sich dabei handeln konnte.

Ihre Neugier wurde rasch gestillt, denn kurz darauf stieg Sepp Schnegg die Leiter hoch und reichte die Hand hinab, um Emerenz zu helfen. Diese ignorierte ihn jedoch, schlüpfte an dem Burschen vorbei ans Tageslicht und schloss die Falltür hinter sich.

»Der Sepp hat spionieren wollen«, erklärte sie dessen Anwesenheit.

»Nein, ich wollt mir bloß zeigen lassen, wie du deinen Käs machst. Der schmeckt nämlich so gut, wie es keinen Besseren gibt.«

Sepp schnalzte mit der Zunge und überraschte mit seiner ungewohnten Beredsamkeit sowohl Tobias als auch Christine. Tobias sah seinen Freund verwundert an.

»Wollt ihr vielleicht auch Käs auf eurer Alm machen? Zutrauen tät ich's deiner Mutter ja. Die hält nichts davon, wenn eure Sennerin zu viel Freizeit hat.«

»Zu viel Freizeit hat die Kati gewiss net. Du weißt ja, die Mama hat wollen, dass es bei uns auf der Alm Getränke und Brotzeiten für Bergwanderer geben soll. Es kommen etliche zu uns, denen es auf der Wirnsbergeralm zu teuer ist.«

Sepp hörte sich so an, als würde er die gut vierzigjährige Kusine seiner Mutter bedauern, die bei ihnen als Sennerin arbeitete. Tobias wusste jedoch, dass diese um den Nebenjob froh war, brachte er sie doch mit Leuten zusammen. Da sie früher im Gastgewerbe gearbeitet hatte, fiel ihr die Arbeit nicht schwer. Außerdem verhinderten die Gäste, dass sie mit weiteren Pflichten überhäuft werden konnte. Wenn die Schneggin wirklich wollte, dass auf ihrer Alm gekäst wurde, müsste sie eine zweite Sennerin einstellen, und das lohnte sich nicht.

Tobias sagte dies zu Sepp. Der nickte und erwiderte, dass die Idee eigentlich von ihm käme.

»Weißt du, ich denk über den Tag hinaus, an dem meine Mutter mir den Hof überlässt.«

»Aber du bist doch eigentlich seit deinem achtzehnten Geburtstag der Besitzer. Da kannst du auch was machen, das deine Mutter net will.«

Tobias' Rat war nicht ganz ernst gemeint, denn alle im Dorf wussten, dass Sepp vor seiner Mutter kuschte wie ein gut dressierter Pudel. Nur Emerenz nickte nachdenklich. Tobias achtete nicht darauf, doch Christine blieb es nicht verborgen. Sie betrachtete ihre Freundin und den jungen Schnegg mit jäh erwachendem Interesse.

Eigentlich konnte aus den beiden nichts werden, da war Sepps Mutter vor, die eine arme Magd und Sennerin gewiss nicht als Schwiegertochter akzeptieren würde. Doch bei einem Vergleich der beiden Charaktere fand Christine, dass Emerenz und Sepp gut zusammenpassten. Emerenz war genau die Frau, die den jungen Bauern anleiten konnte, ohne dass sein Selbstbewusstsein darunter litt.

Christine sah, wie Sepp sich verzweifelt um eine Antwort herumzuwinden versuchte, und sprang ihm bei.

»Was bist denn du für ein Mensch, Tobias? Der Sepp kann seiner Mutter, die den Hof allen Widrigkeiten zum Trotz für ihn erhalten hat, net einfach sagen, dass sie sich aufs Altenteil zurückziehen soll. Außerdem braucht er vorher die richtige Bäuerin, die sich mit seiner Mutter versteht.«

»Die muss er sich schnitzen, denn ein lebendes Wesen kann die Anforderungen net erfüllen, die die Schneggin stellt.« Tobias Ausfall gegen Sepp war ungerecht, aber

Christines plötzliches Interesse für den Burschen ärgerte ihn.

»Ich glaub, wir müssen weiter.« Tobias erhob sich und sah Christine auffordernd an. Diese schüttelte jedoch lachend den Kopf.

»Ein bisserl Zeit werden wir noch haben. Ich hätt nämlich gern den Käs probiert, von dem der Sepp so geschwärmt hat.«

»Käs ist Käs«, wehrte Tobias wider besseres Wissen ab. Er setzte sich aber rasch wieder hin, bevor Sepp die Situation ausnützen konnte, und sah Emerenz an.

»Also, wenn die Christine darauf besteht, kannst du uns ja ein Stückerl kosten lassen.«

»Du kennst ihn doch schon, oder hast du noch nie eine Brotzeit beim Loitzl bekommen?«

Emerenz wunderte sich über sein seltsames Verhalten, holte aber das Stück Käse aus dem Keller, das sie zum eigenen Verbrauch bestimmt hatte, und schnitt es auf.

Sie ging dabei so geschickt vor, dass Christine sie fragte, wie sie das denn machen würde.

»Weißt du, wenn ich Käs abschneid, muss ich die Maschine nehmen, sonst sieht's aus wie Kraut und Rüben«, setzte sie lachend hinzu.

»Das ist ganz einfach. Du musst das Messer so halten und gleichmäßig schneiden. Probier's doch.« Emerenz reichte Christine das Messer.

Diese versuchte sich an dem Käse, und mit den ruhigen und gelassenen Ratschlägen ihrer Freundin gelang es ihr, halbwegs passende Scheiben abzuschneiden.

»Wollt ihr Brot dazu?«, wollte Emerenz wissen. Sepp nickte, Tobias hingegen schüttelte den Kopf.

»Lieber net. Wir wollen noch weiter zur Wirnsbergeralm und dort essen. Da will ich net zu satt hinkommen, sonst müsst ich was zurückgehen lassen.«

»Das tät dir in der Seele weh, was? Lieber den Magen verrenkt, als dem Wirt was geschenkt!« Christine lachte fröhlich über ihren eigenen Spruch und steckte ein Stückchen Käse in den Mund. Im nächsten Augenblick keuchte sie überrascht auf.

»Der schmeckt wirklich ausgezeichnet! Den muss ich unbedingt für den Laden haben. Kannst du mir ein paar Laibe verkaufen?«

Die Frage galt eigentlich Emerenz, die jedoch nur hilflos die Arme hob.

»Weißt du, ich tät dir den Käs gern geben, aber das musst du mit der Loitzlin ausmachen. Sie ist die Bäuerin.«

»Da muss ich morgen beim Kirchgang mit ihr sprechen, nein, besser, ich geh zu ihr. Es muss net jeder hören, wenn wir über den Preis reden.« Christine nahm noch ein Stück Käse und lutschte daran wie an einem Bonbon.

»Das ist ein Geschmack, sag ich euch!«

»Genau das Richtige für so eine Stadtmadame wie dich«, spottete Tobias.

»Bauernbüffel!«

Christine war nicht auf den Mund gefallen und hatte auf jede der Bezeichnungen, die er ihr spaßeshalber an den Kopf warf, die entsprechende Antwort bereit.

»Warum gibst du's net auf, Tobias?«, fragte Emerenz, als Christine gerade beim *Almöhi* angekommen war. »Du weißt doch, mit der Christine ihrem Mundwerk ist von uns noch keiner mitgekommen.«

»Da hast du recht«, warf Sepp grinsend ein. »Man merkt halt, dass die Christine in der Stadt aufgewachsen ist. Die ist net auf den Mund gefallen wie wir ...«

»... Bauernbüffeln!«, setzte Tobias den Satz lachend fort.

»Aber ihr habt recht, mit dem Mundwerk ist der Christine keiner von uns gewachsen. Die hat schon früher schnattern können, dass einem die Ohrwascheln abgefallen sind.«

»Also, gleich fallen sie dir auch ab, aber net vom Schnattern!« Christine hob drohend die Hand.

Tobias sprang lachend zurück.

»Rette mich, wer kann!«

Da konnte keiner mehr ernst bleiben. Es dauerte eine ganze Weile, bis das Gelächter in der Almhütte verhallt war.

Dann blickte Tobias demonstrativ auf die Uhr.

»Wir müssen wirklich weiter, Christine, sonst glaubt deine Tante noch, dass ich dich entführt hab. Du weißt, wir wollen etwas essen, und dann kriegst du nach über zehn Jahren endlich dein Eis, damit ich wieder ruhig schlafen kann.«

8

Christine und Tobias erreichten die Wirnsbergeralm. Dort war noch immer einiges los. Christine blickte auf den Neubau mit der riesigen Terrasse, der die urige Almhütte ersetzt hatte, die sie aus ihren Kindertagen kannte, und kämpfte mit einem Gefühl der Enttäuschung. So, wie das Gebäude jetzt aussah, hätte es auch in jedem Vorort von München stehen können. Da war es kein Wunder, dass sich die Bergwanderer und Feriengäste wohlfühlten, denn für sie war es fast wie zu Hause.

Christine hingegen sehnte sich in die Gemütlichkeit von Emerenz' Hütte zurück oder wenigstens zur Schneggalm, wo es bodenständiger zuging als hier. Allerdings gab es dort kein Eis, und genau deswegen waren sie gekommen.

Während Christine mit den Umständen haderte, hatte Tobias mit scharfem Blick den besten Tisch herausgefunden. Die Leute, die dort saßen, zahlten gerade und würden gleich gehen. Tobias steuerte in Richtung des Tisches und schaffte es, ihn zu besetzen, bevor das ein anderes Paar tun konnte.

Für einen Augenblick sah er in das verärgerte Gesicht des Mannes und erkannte Andreas Moser, den Ehemann der Försterin. Die vollbusige Brünette, mit der er seit ein paar Wochen ein Techtelmechtel unterhielt, begleitete ihn. Diese entdeckte einen anderen, frei werdenden Tisch und lotste ihren Galan dorthin.

Tobias verzog angewidert den Mund.

»An der Försterin ihrer Stell hätt ich ihren Mann längst zum Teufel gejagt. So wie der führt sich net einmal der liederlichste Junggeselle auf. Dafür lebt er auf Kosten seiner Frau und lässt den Herrgott einen guten Mann sein.«

Christine nickte. Die alte Cilly vom Forsthaus legte ihrem Mundwerk keine Zügel an, wenn sie in den Krämerladen kam, und ließ dabei kein gutes Haar an Andreas Moser. An der Försterin hingegen hatte sie nur auszusetzen, dass diese für ihr Geschlecht den falschen Beruf gewählt hatte und zu viel Nachsicht mit ihrem treulosen Ehemann übte.

»So leicht ist's fei net, einen Ehepartner loszuwerden«, sagte Christine nach einer kurzen Pause, die sie zum Nachdenken benutzt hatte.

»Wieso? Heutzutag sind die Leut doch schneller geschieden als verheiratet.« Tobias sah sie dabei so verwirrt an, dass es Christine zum Lachen reizte.

»Geschieden ist man freilich schnell. Aber es geht auch ums Geld. Da der Moser selber keinen Beruf hat, müsst seine Exfrau für ihn aufkommen.«

»Der soll gefälligst selber was arbeiten.«

Tobias' Stimme klang giftig. Für einen Mann, der sich von seiner Frau aushalten ließ, besaß er nicht das geringste Verständnis. Er winkte ab und sah Christine an.

»Lassen wir uns von dem Deppen net den schönen Tag versauen. Essen wir erst einmal was, und dann suchst du dir den schönsten und größten Eisbecher aus, den es da heroben gibt.«

9

Im Gegensatz zu seiner Almhütte besaß der Wirnsbergerhof keine Terrasse, dafür aber einen schönen, blumengeschmückten Balkon, auf dem sich gut sitzen ließ. Man hatte einen schönen Blick auf das Dorf, wenn man es nicht vorzog, die Tiroler Bergriesen zu betrachten.

Eigentlich war der Samstag auf dem Bauernhof ein normaler Arbeitstag, doch heute hatten sich die Bauersleute mit ihren Kindern versammelt. In ihrer Mitte befand sich ein Gast, nämlich Tobias' Bruder Hans, der seine Verlobte besuchte.

Monika saß neben ihm, hielt Händchen und strotzte nicht weniger vor Stolz als ihr Bräutigam. Hans, der von Haus aus ein wenig breiter gebaut war, hockte auf seinem Stuhl wie ein selbstzufriedener Buddha, um den sich die Welt zu drehen hatte. Seine zukünftigen Schwäger Benedikt und Karl hielten sich, jeder mit einer halben Bier in der Hand, etwas im Hintergrund, während die Eltern sich dicht vor das Brautpaar gesetzt hatten und mit den beiden das Heiratsgut durchgingen, das sie ihrer Tochter mitgeben wollten. Immerhin war sie eine Wirnsberger, und da durfte Monika nicht wie ein x-beliebiges Mädchen vom Hof gehen. Sie hatte Anrecht auf einen vollen Wagen mit Möbeln, Geschirr und anderen Dingen.

»Also, du meinst, dass es im Herbst so weit wär, Hans?«, fragte der Bauer noch einmal nach.

»Freilich«, antwortete der Horngachererbe. »Bis dahin sind sich der Tobias und die Sandra einig. Vielleicht gibt's sogar eine Doppelhochzeit.«

»Das wär schön!« Monika lächelte ihren Bräutigam selig an.

Ihren Bruder Karl, der ebenfalls um die junge Witwe warb, hatte sie dabei ganz vergessen. Auch ihre Eltern kümmerten sich nicht um die Aussichten des jüngeren Sohnes. Es gab schließlich mehr als eine Hoferbin im Landkreis. Recht besehen, hätten sie nichts dagegen, wenn der jähzornige Bursche ein paar Kilometer entfernt wohnen und ihnen nicht jeden Tag über den Weg laufen würde.

»Also, du meinst, dass der Tobias die Sandra schon am Schürzenbandl hat?«

Der Bauer nahm keine Rücksicht auf Karls Gefühle. Während dieser grollend seine Bierflasche leerte, setzte seine Schwester noch eins drauf.

Monika strich sich sanft über ihre nicht unbedingt flache Taille und sah Hans an.

»Der Tobias sollt sich beeilen. Es könnt nämlich sein, dass wir zwei Monat eher heiraten müssen. Ich will nämlich net mit einem dicken Bauch vor den Traualtar treten.«

Hans starrte sie verständnislos an.

»Was sagst du?«

»Die Monika meint, dass sie ein Kind kriegt«, erklärte ihm die Bäuerin, die schneller geschaltet hatte.

»Genauso ist's.« Monika senkte etwas schamhaft den Kopf, blickte dann aber erneut Hans an. »Weißt du, wir haben net bloß Schusser miteinander gespielt. Da kann so was schon vorkommen.«

»Also, ich hätt nichts dagegen, wenn bald ein Bub über den Hof laufen tät.« Hans grinste stolz und gab Monika einen Kuss auf die Wange.

Während die Eltern und die anderen Geschwister den beiden gratulierten, rümpfte Karl die Nase. Es war halt doch etwas anderes, der Erstgeborene und damit Erbe zu sein als der zweite Sohn. Seit Monaten bemühte er sich um Sandra, doch statt ihm den Rücken zu stärken, begünstigten seine Eltern, seine Schwester und auch sein Bruder Benedikt seinen Rivalen Tobias. Monika konnte er verstehen, denn sie musste heiraten, wenn sie nicht als ledige Mutter gelten wollte, und dafür musste Tobias vom Hof sein. Bei seinem Bruder war es jedoch der blanke Neid. Als Loitzlbauer würde er Benedikt an Bedeutung doch übertreffen, und das wollte dieser verhindern.

Ich werde mir die Sandra schon schnappen, und dann könnt ihr schauen, wo ihr bleibt, dachte Karl gehässig.

Da sich niemand um ihn kümmerte, verließ er den Balkon ohne Abschied und überlegte, was er mit dem restlichen Tag anfangen sollte. Arbeiten, während die anderen fett und faul auf dem Balkon saßen, wollte er nicht.

Er überlegte, zum Loitzlhof hinüberzugehen, um mit Sandra zu reden. Doch schon nach den ersten Schritten fiel ihm ein, dass diese zu einer Verwandten gefahren war und erst am nächsten Tag zurückkommen würde.

Plötzlich packte ihn die Lust auf eine Halbe Bier. In Kreiental konnte er sich um die Tageszeit nicht in die Wirtschaft setzen, ohne schief angesehen zu werden. Aus diesem Grund ging er zur Garage, holte sein Auto heraus und fuhr in Richtung Holzmatting. Wenn er dort beim Wirt einkehrte, würde es so aussehen, als hätte er einen Auftrag erledigt, und er könnte sich in Ruhe eine Halbe schmecken lassen.

10

Der Supermarkt in Holzmatting schloss seine Pforten. Xaver Gotthelf hätte es zwar gern gesehen, wenn sein Geschäft – ebenso wie die großen Märkte in den Städten – bis zwanzig Uhr geöffnet wäre. Doch die Bezirksleitung der Supermarktkette war der Ansicht gewesen, dass in dieser ländlichen Umgebung ein früherer Ladenschluss gelten sollte. Er hatte dadurch das Gefühl, der Leiter einer nachrangigen Filiale zu sein und von der Bedeutung her ganz unten auf der Liste zu stehen.

Mit dieser bitteren Erkenntnis, die so gar nicht seinen eigenen Ansprüchen entsprach, verabschiedete er seine davoneilenden Untergebenen und machte sich an die Abrechnung. Er kontrollierte die beiden Kassen, verglich die Notizen der Kassiererinnen und rechnete den Gesamtumsatz aus. Zu seinem Ärger war er erneut geringer als an den letzten Samstagen.

»Daran ist bloß diese Mistkrämerin in Kreiental schuld! Die fährt mit dem Auto herum und macht mir die Kunden abspenstig.«

Da er allein in dem Raum war, erhielt er keine Zustimmung. Er starrte auf die Geldscheine, die er gerade gezählt und gebündelt hatte, und steckte sie in den Metallbehälter, den er zur Bank bringen wollte.

Das Geräusch mehrer Motorräder auf dem leeren Parkplatz lenkte ihn von seinen Überlegungen ab. In letzter Zeit hatte es mehrere Überfälle auf Lebensmittelläden gegeben, und er war sich nicht sicher, ob die vier Leute, die draußen auf ihren schweren Maschinen saßen, echte Biker waren, die ihre Kunststücke auf dem leeren Parkplatz machen wollten, oder eben jene Banditen. Wären es Letztere, würden sie jedoch Pech haben, denn er hatte vorgebaut.

Grinsend schloss er das Rollo seines Büros, sperrte die feste Tür zu und verließ den Laden durch den Hintereingang, der direkt zur Bank führte. Eine Minute später war die Geldbombe verstaut, und er konnte zufrieden nach Hause gehen.

Zufrieden? Bei dem Gedanken blieb er so abrupt stehen, als wäre er gegen eine Mauer gerannt. Heute wären nicht einmal die Räuber zufrieden gewesen, wenn sie ihm das Geld abgenommen hätten. Vor sechs Wochen hatte er am Samstag noch das Doppelte umgesetzt. Doch davon konnte er nur noch träumen.

Auf dem Weg zu seiner Wohnung kam er an einer der Wirtschaften des Ortes vorbei. Ein Auto bog gerade von der Straße so rasch auf den Parkplatz ein, dass es ihn fast umgefahren hätte. Gotthelf wollte schon losschimpfen, als er den anderen erkannte. Es war Karl Wirnsberger, Sohn einer der bedeutendsten Familien von Kreiental. Der Gedanke, dass er von diesem Burschen vielleicht das ein oder andere erfahren könnte, ließ ihn seine Pläne für den restlichen Tag umwerfen. Betont fröhlich trat er auf Karl zu und streckte ihm die Hand entgegen.

»Ja wen sehe ich denn da? Den Wirnsberger Karl! Wenn das kein Zufall ist. Eben hab ich mir denkt, dass ich einmal mit dir reden müsst.«

»Mit mir?« Karls Gesicht wirkte in diesem Augenblick nicht gerade intelligent.

»Ja freilich, magst du eine Halbe trinken?«

»Einen Wirnsberger lädt man net ein«, gab Karl überheblich zurück.

»Es geht um was Geschäftliches«, versuchte Gotthelf abzuwiegeln.

»Das Geschäftliche machen mein Vater oder mein Bruder. Ich hab da nichts zu sagen.«

Karls Frust war mit den Händen zu greifen und machte es dem redegewandten Filialleiter leicht, ihn mit ein paar geschickten Worten an einen etwas abseits stehenden Tisch in der Gaststube zu lotsen.

Ein paar Bier und mehrere Schnäpse stärkten Karls Bereitschaft, zu reden, und so erfuhr Gotthelf alles, was dieser über Daniela Mergentheim, ihre Nichte Christine und die Pläne der beiden Frauen wusste. Das reichte aus, um dem Filialleiter graue Haare wachsen zu lassen. Er hatte die lästige Konkurrenz in Feldberg nicht deswegen ruiniert, um die dortige Kundschaft in die Hände dieser Bergtalkrämerin zu treiben. Während er sich überlegte, was er dagegen unternehmen konnte, sah er Karl nachdenklich an.

»Ihr seid doch die größten Bauern in Kreiental.«

Karl reckte sich stolz.

»Das sind wir!«

Ganz stimmte es nicht, denn der Loitzl besaß noch ein paar Tagwerk mehr, doch der Einfluss des Wirnsbergers war bestimmend. Gotthelf wusste aber, dass er nicht allein darauf vertrauen konnte. Selbst wenn er Karl dazu brachte, die Konkurrenz schlechtzumachen, würde dies nicht den

Erfolg haben, den er sich wünschte. Mit dieser Taktik war er schon einmal gescheitert. Nun mussten andere Saiten aufgezogen werden.

»Gehört euch net auch der Wald, durch den der Weg nach Feldberg verläuft?«, fragte Gotthelf weiter.

»Der gehört uns!« Karls Wortschatz wurde durch die Menge des genossenen Alkohols immer geringer, trotzdem schaute er interessiert, als der Filialleiter einen großen Geldschein aus seiner Börse nahm und ihn ihm hinhielt wie einem Hund ein Stück Fleisch. Der stolze Vorsatz, dass ein Wirnsberger sich weder einladen noch sich etwas schenken ließe, war in diesem Augenblick vergessen.

»Du kannst das Geld haben und später noch mehr, wenn du mir behilflich bist«, lockte Gotthelf den Burschen.

Auch wenn man beim Wirnsberger auf sich hielt, wurde Karl das Taschengeld nicht so üppig zugeteilt, wie er es gern gehabt hätte. Der Schein in Gotthelfs Hand übte eine geradezu magnetische Wirkung auf ihn aus. So viel bekam er von seinem Vater in einem ganzen Monat nicht.

Nüchtern hätte er dem Filialleiter vielleicht widerstanden, doch in seinem jetzigen Zustand lehnte er sich gierig nach vorne und grinste.

»Dann schieß los!«

Versperrte Wege

1

Sandra Loitzl kehrte mit einem Gefühl nach Hause zurück, das zwischen Wut und Verzweiflung schwankte. Sie hatte eine Tante ihres verstorbenen Ehemannes besucht und erwartet, bei ihr Verständnis und Trost zu finden. Stattdessen hatte die alte Frau sie abgekanzelt und wegen ihrer Gefühlsduselei gescholten.

»So schad es um den Schorsch auch sein mag, er ist tot und wird nimmer lebendig. Ihm wär's gewiss net recht, wenn eine junge und gesunde Frau wie du ihr weiteres Leben wegschmeißt wie ein altes Unterhemd.«

Diese Worte der Tante hallten Sandra noch im Ohr, ebenfalls ihr Rat, sich den Besten unter ihren Verehrern auszusuchen, damit sie endlich ihre Grillen vergaß.

»Meine Lieb zum Schorsch ist keine Grille«, sagte sie stöhnend, während sie aus dem Auto ausstieg.

Gleichzeitig wusste sie, dass sie mit dieser Ansicht allein stand. Sie brauchte nur ihren Eltern zuzuhören. Denen ging es um die Enkel, die sie bald sehen wollten. In einem kurzen Anfall von Starrsinn überlegte Sandra sich, ob sie nicht einen Arzt aufsuchen und sich künstlich befruchten lassen sollte. Der Gedanke an das, was auf dem Bauernhof mit den Kühen geschah, brachte sie dazu, diese Idee schnell wieder zu verwerfen.

Sie brauchte jedoch mindestens ein Kind, und da sie nicht wieder heiraten wollte, musste sie zusehen, wie sie auf andere Weise dazu kam. Der Mann, der ihr helfen sollte, musste natürlich verheiratet sein, damit er nicht auf die Idee kam, sie würde ihn heiraten wollen. Die Vorstellung, einen Mann zu einer Sünde zu verleiten und dessen Frau dadurch Kummer zu bereiten, war ihr allerdings sehr unangenehm.

»Es muss also doch ein Lediger sein; aber einer, der weiß, dass ich ihn net heiraten werd.«

Mit diesem Vorsatz betrat die junge Bäuerin das Haus. In der Küche fand sie drei ihrer inzwischen sechs Verehrer vor. Seltsamerweise fehlten mit Karl, Tobias und Sepp die drei Wichtigsten. Da diese aber ebenso wenig wie die Anwesenden für ihre Pläne taugten, störte das Sandra nicht. Sie grüßte kurz und setzte sich auf einen Stuhl.

Ihre Mutter rührte gerade den Rosinenschmarren für das Abendessen und sah sich neugierig zu ihr um.

»Und, wie war's?«

Ihre erwartungsvolle Miene zeigte Sandra, dass die beiden alten Frauen bereits miteinander telefoniert hatten. Während sie eine ausweichende Antwort gab, beschäftigte sie sich in Gedanken bereits mit der Suche nach dem Mann, der ihr zu Mutterfreuden verhelfen sollte, ohne Ansprüche daraus abzuleiten.

Für einen Augenblick dachte sie an Ferdinand Rapseder, der immer treu zum Hof und zu ihr gestanden hatte. Doch irgendwie war er ihr zu alt, und sein langer, buschiger Bart schreckte sie ab. Außerdem würde man später über sie und das Kind lachen, wenn bekannt würde, dass er der Vater war. Sie musste sich nur an Emerenz Grünberger erinnern. Wie oft hatte man sie, Sandra, der anderen bei Spiel und Sport vorgezogen, obwohl Emerenz die Bessere gewesen war. Ihrem Kind sollte das nicht passieren, schwor sie sich.

Immerhin war sie die Bäuerin des Loitzlhofes und gehörte zu den ›drei Königen‹ von Kreiental.

Dies war nur der Beginn einer längeren Überlegung, die Sandra anstellte. Manchmal war sie sich ihrer Sache so sicher, dass sie am liebsten sofort zur Tat geschritten wäre. Zu anderen Zeiten schreckte sie vor ihrem Vorhaben wieder zurück.

Das Drängen ihrer Eltern und die Belagerung durch ihre Verehrer, die sich jeden Tag nach Feierabend auf dem Hof einfanden, bestärkten sie jedoch immer mehr in dem Gedanken, eine ledige Mutter zu werden. Es ging nur noch darum, wer der Vater ihres Kindes sein sollte.

Sie merkte allerdings rasch, dass dies ein heikles Problem war. Zunächst ging sie alle jungen Männer von Kreiental und Umgebung in Gedanken durch und machte eine Strichliste, die sie danach aber sofort in den Ofen steckte, damit die Mutter sie nicht fand. Doch so sehr sie auch die Vorzüge und Nachteile der einzelnen Männer gegeneinander abwog, es passte ihr schlicht und einfach kein Einziger.

Ihre Eltern erkannten, dass Sandra sich seit ihrem Besuch bei der Verwandten verändert hatte. Sie lief nicht mehr so oft wie früher zum Grab ihres Mannes, ihr Gesichtsausdruck wirkte entschlossener, und manchmal murmelte sie leise Männernamen vor sich hin.

Blasius Loitzl und seine Frau begannen zu hoffen, dass ihre Tochter endlich Vernunft annehmen würde. Rasputin Ferdinand, der Sandra besser kannte als ihre Eltern, machte sich jedoch Sorgen. Als Sandra an einem der nächsten Abende ausnahmsweise einmal allein auf der Hausbank saß, setzte der alte Knecht sich zu ihr.

»Ich spür, dass dich was bewegt, und glaub, du brauchst jemand, mit dem du reden kannst. Also wenn du willst …«

Es war nicht unbedingt diplomatisch, aber ehrlich gemeint. Sandra überlegte schon, ob sie Ferdinand in ihre Pläne einweihen sollte. Er war aber ein Mann, und mit einem solchen wollte sie über diese Dinge nicht reden. Daher schüttelte sie den Kopf.

»Es geht net, Ferdinand. Vielleicht, wenn ich eine Freundin hätt.«

»Wie wär's mit der Wirnsberger Monika? Du bist allweil gut mit ihr ausgekommen.«

Ferdinand mochte die Nachbarstochter nicht besonders, doch wenn es seiner Jungbäuerin half, mit ihr zu reden, sollte es ihm recht sein.

Sandra schüttelte erneut den Kopf.

»Net die Monika, dann pfeifen's hinterher sämtliche Spatzen von den Dächern.«

»Wie wär's mit unserer Magdalena oder, besser noch, mit der Emerenz? Die hätt gewiss Verständnis für dich.«

Auch dieser Vorschlag Ferdinands fand bei Sandra kein Gehör. Magdalena Grünberger war eine kühle, fast kalt wirkende Frau knapp unter fünfzig, die noch Spuren einstiger Schönheit aufwies. Doch die Tatsache, dass sie eine ledige Mutter war, schreckte Sandra ab. Sie wusste nicht, welche Erfahrungen die Frau gemacht hatte, und wollte sich auch nicht deren Klagen über die Untreue und Gewissenlosigkeit der Männer anhören. Magdalena hatte bestimmt gehofft, der Vater ihrer Tochter würde sie heiraten, und war vielleicht sogar mit Vorsatz an die Sache herangegangen.

»Nein, die Magdalena wär gewiss net die Rechte«,

sagte Sandra, als sie merkte, dass Ferdinand eine Antwort erwartete.

»Und die Emerenz?«

Auch da verneinte die junge Bäuerin.

»Dafür müsst ich bei der Hitze zur Alm hochsteigen, und das mag ich net.«

Das war gelogen, denn früher ging Sandra oft auf die Alm und hatte dort vor ihrer Heirat auch zwei Jahre lang gesennt. Doch Emerenz war ein lediges Kind, und mit ihr die Probleme einer ledigen Schwangerschaft zu bereden, beziehungsweise darüber, den passenden Vater zu finden, war in Sandras Augen zu frivol. Sie mochte Emerenz und wollte sie nicht verletzen.

»Dann bleibt bloß noch die Christine. Wenn die dir auch net passt, weiß ich mir keinen Rat mehr.« Ferdinand klang ein wenig knurrig, weil Sandra ihn weder ins Vertrauen ziehen noch seine Vorschläge akzeptieren wollte.

Sandra überlegte einen Moment. Christine war keine Einheimische, doch sie kannte das Mädchen seit ihrer Kindheit und wusste aus Erfahrung, dass es keine Plaudertasche war. Außerdem war Christine als Städterin womöglich toleranter in der Frage lediger Mütter und ihrer Kinder als die Frauen im Dorf. Sie atmete tief durch und reichte Ferdinand die Hand.

»Dankschön, Rasputin! Die Christine ist genau die Richtige. Komisch, dass ich net von selber daraufgekommen bin.«

Sandra klang so erleichtert, dass Ferdinand ihr den Rasputin verzieh.

2

Am nächsten Morgen machte Christine wieder ihre Rundfahrt. Zunächst ging alles gut. Die Leute hatten sich an ihr himmelblaues Gefährt gewöhnt und eilten sofort herbei, wenn sie es von Weitem sahen.

Christine bog auf den Waldweg ein, den sie immer zum Schusteröderhof nahm. Nach gut der Hälfte der Strecke wurde sie durch einen Verhau aus Ästen und Reisig gestoppt. Sie stieg aus und sah sich das Hindernis an. Es wegzuräumen würde mindestens eine halbe Stunde dauern – Zeit, die ihr bei der Weiterfahrt fehlte. Ärgerlich setzte sie sich ans Steuer und kutschierte den Wagen mühsam rückwärts, bis sie wieder die Straße erreichte. Dort musste sie sich von einem Autofahrer anhupen lassen, der es mit der vorgeschriebenen Höchstgeschwindigkeit von sechzig Stundenkilometern nicht so genau nahm.

Nach einem Umweg von mehreren Kilometern erreichte sie schließlich den Schusteröderhof. Die Bäuerin erwartete sie bereits vor der Tür.

»Ich hab mir denkt, ich hätt dein Auto vorhin schon gehört, und mich gewundert, warum's so lang gedauert hat«, rief sie Christine von Weitem zu.

»Irgendein Scherzbold hat den Weg von eurem Hof ins Dorf versperrt.«

Christine schnaubte verärgert und öffnete die Hecktür, damit die Bäuerin sich die Waren ansehen konnte.

»Da hab ich einen Zettel mit unseren Sonderangeboten.« Mit diesen Worten drückte sie der Bäuerin das entsprechende Blatt in die Hand. Die Schusteröderin achtete jedoch nicht darauf, sondern war in Gedanken bei dem versperrten Weg.

»Du, Hannerl, nimm dein Radl und fahr in Richtung Dorf. Da soll einer den Weg versperrt haben.«

Das Mädchen gehorchte und kam wieder zurück, bevor Christine den Hof verließ.

»Du Mama, ich hab's gesehen. Ein Mann hat grad den Verhau auf die Seite geräumt. Als er mich entdeckt hat, ist er in den Wald und hat sich versteckt. Ich hab mich dann aber nimmer näher hingetraut, weil ich Angst gekriegt hab.«

»Das war richtig von dir, Hannerl«, lobte die Schusteröderin ihre Tochter. Dann sah sie Christine an. »Das ist komisch. Der Kerl muss genau gewusst haben, wann du zu uns kommst. Als mein Mann heut früh die Milch weggebracht hat, war noch nichts auf dem Weg.«

Christine wandte sich an das Mädchen.

»Hast du den Menschen vielleicht erkannt, Hannerl?«

Die Kleine schüttelte den Kopf.

»Nein, im Wald war's recht duster, und ganz hingetraut hab ich mich net.«

»Da hast du eine Tafel Schokolade für den Schrecken.« Christine gab sie ihr und schwang sich auf den Fahrersitz.

»Ich muss weiter, Schusteröderin. Ich hab schon zu viel Zeit verloren. Bis zum nächsten Mal.«

»Pfüat di, Christine. Eines sag ich dir aber, wenn mein Martin den Kerl erwischt, der das gemacht hat, hat der nichts mehr zu lachen!«

»Bestimmt steckt der Gotthelf dahinter.«

Christine bleckte die Zähne in die Richtung, in der sie Holzmatting wusste. Auch die Bäuerin drohte mit der Faust, kratzte sich dann aber am Kopf.

»Wenn das so ist, muss er einen Helfer haben, der sich bei uns auskennt. Ein Fremder hätt den Verhau net so hinstellen können.«

Christine nickte, auch wenn ihr diese Erkenntnis nicht besonders schmeckte. Einer, der sich hier auskannte, konnte nur aus Kreiental stammen. Es war kein angenehmes Gefühl, einen Feind in ihrer näheren Umgebung zu wissen.

Als sie aufbrach, widerstand sie nur mit Mühe dem Wunsch, den vorhin gesperrten Weg zurückzufahren, um zu sehen, ob der Verhau bereits wieder beseitigt worden war. Sie hatte es aber eilig, denn die Bäuerinnen waren an die Zeiten gewöhnt, zu denen sie bei ihnen erschien. Ihr blieb daher nichts anderes übrig, als Gas zu geben.

Unterwegs berichtete sie jedoch allen von der Gemeinheit, die ihr widerfahren war. Die Empörung war allgemein, und sie schöpfte Hoffnung, dass jemand den Täter auf frischer Tat ertappte. Wenn es sich wirklich um einen aus Kreiental handelte, würde er hinterher nichts zu lachen haben.

3

Christine überlegte gerade, wer der so unerwartet aufgetauchte Helfer ihres Konkurrenten sein konnte, als sie Sandra auf den Laden zukommen sah.

Ihre frühere Freundin trug noch immer Schwarz, doch irgendwie wirkte sie heute anders. Die Tränenspuren waren aus ihrem Gesicht verschwunden. Ein fester, fast eigensinniger Zug lag um ihren Mund, und in ihren Augen glühte es wie im Fieber.

»Du, Christine, hast du einen Moment Zeit für mich?«, fragte Sandra anstelle eines Grußes.

»Freilich. Willst du was Besonders einkaufen, was zum Verschenken vielleicht?« Noch während Christine sprach, schüttelte Sandra den Kopf.

»Nein, darum geht's net. Es wär eher ein ernsthaftes Gespräch, so von Frau zu Frau.«

Jetzt wurde Christine neugierig. Sie bat Sandra ins Haus und führte sie in ihr Zimmer, das sie mit einem Teil ihrer eigenen Möbel und ein paar schönen Stücken aus Tante Danielas Besitz wohnlich eingerichtet hatte. Sandra war noch nie hier gewesen und sah sich daher staunend um.

In Kreiental war man eine traditionellere Einrichtung gewöhnt, doch irgendwie passte Christines helles Bett gut zu dem alten Nachtschränkchen und dem kleinen Tisch in der Ecke. Es gab zwei bequeme Ledersessel, von denen

Sandra gleich einen ausprobierte. Christines Fernseher stand auf einer Kommode von Tante Daniela. Das ganze Ambiente wurde durch eine moderne Plasmaleuchte, in der glühendrote Bälle aufstiegen, und einen altmodischen Frisierschrank vervollständigt. Stilbewusste Menschen würden vielleicht aufschreien, doch Sandra fand das Zimmer wohnlich und auch nicht zu eng.

In Wahrheit war es größer als Christines früheres Appartement und nur eines der beiden Zimmer, die die Tante ihr fürs Erste zur Verfügung gestellt hatte. Das andere Zimmer benutzte Christine derzeit jedoch nur als Abstellkammer. Sie hätte von ihrer Tante drei weitere Zimmer haben können, doch das wollte sie nicht. Vielleicht, wenn sie später einmal heiratete, sagte sie sich.

Bei dem Gedanken schob sich Tobias' Gesicht vor ihr inneres Auge. Sie verscheuchte es jedoch sofort wieder, denn vor ihr saß immerhin die Frau, die der junge Mann noch in diesem Jahr heiraten würde. Trotzdem war sie interessiert, was Sandra von ihr wollte. Bevor sie ihre Freundin zum Sprechen aufforderte, holte sie Kaffee und Kuchen aus der Küche und machte es sich bequem.

Sandra rutschte unruhig auf ihrem Sessel herum und schien nicht so recht zu wissen, wie sie anfangen sollte. Immer wieder blickte sie auf ihre verkrampften Hände und fragte sich, ob sie das Richtige tat. Doch sie brauchte einen Menschen, dem sie sich anvertrauen konnte, sonst wurde sie noch verrückt.

»Es geht um mein Leben«, begann sie leise. »Du weißt, wie sehr die Eltern mich drängen, wieder zu heiraten. Ich will net, aber gleichzeitig braucht der Hof einen Erben. Es geht darum, wie ich ihm dazu verhelfen kann.«

Sie redet, als wäre der Hof ein lebendiges Wesen, das Ansprüche an seine Bewohner stellen kann, fuhr es Christine durch den Kopf. Vielleicht war er es auch in den Augen der Bauernfamilie, die darauf lebte.

Für Sandra schien der Hof etwas zu sein, das den letzten Einsatz von ihr zu fordern vermochte, und was das genau war, breitete sie in stockenden Worten vor Christine aus.

Diese hörte ihr mit wachsendem Erstaunen zu und starrte sie zuletzt verdattert an.

»Du willst ein uneheliches Kind, damit der Hof an die nächste Generation weitergegeben werden kann?«

Sandra nickte eifrig.

»Es ist das Einzige, was ich tun kann. Ich weiß, es ist meinem Schorsch gegenüber net recht, denn ich sollte ihm treu bleiben bis in den Tod, aber der Hof braucht einen Erben.«

Christine hätte ihre Freundin am liebsten gepackt und ihr den Kopf mit ein paar deutlichen Worten zurechtgesetzt. Wie Sandras Eltern und die meisten Leute in Kreiental hielt sie deren Trauer um ihren verstorbenen Mann für übertrieben. Sie machte jedoch nicht den Fehler, ihr dies ins Gesicht zu sagen. Stattdessen tat sie so, als würde sie Sandra zustimmen, und bat sie weiterzureden.

Da Sandra sich verstanden fühlte, ließ sie sich nicht lange bitten. Sie zählte die jungen Männer auf, die in ihren Augen als Vater ihres Kindes infrage kämen, und forderte Christine auf, ihr zu raten, welchen sie nehmen sollte.

Christine hob abwehrend die Hände.

»So auf die Schnelle kann ich keinen aussuchen. Aber

wie willst du das überhaupt machen? Ihm sagen, dass du einen Mann brauchst, der dir zu einem Kind verhilft? Die meisten werden trotzdem meinen, sie könnten bei dir landen.«

»Ich hab extra Männer ausgesucht, die mir net nachsteigen, so wie der Tobias, der Karl und die anderen das tun.«

Sandra sah Christine flehendlich an, als müsse diese nur in einen Zylinderhut greifen, um einen brauchbaren Burschen herauszuziehen.

Christine schenkte sich Kaffee ein, um etwas Zeit zu gewinnen, und dachte dabei angestrengt nach.

»Na ja, vielleicht wär der eine oder andere bereit, es zu versuchen. Aber du musst dir im Klaren sein, dass das net so geht wie im Kuhstall mit der Kuh und dem Stier. Die körperliche Liebe ist etwas sehr Intimes.«

Sandras Lippen zuckten, und ihre Augen füllten sich mit Tränen.

»Ich tät's net machen, wenn ich net so dringend ein Kind bräuchte. So muss ich's halt ertragen. Was die Männer angeht, denen ist es wurscht, wie's gemacht wird. Hauptsach, sie haben ihren Spaß dabei.«

Hoppla, dachte Christine, das hörte sich nicht so an, als wäre der verflossene Georg Loitzl ein besonders guter Liebhaber gewesen.

Sandra sah nicht so aus, als hätte es ihr Freude gemacht, mit ihm zu schlafen. Wahrscheinlich lehnte sie auch aus dieser Erinnerung heraus eine weitere Ehe ab. Ihr das zu erklären, dazu hätte es jedoch einen ausgebildeten Therapeuten gebraucht. Christine selbst traute sich diese Aufgabe nicht zu. Darauf würde Sandra schon selbst kommen müssen.

In diesem Augenblick beschloss Christine, ein wenig Schicksal zu spielen.

»Du, Sandra, mir ist eines aufgefallen. Du hast zwar euren Großknecht, den Rasputin erwähnt, aber euren zweiten Knecht Cornelius ganz außer Acht gelassen. Meiner Meinung nach kommt der aber genauso infrage. Ich kenn ihn zwar net besonders gut, aber er scheint mir ein ruhiger und zuverlässiger Mann zu sein.«

Christine wartete gespannt auf die Reaktion ihrer Freundin, die ein wenig auf sich warten ließ. Sandra saß nachdenklich neben ihr, trank einen Schluck Kaffee und stocherte mit der Kuchengabel in dem Stück Torte herum, das Christine ihr hingestellt hatte. Erst danach blickte sie wieder auf.

»Du hast recht, den Cornelius hab ich ganz vergessen. Er ist so unauffällig, dass ich net an ihn denkt hab. Aber ich weiß net, ob er infrage kommt. Immerhin ist er bloß ein Knecht.«

»Das ist der Wimmer Toni von der Waldeinöde auch, und den hast du auf deiner Liste.« Christine klang ein wenig ärgerlich, weil Sandra solche Unterschiede machte. Diese rieb sich über die Stirn und nickte.

»Stimmt, daran hab ich noch gar net denkt. Aber weißt du, die Wahl ist schwer. Es ist schließlich für's ganze Leben.« Christine winkte ab.

»So wild ist's auch wieder net. Du willst ja den Kindsvater net heiraten.«

»Da hast du recht. Auf alle Fäll dank ich dir, weil ich mich bei dir ausreden hab können. Weißt du, wenn es in einem Menschen bohrt und beißt, dann braucht man jemand, der einem zuhört und einen versteht.«

Sandra umarmte Christine dankbar. Es war gut, dass sie deren Gedanken nicht lesen konnte. Christine dachte längst über den Zeitpunkt hinaus, an dem ihre Freundin sich einen Mann für gewisse Stunden angeln wollte. Sie hoffte nur, dass Sandra den Richtigen wählte. Allerdings wagte sie es nicht, sie stärker in die gewünschte Richtung zu drängen. Sie wusste aus Erfahrung, wie bockig ihre Freundin sein konnte, und dann würde sie sicher das Falsche tun.

»Schau dir die vier oder fünf Burschen, die dir am meisten zusagen, noch einmal genau an. Du musst net heut oder morgen mit einem von ihnen ins Gebüsch oder ins Heu.« Damit fasste sie Sandras Hände und drückte sie. »Ich wünsch dir Glück!«

»Danke, du bist halt doch die beste Freundin.« Sandra hatte nah am Wasser gebaut und sah nur noch verschwommen. Daher konnte sie auch den schuldbewussten Ausdruck nicht sehen, der über Christines Gesicht huschte.

So ganz uneigennützig war ihre Hilfe nicht, denn wenn Sandra ihren Plan verfolgte und, wie Christine hoffte, Cornelius Feiler dabei besser kennenlernte, würde Tobias frei bleiben und vielleicht … Sie brach diesen Gedankengang jedoch sofort wieder ab. Dann würde Tobias sich eben eine andere Hoferbin suchen.

Immerhin zählte seine Familie zu den ›Heiligen Drei Königen‹, und diese suchten für ihre Söhne immer die reichsten Bräute aus. Ein Mädchen wie sie, das nichts hermachte und nichts besaß, kam für einen Horngacherbuben gar nicht infrage.

4

Etwa um dieselbe Zeit wurde auf dem Horngacherhof über die Zukunftsaussichten des jüngeren Sohnes gesprochen. Hans hatte die Nachricht nach Hause gebracht, dass seine Eltern bald Großeltern werden würden und damit die Diskussion in Gang gesetzt. Sein Bruder Tobias saß auf seinem Stuhl neben der Eckbank, blickte zu dem Kruzifix und den Bildern der Jungfrau Maria und des heiligen Josef empor und ballte die Fäuste, um seinem Bruder nicht handgreiflich zu zeigen, was er von ihm hielt.

»Also, in zwei Monat muss der Tobias vom Hof sein. Länger wollen die Monika und ich mit dem Heiraten nimmer warten«, erklärte Hans gerade mit blasierter Miene.

»Zwei Monat sind aber arg knapp«, wandte die Mutter ein.

Ihr Mann wischte diesen Einwand mit einer heftigen Handbewegung vom Tisch.

»Der Tobias hat Zeit genug gehabt, um bei der Sandra zum Ziel zu kommen. Entweder holt er sich ihr Jawort, oder er muss sich eine andere Hochzeiterin suchen. Letztens hat mich der Ödenstockacher von Ödenstockach angesprochen, ob sich der Tobias seine Kreszentia anschauen will. Der Hof, den sie einmal erben wird, ist net viel kleiner als der unsere und bestens in Schuss.«

Franz Horngacher war anzusehen, dass er diese Alternative für seinen jüngeren Sohn bereits ins Auge gefasst hatte.

Während Hans sofort zustimmend nickte, schüttelte es Tobias.

»Also, bevor ich die Ödenstockacher Kreszentia heirat, geh ich als Knecht oder Senn vom Hof.«

»Depp. Du bist ein Horngacher von Kreiental, und so einer wird kein Dienstbote. Außerdem hast du allweil noch Zeit, mit der Sandra einig zu werden.«

Hans hob mahnend die Hand.

»Aber net zu viel Zeit. Entweder bist du in zwei Wochen mit der Sandra verlobt, oder du wirst dich beim Ödenstockacher als zukünftiger Jungbauer vorstellen.«

In diesem Augenblick haderte Tobias ebenso mit dem Schicksal, ein zweiter Sohn zu sein, wie Karl Wirnsberger es bereits seit Längerem tat. Während sein Bruder fett und behäbig auf dem väterlichen Hof bleiben konnte, wurde von ihm gefordert, irgendein Mädchen zu heiraten, das zufällig ein paar Tagwerk Grund mit dem zugehörigen Anwesen erbte.

Er fand dies ungerecht, hielt aber den Mund, weil er die Meinung seines Vaters und seines Bruders oft genug gehört hatte. Er wäre nun einmal ein Horngacher von Kreiental und hätte sich entsprechend zu verhalten.

»Wenn das so ist, werde ich halt zum Loitzl hinübergehen.« Tobias stand auf und wollte die Küche verlassen.

Sein Bruder vertrat ihm jedoch den Weg.

»Halt, und was ist mit der Mitterwiese, die du mähen sollst?«

»Das kannst du machen. Immerhin willst du mich in

zwei Monaten vom Hof haben. Um dir diesen Gefallen tun zu können, muss ich mich schon ein wenig anstrengen.« Tobias drehte Hans kurzerhand den Rücken zu und stiefelte davon.

Unterwegs schwor er sich, in den nächsten Wochen nur noch zu arbeiten, wenn es unbedingt nötig war. Da er der Hof in kurzer Zeit verlassen sollte, fühlte er diesem gegenüber keine Verpflichtung mehr, und was seinen Bruder betraf, so konnte dieser bleiben, wo der Pfeffer wuchs.

Tobias' Laune war nicht gerade rosig, als er den Loitzlhof betrat. Als Erstes traf er auf den Bauern, der ihn stirnrunzelnd begrüßte.

»Lässt du dich auch wieder einmal bei uns sehen. Ich hab schon denkt, du hast dir die Sandra aus dem Kopf geschlagen, und wollt ihr schon zureden, den Karl zu nehmen.«

Der Hinweis, dass es außer Tobias noch andere infrage kommende Bewerber für seine Tochter gab, verfehlte jedoch seinen Zweck. Tobias dachte nur daran, dass Sandra wahrscheinlich das ganze Rudel ihrer Verehrer am Rockzipfel hängen hatte, und wäre am liebsten wieder gegangen. Irgendwie gefiel es ihm nicht, nur einer von vielen Bewerbern zu sein. Nur der Gedanke an Kreszentia Ödenstockacher brachte ihn dazu, dem Loitzlbauern freundlich zu antworten.

»Man muss sich auch einmal ein bisserl rar machen, damit die Madln merken, dass man fehlt. Erst dann werden sie aufmerksam.«

»Das scheint der Karl auch zu denken, denn er hat sich die drei letzten Tag net sehen lassen. Aber jetzt ist er drinnen. Schaut zu, dass einer zum Zug kommt, sonst läuft meine Tochter noch länger im Witwenkleid herum. Ich will endlich die Hochzeit ausrichten.«

Der befehlende Tonfall des Bauern passte Tobias überhaupt nicht. Er war kein Schulbub, den man herumkommandieren konnte. Wenn das ein Vorgeschmack auf das war, was Sandras zweiten Ehemann erwartete, war er nicht gerade erpicht darauf, in den Loitzlhof einzuheiraten. Allerdings würde es beim Ödenstockacher nicht besser, sondern wahrscheinlich noch schlimmer sein.

Zum ersten Mal fragte Tobias sich, ob es nicht doch eine andere Möglichkeit für ihn gab, als eine Hoferbin zu heiraten. Für einen kurzen Moment schwebte ihm Christines Gesicht vor Augen. Sie war das hübscheste und interessanteste Mädchen, das er je kennengelernt hatte. Allerdings würde sie dem Horngacher von Kreiental als Schwiegertochter nicht willkommen sein.

»Also, Loitzl, dann geh ich halt hinein.« Tobias sagte es in einem Ton, als müsse er auf eine Beerdigung und nicht zu einer Brautwerbung.

Ohne eine Antwort abzuwarten, betrat er das Haus und erreichte kurz darauf die Küche. Heute waren nur Karl und Sepp anwesend. Es mussten gerade wieder ein paar spöttische Worte gefallen sein, denn Karl betrachtete seinen Rivalen mit einem höhnischen Blick, während Sepp sichtlich mit der Beherrschung zu kämpfen hatte.

»Grüß Gott miteinander!«

Tobias Eintreten entschärfte die Situation für den Augenblick. Karls Miene wurde sofort ärgerlich, und er musterte den Ankömmling mit zusammengekniffenen Augen.

»Du bist mir grad noch abgegangen.«

»Es hält dich keiner vom Gehen ab, wenn du mich net sehen willst.«

Ohne weiter auf Karl zu achten, gesellte Tobias sich zu Sandra und sah ihr über die Schulter.

»Das schaut aber gut aus. Was wird das?«

»Ein Trankerl für ein krankes Kaiberl. Willst du davon probieren? Dem Karl hab ich's auch schon angeboten.«

Das waren neue Züge an Sandra, die Tobias nicht gewohnt war. Irgendwie erschien ihm die junge Witwe lebendiger als früher, wo sie das Balzverhalten ihrer Verehrer stumm und starr über sich ergehen ließ.

Vielleicht war das ein gutes Zeichen, dachte er und legte ihr die Hand auf die Schulter. Sie zuckte unter der Berührung zusammen, schüttelte die Hand aber nicht ab.

Karl sah es mit wütenden Blicken. Wie es aussah, hatte sein Rivale erneut die Nase vorn. Um sich nicht abhängen zu lassen, sprang er auf und kam auf Sandras andere Seite. Seine Hand gab sich aber nicht mit ihrer Schulter zufrieden, sondern berührte in der Aufwärtsbewegung ihren Busen.

Im nächsten Augenblick keuchte er schmerzhaft auf, denn Sandra fuhr wie von der Tarantel gestochen herum und versetzte ihm eine Ohrfeige, die sich gewaschen hatte.

»Bravo, Sandra«, rief Sepp, der am Tisch geblieben war und dem Treiben mit eher unbeteiligter Miene zugesehen hatte.

Sein Eifer, um Sandra zu werben, hatte in den letzten Wochen nachgelassen, und er war heute nur gekommen, weil seine Mutter ihn gedrängt hatte. Insgeheim hoffte er, dass Sandra sich für Karl oder Tobias entscheiden würde.

Er selbst hatte zu viel Angst vor dem alten Loitzl, als dass er unter dessen Fuchtel als Schwiegersohn leben wollte. Und er war auf den eigenen Hof stolz, mochte dieser auch kleiner sein als die der ›drei Könige‹ von Kreiental. Seine Mutter hatte das Anwesen gesund und im besten Zustand gehalten, und er machte bereits Pläne über die nächsten Monate und Jahre hinaus. Dazu brauchte er die richtige Bäuerin. Doch die, die ihm vorschwebte, würde nicht die Zustimmung seiner Mutter finden. Also hieß es, zu warten und zu hoffen. Ganz wollte er dann doch nicht in Vergessenheit geraten.

»Und, was meint ihr, wird nächsten Sonntag das Wetter schön?«

»Warum interessiert dich das?« Karl rieb sich noch immer die schmerzende Wange und suchte einen Grund, sich an Sepp reiben zu können, da er seinen Zorn nicht an Sandra auslassen durfte.

»Halt wegen unserem Schützenfest. Oder hast du das vergessen?« Sepp sah Karl dabei an, als würde er an dessen Verstand zweifeln.

»Depp«, fauchte dieser. »Natürlich hab ich's net vergessen. Da werde ich's euch allen zeigen. Der Schützenkönig werd diesmal ich und kein anderer.«

Über Tobias Gesicht huschte ein Anflug von Spott.

»Mit dem Mund vielleicht.«

Karl funkelte ihn wütend an.

»Willst du wetten?«

»Um was?«

Tobias grinste, denn er war sich vollkommen sicher, auch diesmal zu siegen.

Am liebsten hatte Karl gesagt: um Sandra. Doch das

war kein Preis, den er setzen konnte. Eine oder zwei Maß Bier waren ihm aber zu wenig.

»Um einen Hunderter, wegen mir auch um zwei.«

Jetzt stand auch Sepp auf und trat zu ihnen.

»Und ich wett, dass diesmal keiner von euch beiden gewinnt!«

»Willst du vielleicht auf dich setzen?«

Karl sagte es in einem Ton, als hätte ein kleiner Kläffer darum gebeten, mit den großen Hunden bellen zu dürfen.

Sepp schüttelte nur den Kopf.

»Nein, so vermessen bin ich net. Ich sag bloß, dass keiner von euch zwei gewinnt.«

»Ich glaub, die Wette können wir annehmen.« Tobias nickte Sepp zu und streckte die Hand aus. »Schlagt ein oder lasst es bleiben. Jeder von uns setzt einen Hunderter.«

Statt einer Antwort zog Karl seinen Geldbeutel und holte großspurig eine Hunderteuronote heraus.

»Da, aber wer soll das Geld verwalten?«

»Die Sandra, wenn's ihr recht ist.«

Tobias sah die junge Frau an. Diese überlegte kurz und nickte.

»Warum net? Es ist eine ehrliche Wette, und ich geh euch gewiss net mit dem Geld durch.«

»Wir kämen dir schon nach.« Karl feixte und wandte sich dann auffordernd an Tobias und Sepp. »Und wo bleibt euer Einsatz?«

Tobias holte ebenfalls seinen Geldbeutel heraus und suchte so lange, bis er hundert Euro zusammenhatte. Sepp hingegen machte ein unglückliches Gesicht.

»Ich hab grad kein Geld bei mir, aber ich bring's nachher vorbei.«

»Verschwind und hol's! Wenn du in einer Viertelstund net zurück bist, bist du bei der Wette net dabei, und ich erzähl im ganzen Dorf, was für ein Depp du bist.«

Karl wies dabei so bestimmt zur Tür, als wäre er bereits der Herr im Haus.

Sepp zog mit hängenden Ohren ab und ärgerte sich, weil er sich zu dieser Wette hinreißen hatte lassen. Da ihn seine Mutter mit dem Taschengeld kurz hielt, besaß er im Moment keine einhundert Euro. Während er überlegte, wie viel er selbst aufbringen und wie viel er sich vom Knecht und der Stallmagd leihen konnte, prallte er mit jemandem zusammen.

»Jesses, pass doch auf, du Rüpel!« Die Stimme war unverkennbar.

»Emerenz!«

Sepps düstere Miene erhellte sich wie durch Zauberei. Ein seliges Lächeln erschien auf seinen Lippen, und für einen Augenblick machte er Anstalten, das Mädchen an sich zu ziehen. Ihr warnender Blick und die Erinnerung an die Ohrfeige, die Karl sich eben von Sandra eingefangen hatte, brachten ihn jedoch zur Besinnung.

»Es freut mich, dich zu sehen. Hast du was dagegen, wenn ich am Sonntag zu dir hochkomm?«

Um Emerenz Mundwinkel zuckte es.

»Bist du so scharf darauf, das Käsen zu lernen, dass du darüber das Schützenfest sausen lässt?«

»Sakra, das hätt ich ganz vergessen. Dabei hab ich grad noch den Karl verspottet, weil der net dran gedacht hat.«

Bei dem Gedanken an Karl erinnerte Sepp sich an die Wette und seine Problem, das Geld dafür aufzubringen.

»Du Emerenz, entschuldige, aber ich muss mich tummeln. Ich muss in einer Viertelstund mit einem Hunderter zurück sein, sonst haut mich der Karl in die Pfanne.«

»Hast du überhaupt einen Hunderter?« Emerenz wunderte sich, denn erst vor wenigen Tagen hatte Sepp ihr erklärt, dass er sein Taschengeld so gut wie ausgegeben hätte. Er schüttelte auch sofort traurig den Kopf.

»Nein, leider net, aber ich hoff, dass ich's mir borgen kann.«

»Wozu brauchst du das Geld überhaupt?«, fragte Emerenz.

»Es geht um eine Wette, wer Schützenkönig wird, der Tobias, der Karl …«

»Oder du«, unterbrach ihn das Mädchen.

Sepp schüttelte sofort den Kopf.

»Nein, ich hab gewettet, dass keiner von beiden es wird. Aber wenn ich meinen Einsatz net zahlen kann, macht der Karl mich im ganzen Dorf schlecht.«

»Noch schlechter, als er es bereits tut?«

Emerenz verzog ärgerlich den Mund, denn sie mochte Karl Wirnsberger nicht, der ihr schon mehrfach nachgestellt hatte und dabei beinahe gewalttätig geworden war.

Das letzte Mal hatte ihn nur die Drohung, ihm das heiße Fett aus der Pfanne ins Gesicht zu schütten, davon abgehalten, ihr Nein nicht ernst zu nehmen. Sie sah Sepp an und schüttelte den Kopf.

»Du bist wirklich der größte Depp, den ich kenn!«

Der Bursche nickte seufzend.

»Wahrscheinlich hast du recht. Aber ich hab die Sach einmal angefangen und muss sie durchstehen.«

Er wollte los, doch Emerenz packte ihn am Kragen und hielt ihn auf.

»Jetzt hast du schon zu viel Zeit versäumt, um noch rechtzeitig zu euren Hof und zurückzukommen. Ich muss zwar verrückt sein, aber der Loitzl hat mir vorhin meinen Lohn gegeben. Ich leih dir den Hunderter. Aber wehe, du zahlst ihn mir net zurück!«

Sie drohte Sepp mit der Faust, bevor sie unter ihre Bluse griff und ein paar zusammengelegte Geldscheine herausholte. Der Blick des Burschen folgte ihrer Bewegung und für einen Augenblick sah er mehr, als er je zuvor gesehen hatte. Ihn überlief es kalt und heiß, und der Wunsch, Emerenz an sich zu ziehen und zu küssen, wurde schier übermächtig. Er hatte jedoch bereits erfahren, dass sie bei der Abwehr körperlicher Übergriffe sehr resolut werden konnte, und zählte stattdessen bis zehn.

»Was ist, willst du das Geld annehmen oder net?« Emerenz wurde ungeduldig, weil Sepp so lange zögerte.

Dieser ergriff den Geldschein wie einen rettenden Anker. »Vergelt's Gott, Emerenz.«

»Sei das nächste Mal gescheiter!«, wies sie ihn noch zurecht, doch er hörte schon nicht mehr darauf.

Emerenz sah ihm nach und wandte sich dann kopfschüttelnd um. Die Gründe, warum sie Sepp das Geld gegeben hatte, waren ihr selbst schleierhaft.

Plötzlich wuchs ein dunkler Schatten neben ihr auf. Emerenz wandte sich um und erkannte ihre Mutter. Magdalena Grünbergers Augen funkelten höhnisch.

»Wenn du glaubst, du könntest dir auf die Weis den Schnegg angeln, täuschst du dich aber gewaltig. Das lässt seine Mutter net zu. Wenn du net aufpasst, geht's dir wie mir, und du bleibst hinterher mit einem Bankert sitzen.«

Emerenz zuckte bei diesen harschen Worten wie unter

einem Schlag zusammen. Sie fragte sich, weshalb ihre Mutter sie so hasste. Sie konnte gar nichts dafür, dass es sie gab. Sie hatte diese Frage so oft gestellt, ohne etwas anderes als eine böse Bemerkung darauf zu erhalten, daher wandte sie ihrer Mutter den Rücken zu und ging schulterzuckend davon.

Magdalena Grünberger sah ihr nach und dachte, dass ihre Tochter ein ausnehmend hübsches Mädchen geworden war. Dennoch würde sie immer eine arme Magd bleiben oder irgendwann in der Stadt am Fließband stehen.

»Hoffen können nur die reichen Leut, wir Armen müssen uns in unser Schicksal einfügen, ob's uns passt oder net.«

Für einen Augenblick stand sie starr, als würde sie über etwas nachdenken, dann winkte sie ärgerlich ab und ging ihrer Wege.

5

Am nächsten Tag fuhr Christine wieder ihre übliche Strecke. Als sie den Weg zum Schusteröder in Angriff nahm, war sie sehr angespannt. Doch als sie das Waldstück durchquert hatte, ohne auf ein Hindernis zu treffen, atmete sie auf und hoffte, der unbekannte Mann wäre das Spiel Leid geworden.

Ihre Erleichterung reichte jedoch nur einen guten Kilometer über den Schusteröderhof hinaus. Sie passierte ein weiteres Gehölz, bog um eine Kurve und musste scharf auf die Bremse steigen.

Direkt vor ihrem Lieferwagen befand sich erneut ein Verhau aus Ästen und Zweigen, mit dem jemand den Weg versperrt hatte. Ärgerlich, weil sie bis Feldberg einen Umweg von mindestens sechs Kilometern Länge machen musste, legte sie den Rückwärtsgang ein und fuhr zurück. Kaum hatte sie den Wagen um die Kurve gelenkt, sah Christine weit hinter sich einen in eine dunkle Lodenkotze gekleideten Mann, der in aller Eile Äste und andere Holzteile auf den Weg warf.

Wütend versuchte Christine schneller zu fahren, doch die Äste der Bäume reichten so nah an den Weg, dass die Gefahr bestand, den Kleinbus zu beschädigen. Obwohl es ihr unter den Nägeln brannte, den Kerl zu erwischen, kam sie kaum schneller vorwärts als ein Fußgänger in zügigem Tempo. Sie war gut hundert Meter von dem zweiten Hindernis entfernt, als der Mann sich umsah und im Wald verschwand.

»Lumpenhund, elender!«, rief Christine ihm nach.

Das war nur ein jämmerlicher Ausgleich für den üblen Streich, den er ihr gespielt hatte. Nun entdeckte sie auch, warum er das Weite gesucht hatte: Von der anderen Seite tuckerte ein Traktor mit Anhänger heran. Der Fahrer hielt vor der Wegsperre an und sah dabei nicht gerade intelligent drein.

»Ja, was soll denn das?«, rief er, als Christine ihr rollendes Warenhaus zum Halten brachte und ausstieg.

»Der Scherzbold hat's anscheinend auf mich abgesehen. Weiter vorn ist noch so ein Verhau, aber noch um ein gutes Stückerl größer.«

Christine weinte fast vor Empörung. Der Waldbauer nickte und begann, die Äste beiseitezuräumen.

»Mit meinem Anhänger kann ich net rückwärts fahren, und der Weg ist zu schmal, um aneinander vorbeizukommen. Hilf mir, das Gelumpe wegzuschaffen. Anschließend fahren wir nach vorn und räumen das Zeug dort auch weg. Dann kannst du weiterfahren, Krämerin.«

Der Rat des Bauern war der einzig richtige, trotzdem knirsche Christine vor Wut mit den Zähnen. Sie würde mindestens eine Stunde verlieren. Dabei hatte sie von dem Schuft, dem sie dies zu verdanken hatte, nicht mehr gesehen als den weiten Umhang, wie er in der Gegend noch von vielen Leuten im Winter getragen wurde. Im Sommer war das zwar ein unpassendes Kleidungsstück, aber die Kotze hatte die Gestalt des Mannes verhüllt und es ihr unmöglich gemacht, ihn über die Entfernung hinweg zu erkennen.

»Hast du vielleicht den Lumpen gesehen?«, fragte Christine den Bauern, während sie gemeinsam den Weg freiräumten.

Der Mann schüttelte den Kopf.

»Rein gar nix hab ich gsehn. Der hat wohl meinen Bulldog gehört und sich davongemacht. Aber wenn ich den Kerl erwisch, dann kann er was erleben.«

»Das hat mir der Schusteröder auch versprochen. Aber uns geht's wie den Nürnbergern: Wir hängen keinen, wir hätten ihn denn zuvor.«

Christine packte den letzten Ast, der noch auf dem Weg lag und feuerte ihn beiseite.

»Den kriegen wir schon«, antwortete der Bauer gelassen und stieg wieder auf seinen Traktor. »Auf geht's, Krämerin, fahren wir zu dem anderen Verhau.«

Christine setzte sich in ihren Wagen und startete ihn. Sie war vor dem Bauern mit seinem Traktor an der Wegsperre und arbeitete bereits wie besessen, als dieser endlich erschien.

6

Dieser zweite Anschlag auf Christines Verkaufsfahrten bewegte die Menschen in Kreiental mehr als der erste, den viele noch für einen Streich gehalten hatten. Alle waren sich einig, dass der Urheber nur Gotthelf aus Holzmatting sein konnte.

Als einer der Neubürger von Kreiental, der noch immer in dessen Supermarkt einkaufte, den Filialleiter darauf ansprach, stritt dieser jedoch alles ab. Seiner Miene nach und dem Händereiben, das der Kunde beim Verlassen des Ladens gesehen hatte, schien er sich aber sehr über die Zwischenfälle zu freuen.

Da der Mann mit seiner Beobachtung nicht hinter dem Berg hielt, erfuhren die übrigen Kreientaler sehr bald davon. Die Bewohner des Neubauviertels, die sich bislang aus dem Streit herausgehalten hatten, begannen sich nun mit den alteingesessenen Kreientalern zu solidarisieren und kauften mehr in Daniela Mergentheims Laden ein. Außerdem machte Christine ihnen Sonderangebote, bei denen sich eine Fahrt nach Holzmatting nicht mehr lohnte.

Auch an den Stammtischen beim Oberwirt wurde heiß über die Sache diskutiert. Einer der jungen Burschen, der bisher im Schatten von Tobias, Karl und den anderen Jungbauern gestanden hatte, stemmte seine Ellbogen auf die Tischplatte und reckte den Kopf wie ein Gockel, der krähen will.

»Also, für mich war das der Mann der Försterin. Der kennt sich im Wald bestens aus, hat die Zeit dazu und auch ein Motiv, weil die Christine ihn so sauber abblitzen hat lassen.«

»Ach geh.« Karl winkte lachend ab. »Das wär ja Arbeit gewesen, und das Förstermanderl macht sich doch seine Patschhanderln net dreckig. Außerdem kennt er im Wald höchstens die Forsthütten, wo er seine Eroberungen nageln kann.«

Weder Sepp noch die anderen Burschen hatten bemerkt, dass gerade die Försterin in die Wirtsstube gekommen war und alles mit angehört hatte. Tobias entdeckte sie als Erster und versuchte, Karl auf sie aufmerksam zu machen. Der aber war so richtig in Fahrt und setzte noch ein paar Bemerkungen hinzu, die seine vorhergehenden an Deutlichkeit noch übertrafen.

Janette Moser stand mit kalkweißem Gesicht mitten im Raum, der sich plötzlich zu drehen schien. Von allen Seiten wurde sie von verständnisvollen, aber auch spöttischen Blicken beäugt. Mit eiserner Selbstdisziplin zwang sie sich zur Ruhe und trat zu den geringeren Bauern an den Tisch.

»Gföllner, in deinem Schlag ist ein Windbruch, der dringend ausgeräumt gehört, sonst kommt der Borkenkäfer hinein. Entweder machst du das innerhalb der nächsten zwei Wochen, oder ich hol auf deine Kosten eine Rotte Waldarbeiter her.«

»Die hat ein Gemüt wie ein Fleischerhund«, raunte einer der Burschen Tobias zu. Der gebot ihm ärgerlich zu schweigen, denn er war auf Gföllners Antwort gespannt.

Der Bauer lief rot an und sprang auf.

»Sonst noch was? Ausgerechnet mitten in der härtesten Arbeit soll ich in den Wald. Die paar umgestürzten Bäume kann ich auch im Herbst herausschneiden.«

»Erstens hör ich noch ganz gut. Du brauchst also net so zu plärren. Zum Zweiten muss das gefallene Holz so schnell wie möglich raus. Entweder machst du es selbst, oder in zwei Wochen sind die Waldarbeiter da, und die Rechnung kriegst du.«

Die Försterin kanzelte den gestandenen Bauern wie einen Schulbuben ab und wollte wieder gehen. Da sprang Karl auf, der die Gelegenheit für einen deftigen Scherz erkannt hatte.

»Was ist, Flintenweib, machst du heuer beim Preisschießen mit, oder traust du dich wieder net?«

Janette drehte sich verärgert um.

»Erstens kannst du Försterin oder Frau Moser zu mir sagen, und zweitens fürcht ich mich net davor, mich mit dir am Schießstand zu messen.«

»Die letzten zwei Mal hast du dich auch net getraut, Flintenweib.«

Karl trumpfte für sein Gefühl gewaltig auf. Doch auch diese Attacke ging am Ziel vorbei. Janette Moser wusste, dass sie eine gute Schützin war, und sah daher keinen Grund, die Herausforderung zu meiden.

»Weißt du, Bürscherl, beim ersten Mal war ich noch mit meinem Umzug beschäftigt und hab gar net mitgekriegt, dass ein Preisschießen ist, und im letzten Jahr war ich auf einer Tagung der oberbayrischen Revierförster. Aber heuer hab ich Zeit, und freu ich mich schon darauf, dein dummes Gesicht zu sehen, wenn ich dich geschlagen hab.«

Karl nahm ihre Worte nicht ernst, sondern schlug lachend auf den Tisch.

»Ein Hoch auf unser Flintenweib. Wie heißt sie gleich wieder, Janette, nein Jane, Calamity Jane Moser.« Er hatte vor einigen Jahren den Film über diese burschikose Westerheldin gesehen und machte sich einen Spaß daraus, die Försterin als Mannweib hinzustellen.

Tobias sah Karl mit einem Blick an, als wolle er ihn erwürgen.

»Depp! Damit machst du es unseren Höfen net grad leichter, mit der Försterin auszukommen. Unsere Väter stehen eh schon auf Kriegsfuß mit ihr. Was ist, wenn sie sich hinter ihren Paragrafen versteckt und net mit sich reden lässt?«

»Pah, die soll sich lieber um ihren liebestollen Ehemann kümmern. Net, dass er uns einmal ins Gehege kommt und wir ihm eine kräftige Abreibung verpassen müssen.«

Karl ärgerte sich, weil Tobias ihn gescholten hatte, und schwor Revanche. Dann rief er erst einmal der Bedienung zu, ihm eine frische Halbe zu bringen, und lehnte sich gemächlich auf seinem Stuhl zurück.

Die Försterin verließ unterdessen mit einem Gruß, der den Tisch der jungen Burschen nicht erreichte, die Gaststube und ging in Richtung Forsthaus davon. Sie dachte daran, dass sie eben nur von ihrem Umzug gesprochen hatte. Zum ersten Mal, seit sie mit Andreas zusammen war, hatte er in ihren Gedanken keine Rolle mehr gespielt. Es machte sie ein wenig traurig. Gleichzeitig taten die bösen Bemerkungen, die Karl Wirnsberger vom Stapel gelassen hatte, nicht so weh wie die eher behutsamen

Andeutungen, die von Cilly und einigen anderen Frauen gekommen waren. Noch wusste sie nicht, was dies bedeuten konnte, doch sie fühlte sich heute trotz allen Ärgers wie befreit.

7

Sepp Schnegg sparte eisern, um Emerenz das geliehene Geld so rasch wie möglich wieder zurückzahlen zu können. Deshalb mied er den Oberwirt derzeit wie eine Pesthöhle. Er war nicht einmal zum Stammtisch gekommen, und das machte Karl sich zunutze. Er nahm das Bier entgegen, das ihm die Kellnerin reichte, blies genussvoll den Schaum ab und nahm einen Schluck.

»Das hat geschmeckt«, sagte er, als er das Glas wieder auf den Tisch stellte. »Übrigens, wo waren wir vorhin, bevor die Försterin gekommen ist? Ach, bei dem Schurken, der der Krämerin Christine den Weg versperrt hat. Für mich muss das ein Bauernknecht oder ein Hofsohn sein. Ein anderer kann das net so schnell.«

»Woher willst du das wissen? Hast du ihm vielleicht zugeschaut?« Tobias bleckte die Zähne, denn für seinen Geschmack spielte Karl sich heute wieder arg auf.

»Gesehen hab ich ihn net, aber …«, Karl brach ab und wiegte mit geheimnisvoller Miene den Kopf, »aufgefallen ist mir was. Als der Tobias und ich letztens gewettet haben, wer der neue Schützenkönig wird, hat sich der Schnegg Sepp überraschenderweis beteiligt. Und ob ihr's glaubt oder net, er hat einen niegelnagelneuen Hunderter auf den Tisch gelegt. Ihr wisst ja, wie kurz ihn seine Mutter hält. Jetzt frag ich mich natürlich, wie er zu dem Geldschein gekommen ist.«

Der infame Verdacht stand im Raum, und ein paar Burschen schnappten sofort danach wie Hunde nach einem Knochen. »Das ist fei wirklich komisch«, fand der Bursche, der vorhin noch den Ehemann der Försterin verdächtigt hatte. Einige andere am Tisch stimmten ihm eifrig zu, nur Tobias winkte ärgerlich ab.

»Das ist doch ein Schmarren, sag ich euch. Der Sepp tät so was nie. Ihr kennt ihn doch.«

»Das schon, aber …«

Einer der Burschen griff auf, dass man beim Schnegg unter den Ersten gewesen wäre, die im Holzmattinger Supermarkt eingekauft hätten, und unter den Letzten, die zu Danielas Krämerladen zurückgekehrt seien.

»Das haben die bloß deswegen getan, weil's alle im Dorf gemacht haben und sie sich net dem Gerede der Leut aussetzen wollten.«

Der Sprecher sah seine Freunde mit erhobenem Zeigefinger an und wurde von Karl sofort gelobt.

»Recht hast du, Wiggerl. So war's und net anders. Außerdem hat sich die Schneggin mit der Krämerin doch fast zerstritten. So ganz freiwillig kauft die net bei der Mergentheim ein. Wahrscheinlich steckt sogar sie hinter dem Ganzen. Der Sepp ist doch net Manns genug, was auf eigene Faust zu unternehmen.«

Tobias tat alles, um Sepp zu verteidigen, wurde aber von der Wucht der Argumente, welche die anderen zu haben glaubten, förmlich hinweggeschwemmt. Zuletzt rief er die Bedienung zu sich und bezahlte.

»Wisst ihr was, eure Unterhaltung wird mir zu kindisch. Da geh ich lieber«, sagte er zu seinen Stammtischfreunden und verschwand.

»Was ist denn dem über die Leber gelaufen?«, fragte Wiggerl erstaunt.

»Dem passt's wohl net, dass wir uns Gedanken machen, wer der Schuft sein kann, der die Christine so ärgert. Vielleicht hat er sogar einen Grund dafür.«

Karl schwieg einen Moment und wartete, bis die Blicke seiner Freunde alle auf ihn gerichtet waren, bevor er weitersprach.

»Vielleicht ist der Sepp net allein. Wisst ihr, an dem Tag, an dem die Christine net bis zum Schusteröder durchgekommen ist, hab ich den Tobias aus der Richtung aus dem Wald kommen sehen. Jetzt frag ich mich natürlich, was er da gesucht hat. Das Holz dort gehört nämlich net dem Horngacher!«

Die Bemerkung schlug ein wie eine Bombe. Die Burschen starrten ihn vollkommen verdattert an, und auch an einigen anderen Tischen war es still geworden.

Ein älterer Mann brach mit einem von Herzen kommenden »Schmarrn« den Bann, doch mehrere Gäste erinnerten an die vielen Streiche, die auf Tobias' Konto gingen. Außerdem hätte er bereits vor zehn Jahren Christine samt ihrem schönsten Kleid in den Löschweiher geworfen.

Von dieser Überlegung bis zu den Wegsperren war es nicht mehr weit. Tobias besaß genug Neider, die eifrig mitredeten, und so brauchte Karl sich nur lächelnd zurückzulehnen und konnte die Saat, die er ausgestreut hatte, aufgehen sehen.

8

Unberührt von allem, was im Dorf vorging, erledigte Sandra auf dem Loitzlhof ihre Arbeit und sann dabei über ihre Probleme nach. Ihre Verehrer waren wieder aufdringlicher geworden und benahmen sich ihrer Ansicht nach wie Schmeißfliegen, die um einen Kuhfladen herumschwirrten. Daher gingen ihre Gedanken immer mehr dahin, wie sie den richtigen Mann für ihr Vorhaben finden konnte. Doch sosehr sie auch darüber nachsann: An jedem, der halbwegs dafür infrage kam, hatte sie etwas auszusetzen. Da sie wissen wollte, was für ein Mensch der Vater ihres Kindes war, kam für sie die Fahrt zu einem der Feste in der Umgebung nicht infrage. Dort hätte sie sich einfach von einem Mann ansprechen und in die Büsche führen lassen können.

Während Sandra Probleme wälzte, zeigten Christines Worte Wirkung. Die junge Bäuerin sah sich immer wieder heimlich nach Cornelius um. Bisher hatte sie den Knecht kaum beachtet; sie fand, dass er sowohl fleißig als auch ordentlich war.

Sandra wusste, dass viele Bauernburschen und -knechte unter der Woche herumliefen wie die Räuber und sich höchstens am Wochenende richtig rasierten und wuschen. Bei Cornelius war dies anders. Er hatte durch sein Beispiel sogar Ferdinand dazu gebracht, mehr auf sich zu achten. Auch wenn der alte Knecht nicht auf seinen stattlichen Bart verzichtete, war er jetzt doch eine appetitlichere Erscheinung als früher.

An diesem Abend saß Ferdinand auf einem Hackstock neben dem kleinen Schuppen hinter dem Stall und rauchte seine Pfeife, während Cornelius die letzten Handgriffe im Stall erledigte. Sandra war eben aus dem Haus gekommen und schritt auf den alten Knecht zu.

»Magst du ein bisserl rücken, damit ich mich zu dir setzen kann.«

Ferdinand sah erstaunt auf und machte ihr Platz.

»Willst du jetzt doch mit mir reden, Dirndl?«, fragte er.

»Wenn's dir recht ist.«

»Sandra, du weißt, dass du mir der liebste Mensch bist, den ich kenn. Ich hab mit deinem Vater angestoßen, wie du auf die Welt gekommen bist, und hab dich zu einem blitzsauberen Madl heranwachsen sehen. Vor allem aber hast du ein gutes Herz, was man net von jedem sagen kann, der zu den ›Heiligen Drei Königen‹ vom Kreiental gehört.«

Ferdinands Blick ruhte dabei fast andächtig auf der jungen Frau, die ihm mehr bedeutete als die eigenen Verwandten.

»Du machst mich ganz verlegen.«

Sandra senkte den Kopf, damit er die Röte nicht sehen konnte, die ihr in die Wangen stieg. Sie fühlte sich mit einem Mal schlecht, weil sie den guten Alten nur benutzen wollte, um Informationen aus ihm herauszuholen. Dann sagte sie sich, dass Ferdinand sich bestimmt freuen würde, wenn es neues Leben auf dem Hof gab, und sah ihn durchdringend an.

»Was kannst du eigentlich über den Cornelius erzählen?«

»Über den Cornelius?«

Ferdinand nahm verwundert die Pfeife aus dem Mund und sah zu seinem Kollegen hinüber, der mit der Arbeit fertig geworden war und zum Hofbrunnen ging, um sich zu waschen. Da Sandras Mutter immer ein wenig komisch reagierte, wenn die Knechte nach der Stallarbeit das Badezimmer benutzten, hatten Cornelius und Ferdinand sich angewöhnt, den gröbsten Dreck am Brunnen abzuwaschen. Cornelius zog sein Hemd aus, hing es über das Brunnenrohr und tauchte den Kopf ins Wasser.

»Also, ich kann nichts Schlechtes über den Cornelius erzählen. Er ist so fleißig wie selten einer, sparsam und ein guter Kerl, wie man ihn sich als Kollegen nur wünschen kann. Er gehört eher zu den Stillen, was vielleicht ein Fehler ist, weil man ihn daher leicht übersehen kann.«

Ferdinand warf Sandra dabei einen beredten Blick zu, denn er nahm ihr nicht ab, dass sie sich jetzt erst Gedanken über den Knecht machte, der bereits seit zwei Jahren auf dem Hof weilte.

»Er hätt längst eine Lohnerhöhung verdient, aber auf dem Ohr hört dein Vater schlecht. Ein anderer Knecht wär vielleicht schon gegangen, aber der Cornelius hat noch nichts in der Hinsicht verlauten lassen. Aber ich tät net darauf wetten, dass er auf Dauer bleibt. Auch wenn er wenig redet, so hat er doch einen hellen Kopf auf den Schultern und weiß nachzudenken. Wenn ihr, dein Vater oder du, ihn einmal schlecht behandeln solltet, wird er's sich gewiss überlegen.«

Erstaunt über diese lobende Rede sah Sandra noch einmal zu Cornelius hinüber.

»Es wär also ein Verlust für den Hof, wenn er ging?«

Ferdinand nickte.

»Das wär's gewiss.«

Sandra betrachtete den jüngeren Knecht und fand, dass er recht passabel aussah. Er war eine gute Handspanne größer als sie, wirkte ein wenig untersetzt und besaß angenehme, offene und ehrliche Gesichtszüge.

»Wie alt ist der Cornelius eigentlich?«, wandte sie sich an Ferdinand.

»Vor Kurzem ist er dreißig geworden. Dein Vater und du, ihr hättet ihm ruhig gratulieren können.«

Obwohl es so klang, war es nicht als Vorwurf gedacht, denn der Bauer hatte auch Ferdinand niemals zum Geburtstag gratuliert. Sandra hingegen hatte es bis zu ihrem Schicksalsschlag getan und seitdem vergessen.

»Dreißig, sagst du?«

Sandra sprach es eher unbewusst aus, wie einen Gedanken, der einem ungewollt über die Lippen kam. Cornelius war damit etwa fünf Jahre älter als sie und die jungen Burschen, die sonst immer um sie herumwieselten.

Er wirkte auch vernünftiger als diese, fand Sandra, die zum ersten Mal in ihrer Witwenzeit merkte, dass ein gut aussehender Mann sie nicht unberührt ließ. Vielleicht war Cornelius doch der Richtige für den Zweck, für den sie ihn brauchte, dachte sie. Als einfachem Knecht würde es ihm vielleicht sogar gefallen, wenn sein Sohn einmal ein großer Bauer würde. Allerdings war sie sich nicht sicher, ob es leicht sein würde, ihn dazu zu bringen, dass er ihr den Gefallen tat.

»Das Leben ist manchmal schon ärgerlich«, entfuhr es ihr.

Ferdinand merkte auf.

»Meinst du das wegen was Bestimmtem oder bloß so allgemein?«

»Bloß allgemein«, rief Sandra und wurde erneut rot dabei.

9

Wenn die Gerüchteküche in einem Ort wie Kreiental erst einmal so richtig kochte, dauerte es nicht lange, bis der Gestank in alle Ecken zog. Christine erfuhr bereits am nächsten Morgen von der Gföllnerin, wer die angeblichen Missetäter sein sollten.

Es war eine gehörige Portion Missgunst dabei, denn beim Gföllner hatte man lange gehofft, im Fall einer Hofaufgabe einen Teil der Wiesen des Schnegghofs an sich bringen zu können. Cäcilie Schnegg war es jedoch wider allen Erwartens gelungen, den Hof zu halten. Und jetzt standen sie beim Schnegg besser da als beim Gföllner.

Christine kannte diese Geschichte nicht und musste die Worte der Gföllnerin für bare Münze nehmen, zumal diese ihre Meinung mit allem Nachdruck vertrat.

»Ja, es sind tatsächlich der Schnegg Sepp und der Horngacher Tobias gewesen. Ein paar Burschen haben sie gesehen, wie sie aus dem Wald gekommen sind. Ihre Lodenkotzen haben sie zusammengewickelt unter dem Arm getragen!«

Christine hatte das Gefühl, mit eiskaltem Wasser übergossen zu werden.

»Der Tobias? Das kann ich net glauben!«

»Doch, doch! Das ist so. Er und der Schnegg Sepp sind die Schurken. Einer allein kann das nämlich net machen.«

Die Gföllnerin kam so nahe, dass sie Christine bei der Schulter packen und zu sich heranziehen konnte.

»Man hat sie gesehen!«, flüsterte sie mit Grabesstimme.

»Wen hat man gesehen?«

Daniela Mergentheim war in den Laden gekommen, um nachzusehen, wer gerade einkaufte, und hatte die letzten Worte der Gföllnerin gehört.

»Nix Wichtiges«, rief Christine.

Die Gföllnerin freute sich jedoch, ihre Gerüchte weiter an die Frau bringen zu können, und begann von vorn. Daniela hörte sich ein paar Sätze an und schüttelte dann den Kopf.

»Der Tobias soll das gewesen sein? Das ist der größte Schmarren, den ich je gehört hab.«

»Man hat ihn gesehen«, wiederholte die Gföllnerin zum x-ten Mal.

Da wurde Christines Tante ein wenig nachdenklich, schüttelte dann aber erneut den Kopf.

»Tut mir leid, aber das kann ich mir net vorstellen.«

»Aber wenn der Tobias dabei gesehen worden ist.«

Christine hatte es zunächst nicht glauben wollen, doch nun gewannen Wut, Enttäuschung und ein weiteres Gefühl, das sie nicht so recht bestimmen konnte, in ihr die Oberhand.

»Das hätt ich vom Tobias net geglaubt.«

Die Krämerin warf ihrer Nichte einen ärgerlichen Blick zu und schüttelte den Kopf.

»Wenn's stimmt, tät's mich hart treffen. Aber bis jetzt glaub ich's noch net. Und sagt net, dass der Tobias gesehen worden ist. Sehen kann man viel, vor allem, wenn man will. Da wird leicht aus einer Mücke ein Elefant gemacht. Er braucht bloß zufällig in der Nähe gewesen sein. Oder hat man ihn vielleicht auf frischer Tat ertappt?«

Bei dieser Frage musste die Gföllnerin passen, aber sie wiederholte, dass Tobias und Sepp in der Nähe des Tatortes gesehen worden sein sollten.

»Dann wüsst ich gern, von wem!«, bohrte Daniela Mergentheim nach.

Die Gföllnerin zuckte mit den Achseln.

»Das weiß ich net! Von irgendeinem halt, der gestern in der Wirtschaft war.«

»Wie Stammtischgerede hört sich's auch an.«

Da Christine wie starr dastand und die Kundin nicht mehr zu bemerken schien, rechnete die Krämerin selbst den Einkauf der Gföllnerin zusammen und packte die Sachen in Papiertüten.

»Wenn du das nächste Mal kommst, erzählst du gefälligst keinen solchen Unsinn mehr«, sagte Daniela dabei und gab das Restgeld heraus.

Die Gföllernin sah sich und ihre Nachricht nicht entsprechend gewürdigt und kochte vor Wut. Das nächste Mal würde sie wieder in Holzmatting einkaufen, schwor sie sich und verließ grußlos den Laden.

»Depperte Kuh!«

Daniela Mergentheim tippte sich an die Stirn und sah Christine an.

»Dass du mir fei ja nichts auf das Gerede gibst. Ich kenn die zwei Burschen gut genug, um zu wissen, dass sie es gewiss net gewesen sind.«

»Aber wenn man sie doch dabei gesehen hat?«

Christine kamen die Tränen. Schlagartig war ihr klar

geworden, dass sie Tobias liebte. Nun musste sie sich sagen, dass er dieser Liebe nicht wert war.

Die Krämerin schüttelte den Kopf, denn für so gefühlsduselig hätte sie das Mädchen nicht gehalten. Nun glich Christine beinahe Sandra, die seit zwei Jahren als schwarzer Schatten durch das Dorf schlich und weder die blühenden Blumen noch die helle Sonne bemerkte.

»Reiß dich zusammen. Wegen dem besoffenen Gerede von einem, der sich wichtig machen wollt, brauchst du dem Tobias und dem Sepp net die Köpf abreißen. Da wär das Schandmaul, das die Geschichte aufgebracht hat, weit eher dran.«

Daniela versuchte es auf die burschikose Art und drang so weit bei ihrer Nichte durch, dass diese sich zusammenriss und die Lippen zu einem Lächeln verzog, obwohl ihr zum Weinen zumute war.

»Du hast sicher recht, Tanterl. Bleibst du im Laden? Ich muss nämlich ins Lager, um den Bestand aufzunehmen. Ich hab das Gefühl, dass wir bald was bestellen müssen.«

»Mach das«, sagte Daniela, die nicht begriff, dass ihre Nichte nur allein mit ihren Gedanken sein wollte.

10

Karl Wirnsberger war mit der Wirkung des Giftes, das er ausgestreut hatte, mehr als zufrieden. Da Menschen dazu neigten, eher etwas hinzuzudichten, als wegzulassen, galten Sepp und Tobias bald in ganz Kreiental als bereits überführte Übeltäter. Damit hatten sie in seinen Augen bei Sandra keine Chance mehr. Da er deren übrige Verehrer nicht ernst nahm, sah sich er sich bereits als Bauer auf dem Loitzlhof und malte sich in Gedanken aus, wie er seinen älteren Bruder übertrumpfen konnte.

Als er an diesem Nachmittag von der Heumahd nach Hause kam, stand auf dem Hof ein großer Wagen, wie ihn nur reiche Leute fuhren. Sein Vater erwartete ihn bereits an der Tür und winkte ihn heran.

»Schick dich, wir haben Besuch! Mein alter Schulfreund aus der Landwirtschaftsschul, der Ödenstockacher von Ödenstockach und seine Kreszentia sind's.«

In dem Augenblick war Karl doppelt froh wegen der gesponnenen Intrige, denn er konnte sich denken, weshalb die beiden gekommen waren. Der Ödenstockacher zählte zu den größten Bauern im Landkreis, und Kreszentia war seine einzige Erbin. Von sich eingenommen wie sonst keine, war für das Mädchen nur ein Großbauernsohn gut genug. Karl hatte Kreszentia ein paar Mal auf Veranstaltungen und Festen gesehen und sich sein Bild von ihr gemacht.

»Der Ödenstockacher, sagst du, und seine Tochter? Was mögen denn die von uns wollen?«, fragte er scheinheilig.

Sein Vater warf ihm einen langen, finsteren Blick zu.

»Depp, als wenn du das net wüsstest. Da es mit der Sandra anscheinend nichts wird, brauchst du eine andere Hochzeiterin, und da wär die Kreszentia grad die Richtige. In einen schöneren Hof kannst du nirgends einheiraten.«

»Der Hof mag schön sein, aber dafür ist die Kreszentia schiach wie ein Teufel, und ein Gemüt hat sie wie ein Ochsentreiber.«

Karl schauderte bei dem Gedanken, dieses Mädchen heiraten zu müssen. Der strenge Blick seines Vaters brachte ihn aber dazu, die Gäste halbwegs freundlich zu begrüßen. Der Ödenstockacher, ein kleiner, dicklicher Mann mit Stirnglatze, blickte auf und musterte ihn dabei wie einen Zuchtbullen, den er kaufen wollte. Seine Tochter nickte zufrieden. Sie schien mit Karls Erscheinung durchaus einverstanden zu sein. Er war ein gut aussehender Bursche und hätte mit einer etwas längeren Nase wohl als der fescheste junge Mann in Kreiental gelten können.

Mit einem solchen Aussehen konnte Kreszentia allerdings nicht aufwarten. Sie war etwas größer als ihr Vater, dabei breit wie ein Schrank, und besaß dunkles, glatt anliegendes Haar sowie den Anflug eines Damenbartes auf der Oberlippe. Ihr eckiges Gesicht wies weder Schönheit noch Anmut auf, und wenn sie sich bewegte, konnte man den Eindruck gewinnen, einer Dampfwalze bei der Arbeit zuzusehen.

Mehr aus Angst vor seinem Vater als aus eigenem Antrieb blieb Karl höflich und bemühte sich sogar, witzige Antworten zu geben. Er brachte Kreszentia damit zwar nicht zum Lachen, aber sie wandte sich mit einer beiläufigen Bewegung zu ihrem Vater um und meinte: »Der könnt mir schon gefallen.«

Aber du mir net! Karl konnte diesen Ausruf gerade noch verhindern. Sein Vater aber nickte zufrieden und klopfte ihm auf die Schultern.

»Das freut mich, Kreszentia. Wenn du meinen Karl nimmst, wirst du es nicht bereuen.«

Nur über meine Leiche, schoss es dem Burschen durch den Kopf.

Der Ödenstockacher faltete seine Hände vor seinem stattlichen Bauch und bemühte sich, ein unbeteiligtes Gesicht zu machen.

»Wir fahren nachher zum Horngacher und schauen uns den Tobias an. Der könnt uns nämlich auch passen.«

»Und das viel besser als ich.« Zum Glück sagte Karl es so leise, dass die anderen »aber gewiss net besser als ich« verstanden.

Sein Vater klopfte ihm erneut auf die Schulter und sah den Ödenstockacher an.

»Einer von den beiden Burschen wird die Loitzl Sandra heiraten. Den anderen könnt ihr haben.«

»Einer reicht mir auch.« Kreszentia sagte es mit einer Gemütsruhe, als ginge es um ein Paar Handschuhe und nicht um eine Entscheidung fürs Leben. Karl rieb sich dabei innerlich die Hände. Jetzt, wo dank seiner geschickten Intrigen die halbe Gemeinde Tobias für den Kerl hielt, der Christine behindert hatte, konnte Sandras

Entscheidung nur zu seinen Gunsten ausfallen. Er betrachtete Kreszentia mit einem hämischen Grinsen und sagte sich, dass sie genau das war, was er Tobias vergönnte.

»So, nachdem wir uns den Karl angeschaut haben, fahren wir zum Horngacher weiter.« Der Ödenstockacher stemmte sich ächzend hoch und reichte Karls Vater die Hand. »Ihr hört von uns.«

»Wollt ihr net auf eine Brotzeit bleiben?«, fragte ihn der Wirnsberger.

Sein Gast schüttelte den Kopf.

»Dankschön fürs Angebot, aber der Doktor hat gesagt, ich muss Diät machen. Sonst erwischt's mich am Herzen, und das wär mir gewiss net recht.«

»Das kann ich mir vorstellen.«

Karl fühlte sich zu wenig beachtet und kam daher auf den Ödenstockacher und dessen Tochter zu, um sie zu verabschieden. Als er Kreszentia die Hand reichte, war deren Griff fest und besitzergreifend.

Die wird dem Tobias noch in der Hochzeitsnacht die Hosen ausziehen und nimmer hergeben, dachte Karl zufrieden und begleitete die Gäste bis auf den Hof. Sein Vater kam hinterher und winkte den Gästen nach, bis sie hinter dem Loitzlhof verschwunden waren.

»Na, was sagst du? Das wär doch grad die richtige Hochzeiterin für dich!«, sagte er dann selbstzufrieden zu seinem Sohn.

Karl fuhr wie von der Tarantel gestochen herum.

»Mit dem Panzer bleibst du mir vom Leib. Ich heirat die Sandra, und wenn ich sie vor den Traualtar schleifen muss.«

Bevor er sich versah, saß ihm die Hand des Vaters im Gesicht.

»Du hast wohl deinen Verstand versoffen. So was sagt man net einmal im Scherz. Mir ist dein Jähzorn schon lang ein Dorn im Aug, und ich glaub, die Kreszentia wär grad die Richtige, um ihn dir auszutreiben.«

Einen Moment kämpfte Karl mit einem Anfall dieses Jähzorns, der ihn zwingen wollte, seinem Vater die Ohrfeige mit Zins und Zinseszinsen zurückzugeben. Es wäre aber wohl seine letzte Tat auf dem Hof gewesen, denn sein Vater hätte ihn danach davongejagt wie einen tollwütigen Hund. Aus diesem Grund zwang er sich zur Ruhe und zuckte mit den Schultern.

»Wir werden schon sehen, wer die Sandra kriegt. Der Tobias ist's gewiss net.«

»Steckst du vielleicht hinter dem depperten Gerede, dass er derjenige sein soll, der der Krämerin die Wege versperrt?«

Wirnsbergers Stimme klang scharf, denn der nicht unbeträchtliche Einfluss der drei Großbauern beruhte darauf, dass sie eisern zusammenhielten. Eine Verleumdung wie diese konnte den Frieden zwischen den Höfen stören und ihre Vormachtstellung beeinträchtigen. Karl wusste das ebenso wie sein Vater und wehrte daher dessen Bemerkung mit beiden Händen ab.

»Ich? Gewiss net!«

»Das wird auch gut sein.«

Sein Vater wandte sich ab und stiefelte davon. Karl blieb noch ein wenig auf dem Hof stehen und blickte sich um. Beim Loitzlhof stiegen gerade der Bauer und dessen Frau ins Auto und fuhren weg, und Ferdinand arbeitete mit Magdalena Grünberger auf einer der steilen Hangwiesen, wo die beiden Heu wendeten.

»Das schaut ganz danach aus, als wär die Sandra allein daheim.«

Karl bleckte angriffslustig die Zähne und vergaß darüber ganz den zweiten Knecht auf dem Loitzlhof. So rasch er konnte, eilte er zum Nachbarn hinüber, trat durch die offene Haustür ein und überraschte Sandra in der Küche.

»Servus, Schatzerl!«, grüßte er fröhlich.

Sandra drehte sich missbilligend zu ihm um.

»Ich bin net dein Schatzerl!«

»Aber du wirst es bald sein.«

Ohne auf die abwehrende Haltung der jungen Frau zu achten, schloss Karl sie in die Arme und zog sie mit eisernem Griff an sich.

»Was soll das?«, fauchte Sandra empört.

»Jetzt werden wir zwei unsere Verlobung feiern.«

Karl grinste und versuchte, sie zu küssen. Sandra drehte ihr Gesicht so weit weg, wie sie nur konnte. Als Karl sah, dass sie sich freiwillig nicht ergeben würde, wurde sein Griff rauer.

»Tu net so, als wenn's dir net danach wär. Du hast in der Hinsicht schließlich lang genug gefastet.«

Mit diesen Worten zerrte er sie zu dem alten Kanapee in der Ecke, auf das sich der Loitzlbauer öfter zu einem Mittagsschläfchen hinlegte, und versuchte, Sandras Miederknöpfe zu öffnen.

Die junge Frau erkannte, dass er nicht eher aufhören würde, bis er sein Ziel erreicht hatte. Die Kraft, ihn abzuwehren, besaß sie nicht, daher stieß sie einen gellenden Schrei aus.

»Willst du wohl stad sein!«

Karl gab ihr eine Ohrfeige, die ihren Kopf nach hinten warf. Ihre Lippen platzten auf, und ein feiner Blutfaden rann ihr das Kinn und den Hals hinab. In seiner Erregung achtete Karl nicht darauf, sondern fetzte ihr das Mieder vom Leib und zerrte an ihrem Büstenhalter.

Sandra versuchte zu kratzen und zu beißen, musste eine weitere derbe Ohrfeige hinnehmen und fand sich rücklings auf dem Kanapee wieder. Karl wollte ihr eben den Rock hochschlagen, da packten ihn zwei eiserne Fäuste und rissen ihn hoch.

»Hundling, vermaledeiter!«, hörte er noch, dann prasselten die Hiebe hageldicht auf ihn nieder. Einer der ersten traf ihn bereits so gut, dass er halb das Bewusstsein verlor. Er erkannte Cornelius Feiler und glaubte nicht recht zu sehen, dass ein lumpiger Knecht es wagte, ihn, den Wirnsbergersohn, zu verprügeln.

»Schau, dass du hinauskommst. Das geht dich nichts an«, lallte er noch, dann tauchte er in eine unbestimmbare Schwärze ein.

Cornelius hieb in seiner Wut weiter auf den Bewusstlosen ein. Da erhob sich Sandra und fasste nach seinen Armen. »Lass es gut sein, sonst erschlägst du ihn noch und kommst dafür ins Gefängnis. Das ist der Kerl net wert!«

Cornelius ließ schwer atmend von Karl ab und sah die junge Bäuerin an. Sie war oberhalb der Taille nackt, und er sah ihren kräftigen Oberkörper und ihre festen, wohlgeformten Brüste. Sofort drehte er den Kopf weg und bedachte Karl mit einem mörderischen Blick.

»So eine Drecksau! Ich könnt ihn …«

»Am Krawttl und am Hosenboden packen, hinaustragen, ihn ein paar Mal in den Hofbrunnen eintauchen und dann vor dem Hof liegen lassen«, unterbrach Sandra ihn.

Sie zitterte noch wegen des eben ausgestandenen Schreckens, gleichzeitig aber sah sie Cornelius dankbar an.

»Ich bin froh, dass du rechtzeitig erschienen bist. Wenn ich dran denk, dass ich diesen Loder ertragen hätt müssen, wird mir direkt schlecht. Aber er hätt mich auch so net zum Heiraten gebracht. Ich hätt ihn angezeigt, und wenn mich die ganze Wirnsbergersippe auf Knien angefleht hätt, es net zu tun.«

Mit Schaudern dachte sie daran, dass sie bei dieser Vergewaltigung vielleicht sogar schwanger geworden wäre. Sosehr sie sich auch nach einem Sohn sehnte, ein Kind von Karl Wirnsberger hätte sie nicht austragen wollen. Anders hingegen war es bei Cornelius. Da nun der Schrecken ein wenig nachließ und ihr Verstand wieder die Überhand gewann, konnte sie an die Verwirklichung ihrer Pläne denken. Sie fasste Cornelius Gesicht und zog es so herum, dass er sie ansehen musste.

»Dankschön! Das werde ich dir nie vergessen.«

Cornelius schnaufte tief durch, denn ihr Anblick erregte ihn vielleicht sogar mehr als Karl, und er musste sich zwingen, sie nicht an sich zu reißen und mit Küssen zu überschütten. Doch nach dem gerade Erlebten würde Sandra ihn dann gewiss für den gleichen Schuft wie den Wirnsbergersohn halten.

»Nix zu danken, Bäuerin. Ich hätt's für jede gemacht.«

»Das weiß ich, Cornelius, und grad deswegen achte ich doch noch mehr.«

Dem braven Knecht wurde es nun doch arg warm unter dem Hemd, und er entzog sich ihrem Griff.

»Ich glaub, der Loder regt sich wieder. Ich bring ihn besser ins Freie.«

»Pass aber auf, net, dass er dir gegenüber gewalttätig wird.«

Sandras Sorge gefiel Cornelius zum einen, zum anderen aber ärgerte er sich, weil sie ihn für leichtsinnig hielt.

»Da brauchst du dir keine Sorgen machen, Bäuerin. Ich geb schon Obacht. Da musst eher du aufpassen, damit er's net noch einmal versucht. Am besten wär's, du tätest die Polizei rufen. Immerhin hast du mich als Zeugen.«

Sandra schüttelte abwehrend den Kopf.

»Ich will net auf die Weise einen Streit mit dem Wirnsberger vom Zaun brechen. Außerdem wird eh bald was geschehen, das dem Karl deutlich zeigt, dass er bei mir nichts zu erhoffen hat.«

Die Sandra wird also doch den Tobias heiraten, durchfuhr es Cornelius schmerzhaft. Er zwang sich aber sofort wieder zur Ruhe. Immerhin war das vorauszusehen gewesen. Mit einem letzten Blick auf Sandra, die ihm nicht ganz ohne Hintergedanken ihre Oberweite präsentierte, packte er Karl und schleifte ihn hinaus.

Sandra sah ihm nach und fühlte eine gewisse Zufriedenheit, gerade Cornelius ausgewählt zu haben. Dass sie ihm nicht ganz gleichgültig war, glaubte sie an seinen Blicken erkannt zu haben. Nach dem eben Erlebten sehnte sie sich zwar weniger denn je nach den Umarmungen eines Mannes, doch gerade Karls Verhalten hatte ihr gezeigt, dass sie nicht länger zögern durfte.

Das Schützenfest

1

Am Morgen des Tages, an dem das Kreientaler Schützenfest stattfand, stieg die Sonne strahlend über den Horizont und versprach herrlichstes Wetter. Die Laune einiger Bewohner des Ortes entsprach jedoch ganz und gar nicht diesem schönen Sommertag. Zu diesen gehörte auch Christine. Sie hatte sich in den Gedanken verrannt, Tobias habe sich an ihr rächen wollen, weil sie nicht auf seine Flirtversuche eingegangen war. Da ihr Herz aber bereits schneller schlug, wenn nur sein Name fiel, tat diese Erkenntnis mehr als weh.

Die zweite missmutige Person war Karl Wirnsberger, denn er hatte nicht nur an den Prügeln zu kauen, die Cornelius ihm verpasst hatte. Noch am Abend jenes Tages war Sandra in Begleitung des alten Rasputin auf dem Wirnsbergerhof erschienen und hatte seinen Eltern klargemacht, dass sie ihn niemals heiraten würde. Er wüsste schon, warum, und sollte es sich nicht einfallen lassen, ihr noch einmal nachzustellen.

Sein Vater hatte ihn wutentbrannt zur Rede gestellt und trotz aller Ausreden, die Karl ihm aufgetischt hatte, die Wahrheit herausgebracht. Jetzt wartete man auf dem Wirnsbergerhof nur noch auf die Nachricht von der Verlobung Sandras mit Tobias, um den Ödenstockacher und dessen Tochter einzuladen.

Nicht weniger schwarz sah es im Herzen der Försterin

aus. Janette Moser war auch dieses Jahr wieder zur Tagung der oberbayerischen Revierförster gefahren. Im Gegensatz zum letzten Jahr war diese bereits einen Tag früher zu Ende gegangen. Janette hatte in der Stadt übernachtet und fuhr in aller Frühe nach Kreiental zurück. Sie hatte zwar keine rechte Lust, an dem Preisschießen teilzunehmen, doch sie wusste, dass sie Karl Wirnsbergers Herausforderung nicht ignorieren durfte, wollte sie sich nicht vor allen Leuten blamieren.

Es war noch nicht ganz neun Uhr, als sie ihren Wagen vor dem Forsthaus parkte und ausstieg. Irgendwie sah das Gebäude seltsam abweisend aus. An den Küchenfenstern und ihrem Schlafzimmer waren die Läden geschlossen. Sie kam ans Haus und stellte fest, dass die Haustür verschlossen war und der Schlüssel von innen steckte, sodass sie nicht aufsperren konnte. Verwundert ging sie um das Haus herum zur Hintertür und schloss diese auf.

Beim Eintreten empfing sie eine fast schmerzhafte Stille. Sonst hatte sie Cilly immer in der Küche hantieren hören oder wenigstens das Radio, das ihre Haushälterin fast den ganzen Tag laufen ließ. Beinahe hatte Janette das Gefühl, ein Geisterhaus zu betreten.

Sie sah in die Küche und wunderte sich noch mehr. Der Tisch war nicht abgeräumt, und die Reste des Abendessens standen herum. Außerdem entdeckte sie zwei leere Rotweinflaschen und eine angebrochene Flasche mit dem Waldbeerenlikör, den Cilly so meisterhaft anzusetzen verstand.

»Es sieht aus, als hätt hier jemand kräftig gefeiert!«

Janettes Stimme klang so dumpf, dass sie bei ihren eigenen Worten zusammenzuckte. Ein seltsamer Verdacht trieb sie dazu, die Küche zu verlassen und die Treppe hochzusteigen. An der Tür des Schlafzimmers blieb sie kurz stehen, atmete noch einmal durch und trat ein.

Zunächst sah sie nur Dunkelheit, einzig von der Lichtanzeige ihres Weckers durchbrochen. Ihre Hand wanderte zum Lichtschalter. Da hörte sie ein Geräusch, das sicher nicht vom ihrem Mann kam. Sie spürte einen kurzen, stechenden Schmerz in ihrer Brust, biss die Zähne zusammen und schaltete das Licht ein.

Ihr Mann lag mit halb geöffnetem Mund auf dem Rücken. Seine ausgestreckte Rechte ruhte auf der üppigen Brust einer fülligen, nackten Frau, die sich im Schlaf beinahe ganz von der Decke freigestrampelt hatte. Beide schliefen so fest, dass sie zwar ein paar unwillige Laute von sich gaben, aber nicht aufwachten.

Janette sah sich das Paar auf dem Bett einige Augenblicke lang an, dann verzog sich ihr Gesicht zu einer Maske aus Hass, Abscheu und Ekel. Sie hatte Andreas bisher viel verziehen, doch dass er es in ihrem eigenen Ehebett mit einer anderen Frau getrieben hatte, ließ ihren Geduldsfaden reißen.

Mit einer abrupten Bewegung wandte sie sich ab, eilte zum Gewehrschrank in ihrem Büro und holte eine der Büchsen heraus. Ihre Hand griff bereits zur Munitionsschachtel, doch ein Rest an Vernunft verhinderte, dass sie die Waffe bestückte. Sie überzeugte sich, dass das Gewehr wirklich nicht geladen war, dann kehrte sie in das Schlafzimmer zurück und schlug die Tür mit einem donnerden Knall ins Schloss.

Das Pärchen schreckte hoch. Andreas Moser starrte seine Bettgefährtin an. Diese entdeckte Janette als Erste, sah die Flinte in deren Hand und stieß einen gellenden Schrei aus.

»Jetzt bringt sie mich um!«

Janette hielt die Waffe lässig mit einer Hand und blickte spöttisch auf ihre Rivalin herab.

»Dich und den Schuft dort gleich mit dazu!«

Andreas Moser starrte seine Frau erschrocken an und verkroch sich unter der Bettdecke, bis nur noch seine Nase herausschaute.

»Aber Janette, sei doch vernünftig! Ich kann dir alles erklären.«

»Ich bin deiner Lügen überdrüssig«, schnitt seine Frau ihm das Wort ab. »Ich hab in den letzten Monaten zu viel ertragen müssen. Das ist vorbei.«

»Du kannst mich doch net einfach erschießen, bloß weil dein Mann ein bisserl mit mir gepimpert hat.«

Der vollbusigen Frau liefen vor Angst Rotz und Wasser über das Gesicht.

»Ein bisserl? Ich hab euch zwei schon vor über vier Wochen in flagranti erwischt und weiß, dass du wegen meines Mannes sogar deinen Urlaub verlängert hast. Vielleicht bist du sogar in ihn verliebt. Wenn er will, kann er nämlich charmant sein. Bei mir wird ihm das nichts mehr nützen.«

Janette beobachtete dabei weniger die Frau als ihren Mann. Andreas schien zu glauben, dass sie vielleicht seine Geliebte verschonen würde, aber gewiss nicht ihn. Er sprang aus dem Bett und bot, nackt wie er war, in ihren Augen einen lächerlichen Anblick. Sie zielte mit der Flinte auf das schrumplige Ding, das zwischen seinen Beinen hing, und spannte den Hahn.

»Janette, das kannst du net tun. Dafür kommst du ins Zuchthaus und kriegst keine mildernden Umstände, weil du mit mir und der Michaela zwei Zeugen gegen dich hast.«

Andreas kreischte voller Angst und reizte seine Frau damit zum Lachen.

»Bei Gott, was bist du für ein erbärmlicher Wurm. Ich sollt dir wirklich deinen Mannesstolz wegschießen. Aber du hast schon recht. Wegen einem Kerl wie dir geh ich net ins Gefängnis. Du hast eine Chance: Du packst sofort deine Siebensachen, nimmst die Schlampe da mit und verschwindest auf Nimmerwiedersehen. Den Rest kann der Scheidungsanwalt für uns erledigen.«

Während Andreas Moser starr dastand, als hätte ihn ein Blitz gestreift, blitzten Michaelas Augen freudig auf. Ihr hatte der Mann der Försterin vom Anfang an gefallen, und sie war nicht zuletzt seinetwegen länger in Kreiental geblieben. Sie wollte ihn für sich gewinnen. Dass Janette ihn bereitwillig freigab, hätte sie sich nicht träumen lassen.

Die Försterin sah den Triumph in Michaelas Augen und verzog den Mund zu einem freudlosen Lächeln. Ihre Rivalin hatte bis jetzt nur Andreas' angenehme Seiten kennengelernt und hielt ihn für einen Mann, der nur die richtige Umgebung brauchte, um seine Talente zum Tragen zu bringen. Ihr selbst hatte er dies lange Zeit weisgemacht. Inzwischen hatte sie jedoch gelernt, dass er nur ein Schmarotzer war, der sich auf leichte Weise durchs Leben mogeln wollte und um jede Arbeit einen weiten Bogen machte. Michaela würde das noch lernen müssen.

Die Försterin war sich sicher, dass es zwischen den beiden nicht lange gut gehen konnte. Doch das war Gott sei Dank nicht mehr ihre Sache. Sie selbst fühlte weniger einen Verlust als die Befreiung von einer drückenden Last.

»Also, was ist? Wollt ihr euch net anziehen und abzischen? Oder muss ich nachhelfen?«

Janette hob den Lauf der Flinte ein wenig und brachte Michaela damit zum Quietschen. Das Pummelchen schoss aus dem Bett und schlüpfte in seine Kleidung, die es in der Nacht wahllos neben dem Bett verteilt hatte. Auch Andreas zog sich an und sah dabei immer wieder misstrauisch zu seiner Frau. Selbstgefällig, wie er war, konnte er nicht glauben, dass es eine Frau gab, die ihn ohne Weiteres ziehen ließ. Er versuchte in Janettes Augen deren Gefühle zu erkennen, doch diese blickten so kühl und ruhig, als würde sie ein paar Waldarbeiter überwachen, die einen Hochsitz reparierten.

»Aber du kannst mich net ohne Geld wegschicken. Ich bin schließlich dein Mann«, sagte er maulend.

»Gewesen, sehr bald gewesen! Und was das Geld angeht, kannst du gern alles mitnehmen, was du dir in unserer Ehe selbst verdient hast.«

Janettes Stimme triefte vor Hohn, denn jeder Euro und Cent, den Andreas ausgegeben hatte, war von ihrem Gehaltskonto gekommen. Michaela war das offensichtlich nicht klar, denn ihr Blick schätzte die etwas strenge, aber durchaus elegante Schafzimmereinrichtung ab und nickte zufrieden. Was das betraf, würde sie wohl sehr schnell aus allen Wolken fallen.

Unterdessen packte Andreas mehrere Koffer und steckte dabei auch einige Sachen mit ein, die einen gewissen Wert besaßen. Janette merkte es durchaus, doch sie hatte weder die Kraft noch den Willen, dagegen einzuschreiten. Sie wollte nur, dass er endlich verschwand.

»Wir brauchen ein Taxi zum Bahnhof!« Michaela sah dabei Andreas an, doch es war Janette, die ihr eine Antwort gab.

»Dort liegt das Handy!«

Kurz darauf war alles nach unten geschafft. Während Michaela auf das Taxi wartete, kam Andreas auf Janette zu.

»Willst du mir net Auf Wiedersehen sagen – nach allem, was wir miteinander erlebt haben?«

Die Försterin schüttelte mit einem bitteren Lächeln den Kopf.

»Lieber net, sonst kommst du womöglich zurück. Ich schwör dir, dass du vor verschlossenen Türen stehen würdest.«

»Ich hab Anspruch auf Unterhalt.« Andreas versuchte zu drohen, doch Janette lachte ihn nur aus.

»Du solltest unseren Ehevertrag einmal lesen. Dort steht, dass wir gegenseitig auf Unterhalt verzichten. Der Absatz stammt übrigens von dir, also beschwer dich net! Und jetzt geh, das Taxi ist da.«

Andreas sah sie mit verkniffener Miene an und erkannte, dass er nichts mehr von ihr erhoffen konnte. Seine Schultern sanken nach vorn, und er wandte sich mit hängendem Kopf ab. Irgendwie tat es weh, von einer Frau in die Wüste geschickt zu werden, die ihn einmal so innig geliebt hatte wie Janette. Seine Verbindung mit Michaela war mehr körperlicher Art, und es würde sich erst zeigen, ob sie auf Dauer hielt.

Es war gut, dass Andreas nicht mehr zurückschaute,

denn nun vermochte Janette sich nicht mehr zu beherrschen. Ihre Schultern zuckten, und die Tränen schossen ihr aus den Augen. Mit einer müden Bewegung schloss sie die Tür, die Andreas offen gelassen hatte, und stieg die Treppe hinauf. Wie schon so oft wollte sie sich in ihr Schlafzimmer zurückziehen, um dort ihren Gefühlen freien Lauf zu lassen. Doch als sie das zerwühlte Ehebett sah, in dem ihr Mann ihr den größten Schimpf angetan hatte, den eine Frau sich auszudenken vermochte, konnte sie das nicht. Der Duft ihrer siegreichen Rivalin hing noch in der Luft.

»Ich hab dir viel verziehen, Andreas, aber eine andere in mein eigenes Bett mitzunehmen und sie dort zu …«

Janette brach in Tränen aus und riss die Fenster und Fensterläden weit auf. Sie wusste, dass es lang dauern würde, bis sie wieder in diesem Zimmer schlafen konnte.

2

Zur Mittagszeit hatte die Vorfreude auf das Fest die meisten Menschen im Tal erfasst. Auf vielen Bauernhöfen wurde an diesem Tag nicht gekocht, denn man aß in dem Festzelt, das der Oberwirt in der Wiese neben seinem Gasthof aufgestellt hatte.

Die Großbauern nahmen ihr Mittagessen in einem Nebenraum der Wirtschaft ein und blieben, mit Ausnahme von Hochwürden Feltl und einiger Verwandter von außerhalb, unter sich. Zu diesen Verwandten zählte auch Tobias' Schwester Maria, die vom Alter her Hans näher war und mit ihrer stämmigen Erscheinung und bedächtigen Art als dessen weibliches Ebenbild erschien. Früher hatte Tobias sich mit ihr immer gut verstanden, doch heute überschüttete sie ihn bereits beim Hereinkommen mit Vorwürfen.

»Du bist wohl auch net gescheiter geworden! Was ist das für eine Sach, eurer Krämerin den Weg zu versperren?«

Wie oft in solchen Fällen waren die Gerüchte auch diesmal nicht bis zu den Betroffenen durchgedrungen. Tobias Freunde hatten wohlweislich den Mund gehalten, und die Horngacherin, die als Einzige in der Familie davon gehört hatte, war mit einem Lachen darüber hinweggegangen. Wie weit das Gerede bereits um sich gegriffen hatte, bekam sie erst jetzt mit. Tobias schüttelte zunächst nur verständnislos den Kopf.

»Was ist denn mit dir los, Maria? Ich hab doch mit der Krämerin nichts am Hut.«

»Bei uns hört man's anders. Der Schusteröder soll stocksauer auf dich sein, weil's auf seiner Zufahrtsstraße geschehen ist.«

Maria wusste, dass ihr Bruder sich früher so manchen Scherz erlaubt hatte. Deshalb glaubte sie das Gerücht und machte Hans und den Eltern gegenüber ihrer Empörung Luft.

Franz Horngachers Schläfenadern schwollen gefährlich an, als er sich seinem jüngeren Sohn zuwandte.

»Bist du noch gescheit? Ausgerechnet jetzt, wo die Sandra erklärt hat, dass sie den Karl niemals heiraten wird, musst du so einen Blödsinn machen? Schau zu, dass du dich bei der Krämerin entschuldigst, und dann sagst du der Sandra, dass alles bloß eine saudumme Idee war, die du in besoffenem Zustand ausgebrütet hast.«

»Und das gleich zweimal!«, setzte Hans gehässig hinzu. Er funkelte seinen jüngeren Bruder mit unerwarteter Heftigkeit an und bleckte die Zähne. »Denk fei net, dass ich wegen dir die Heirat mit der Monika verschieb. Wenn du die Sandra net kriegst, musst du eben die Ödenstockacher Kreszentia nehmen.«

Tobias wurde es zu viel. Er sprang auf und schlug auf den Tisch, dass die Teller klirrten.

»Ja, Kruzinesen noch einmal, bin ich vielleicht euer Depp? Ich hab der Christine nichts gemacht und damit basta! Ihr könnt mich gernhaben. Ich such mir eine angenehmere Gesellschaft.«

»Da bleibst!«, rief der Vater wütend.

Tobias drehte sich jedoch um und verließ das Zimmer.

Dabei prallte er beinahe mit der Kellnerin zusammen, die das bestellte Essen hereinbrachte.

»Hoppla, bist du heut aber stürmisch!«, rief sie lachend.

Sonst hatte Tobias immer mit einem Scherz darauf geantwortet, doch nun sauste er bloß wortlos an ihr vorbei.

»Ja, so ein Lackl! Da hört sich alles auf. Das sagen Sie doch auch, Hochwürden?«

Horngacher sah zum Pfarrer hin, der still vor sich hinlächelnd sein Glas mit Kirschsaft umklammert hielt. Er hob den Kopf und wiegte ihn nachdenklich.

»Also, wenn ihr mich fragt: Ich glaube nicht, dass der Tobias der Übeltäter war. Dafür stehen er und die Christine zu gut miteinander.«

Das war nicht gerade die Antwort, die dem Horngacher gefiel.

»Kann die Christine der Grund sein, warum er sich in der letzten Zeit so wenig um die Sandra gekümmert hat?«

Sein Blick traf seine Frau. Barbara Horngacher erinnerte sich an so manches Mal, an dem Tobias ihr den Gang zum Krämerladen abgenommen hatte und wie oft der Name Christine über seine Lippen gekommen war. Viel öfter als der Name Sandra. Sie duckte sich wie in Erwartung von Schlägen.

Zum Glück war ihr Mann zu sehr mit seinen eigenen Gedanken beschäftigt, um darauf zu achten. Ein Horngachersohn und die Nichte der Krämerin – dieser Verdacht erschien ihm so hirnverbrannt, dass er ihn rasch wieder beiseiteschob. Wahrscheinlich hatte Tobias ein kleines Techtelmechtel mit dem Mädchen anfangen wollen und sich gerächt, weil er bei ihr nicht landen konnte.

»Wenn er die Sandra net kriegt, heiratet der Bub eben die Kreszentia, ob er will oder net!«

Franz Horngacher sah dabei so bestimmt in die Runde, dass niemand ihm zu widersprechen wagte. Seine Frau machte sich zwar ihre eigenen Gedanken, behielt diese jedoch wohlweislich für sich.

3

Obwohl Sepp Schnegg von Karl als Übeltäter denunziert worden war, fand er sich plötzlich als der erklärte Favorit um Sandras Gunst wieder. Die Leute kannten ihn und wussten, dass er zeitlebens viel zu brav gewesen war, um von selbst auf eine so hirnverbrannte Idee wie die Straßensperren zu kommen.

Sepps Mutter hatte ihm beim Aufkommen der Gerüchte fürchterlich den Kopf gewaschen. Inzwischen schnurrte sie wie eine Katze, die eine ganze Nacht aus der Sahneschüssel genascht hat. Sie betrachtete ihren Sohn mit einem zufriedenen Blick. Er war zwar kein Riese, aber doch zwei, drei Zentimeter größer als Sandra. Ein wenig breit gebaut, aber nicht vierschrötig, besaß er ein offenes, rundes Gesicht mit träumerischen braunen Augen und kurzen Stoppelhaaren. In seiner hirschledernen Bundhose mit den breiten Hosenträgern, die zur hiesigen Burschentracht gehörten, dem Leinenhemd und der lässig über die linke Schulter gehängten hellgrauen Joppe sah er nicht nur in ihren Augen gut aus. Natürlich war er nicht so fesch und schneidig wie der Horngacher Tobias und auch nicht so hübsch wie Karl Wirnsberger. Aber er fiel gegen die beiden auch nicht besonders ab. Ein Mädchen, das sich nicht nur durch Äußerlichkeiten blenden ließ, musste ihn diesen beiden Hallodris vorziehen, insbesondere eine junge und bereits von den Stürmen des Schicksals geprüfte Witwe wie Sandra.

»So gefällst du mir.«

Die Bäuerin stemmte ihre Hände in die molligen Hüften und nickte. Sepp wischte sich über die Augen und warf ihr einen zweifelnden Blick zu. Er hatte zu oft gehört, dass er sich an diesem oder jenem Burschen ein Beispiel nehmen sollte, um ihren Worten Glauben zu schenken.

Da Sepp nicht antwortete, sprach die Bäuerin weiter.

»Auch die Sandra wird erkennen, dass du den anderen Burschen in nichts nachstehst. Mei, du weißt gar net, wie mich das freut, dass es mit euch was wird.«

»Was wird was?«

Sepp stellte sich absichtlich dumm. Er kannte den brennenden Wunsch seiner Mutter, ihn mit der jungen Witwe zu verheiraten, hatte aber bis vor Kurzem gehofft, diese würde sich für einen seiner Freunde entscheiden. Doch wie es aussah, blieb ihm nichts anderes übrig, als seinen Kampf gegen die Pläne der Mutter durchzufechten.

Die Schneggin betrachtete ihn kopfschüttelnd.

»Jetzt tu net so, als ob du es nicht wüsstest. Mei, wird das ein Triumph werden, wenn du der nächste Loitzlbauer wirst.«

»Noch bin ich's net, und es muss auch net dazu kommen.«

Sepp kniff die Lippen zusammen, und auf seinem Gesicht erschien ein störrischer Ausdruck, den seine Mutter vorher noch nie an ihm gesehen hatte.

Cäcilie Schnegg schüttelte erneut den Kopf und funkelte ihren Sohn dann herrisch an.

»Natürlich wirst du's. Den Wirnsbrger Karl will sie

net, und der Horngacher Tobias hat sich mit seinem Sinn für schlechte Scherze um alle Chancen gebracht. Wenn die Sandra bloß ein bisserl auf sich hält, kann sie ihn nimmer heiraten.«

»Und wenn ich net will?«

Jetzt war es heraus. Lange Wochen hatte Sepp sich vor diesem Tag gefürchtet, aber instinktiv gewusst, dass er kommen würde.

»Du und net wollen? Das gibt's net!«

Die Schneggin machte eine wegwerfende Handbewegung, hielt dann aber inne und starrte ihren Sohn an, als müsse sie an seinem Verstand zweifeln.

»Das meinst du doch net im Ernst?«

Sepp nickte bedrückt.

»Ich mein's ernst, Mama. Die Sandra und ich, das ging net gut. Außerdem müsst ich meinen guten Namen hergeben und ihren annehmen, das will ich net.«

»Ob's gut geht oder net, das weißt du net. Und was den Namen angeht, so opfere ich den gern dafür, dich als einen der ›drei Könige‹ von Kreiental zu sehen.«

Die Bäuerin machte ein Gesicht, das ihrem Sohn zeigen sollte, dass weiterer Widerstand sinnlos war. Bisher hatte Sepp angesichts dieser Miene immer gekuscht.

Heute aber schob er das Kinn kämpferisch nach vorn und dachte an die junge Sennerin auf der Loitzlalm, die er in den letzten Wochen so oft besucht hatte. Emerenz hatte ihn zwar mit Spott überhäuft, ihm andererseits aber das Geld für die Wette mit Tobias und Karl gegeben. Also musste ihr doch etwas an ihm liegen. Bei diesem Gedanken erschien ein verträumter Ausdruck auf seinem Gesicht.

»Es tut mir leid, Mama, aber es geht net. Es gibt ein anderes Madl, das ich gernhab, und ich weiß auch schon, wie ich unsere Landwirtschaft mit ihrer Unterstützung weiterführen werd.«

Seine Mutter sah aus, als würde sie der Schlag treffen. Sie schnappte nach Luft und brachte einige Augenblicke lang kein einziges Wort hervor. Dann aber brach es aus ihr heraus wie aus einem Vulkan.

»Ein anderes Madl, sagst du? Ja, bist denn du völlig übergeschnappt? Kriegt eine Chance wie selten einer im Leben und will sie wegen irgendeinem Flitscherl wegwerfen.«

»Die Emerenz ist kein Flitscherl!«

Sepps Stimme klang ungewohnt hart und hätte die Mutter warnen sollen.

Doch auf dem Ohr war Cäcilie Schnegg völlig taub.

»Eine Sennerin? Noch schlimmer: Ein lediges Kind, das net einmal seinen Vater kennt und keinen Knopf Geld in der Tasche hat. So was tät der heiraten wollen? Nein Bürscherl, da führt kein Weg hin. Du nimmst die Sandra und damit basta!«

Sepp atmete tief durch, denn er wusste, das Schlimmste würde noch kommen. Trotzdem blieb er standhaft.

»Das werd ich net tun, Mama!«

Diesmal dauerte es keine Sekunde, dann schrie und tobte die Schneggin in einer Weise, dass ihr Sohn den Kopf einzog. In seiner Kindheit hatte er während des harten Kampfes um den Hof ähnlich hysterische Ausbrüche miterleben müssen, doch nachdem es seiner Mutter gelungen war, das Anwesen wieder auf feste Beine zu stellen, waren sie seltener geworden und hatten schließlich ganz aufgehört. Der heutige Anfall war schlimmer als jeder andere zuvor. Die Mutter warf Sepp Undankbarkeit für all die Mühen vor, die sie auf sich genommen hatte, um ihm die Heimat zu erhalten, und verstieg sich sogar zu der Behauptung, dass es besser gewesen wäre, wenn sie sich nach dem Tod seines Vaters mit ihm zusammen im Löschweiher ertränkt hätte.

Sepp hörte ihr zu und widerstand nur mit Mühe dem Wunsch, sie an sich zu ziehen und ihr zu sagen, wie dankbar er ihr für all ihre Opfer und Mühen war. Doch wenn er erst einmal nachgab, würde die Mutter nicht eher aufhören, bis er ihr versprach, Sandra zu heiraten. Er schloss die Augen und dachte an Emerenz, die sich oben in ihrer Sennhütte anschickte, zum Schützenfest abzusteigen.

Kati, seine Verwandte und Sennerin auf der Schneggalm, würde während ihrer Abwesenheit ein Auge auf ihre Tiere haben. Sepp hatte die Frau darum gebeten und Verständnis gefunden. Kati kannte ihn und wusste, dass er eine Frau brauchte, die aus dem von der Mutter klein gehaltenen Burschen einen Mann machte. Die resolute Emerenz war dafür auf jeden Fall besser geeignet als die weiche und nachgiebige Sandra. Das hatte sie Sepp auf den Kopf zugesagt und ihm erklärt, dass es besser sei, einen heftigen Streit mit seiner Mutter durchzufechten, als ein Leben lang unglücklich zu sein.

Dieser Gedanke und Katis Worte, dass seine Mutter ihn liebte und bald erkennen würde, wie recht er hatte, gaben ihm die Kraft, die Schmähungen und Flüche, mit denen er überschüttet wurde, klaglos über sich ergehen zu lassen.

Zuletzt deutete er auf die Kuckucksuhr, die über dem alten Kanapee hing.

»Wir müssen gehen, Mama. Die Messe fängt gleich an.«

Seine Mutter war über die kühle Bemerkung so schockiert, dass ihr die Sprache wegblieb. Bevor sie ihren Wutausbruch fortsetzen konnte, drehte Sepp sich um und ging.

4

An diesem einen Tag im Jahr fand die heilige Messe nicht morgens, sondern erst zur Mittagsstunde statt, damit alle Besucher des Schützenfestes daran teilnehmen konnten.

Das ganze Dorf hatte sich herausgeputzt. Die Männer der freiwilligen Feuerwehr kamen in Uniform, der Rest in Tracht. Selbst die Leute aus dem Neubauviertel hinter dem Gföllnerhof wollten nicht hinter den Alteingesessenen zurückstehen und trugen Kleidung in dezentem bäuerlichen Stil, die den meisten gut stand.

Janette Moser hatte auf ihre Jägerkluft verzichtet und zeigte sich in einem hübschen Dirndlkleid aus ihrer niederbayerischen Heimat. Es bewies allen, dass sie trotz ihrer schlanken Figur an den richtigen Stellen weibliche Rundungen aufwies. Einigen der jüngeren Burschen fielen bei ihrem Anblick fast die Augen aus dem Kopf.

»Zwick mich, damit ich merk, dass ich net träum«, raunte Wiggerl dem neben ihm sitzenden Karl zu.

Der brummte jedoch nur ärgerlich und drehte das Gesicht weg, damit man das prächtige Veilchen unter seinem linken Auge nicht sah. Selbst die Schminksachen seiner Schwester Monika hatte nicht viel geholfen. Da auch seine Rippen in Mitleidenschaft gezogen waren, konnte er nicht richtig Luft holen. In Gedanken drehte er Cornelius Feiler den Hals um und verfluchte ihn, weil er ihn gehindert hatte, Sandra zu beweisen, was für ein toller Kerl er im Bett war.

Von seiner eigenen Unwiderstehlichkeit überzeugt, war er sich sicher, dass Sandra sich in ihn verliebt hätte. Doch die Chance war vertan, und er wollte sich gern an Cornelius rächen. Doch ihm während des Preisschießens eins draufzubrennen, würde ihn unweigerlich ins Gefängnis bringen, und davor hatte er sogar noch mehr Angst als vor Kreszentia Ödenstockacher.

Während Karl sein Schicksal beklagte und über unausgegorenen Racheplänen brütete, fühlte Tobias sich wie ein Aussätziger. Alle Kirchgänger – inklusive der eigenen Familie – waren von ihm abgerückt. So saß er fast allein in der Bank, während sich die Leute in den anderen Kirchenbänken wie Sardinen drängten.

Christine erschien und alle Augen richteten sich auf sie. Tobias hoffte auf eine Geste, die erkennen ließ, dass sie die Gerüchte als das nahm, was sie in Wirklichkeit auch waren, nämlich plumpe Lügen. Christine schritt jedoch an ihm vorbei, ohne ihn anzusehen. Ihr Gesicht wirkte starr, und wenn er genau hinsah, konnte er sogar die Reste von Tränen sehen.

Als Letzte erschien Cäcilie Schnegg in der Kirche. Sie eilte rasch zu ihrem Platz und nahm mit eisiger Miene neben ihrem Sohn Platz. Da außer Christine, Tobias und den Schneggleuten auch die junge Försterin im Blickpunkt des Interesses stand, gafften die Leute mehr, als dem Gottesdienst zu folgen.

Der Pfarrer hatte seine Schäfchen selten so unaufmerksam erlebt und versuchte, sie mit seiner Predigt aufzurütteln. Er erntete nur genervtes Aufseufzen und wiederholte Blicke auf die Uhr. Die Leute wollten hinaus ins Freie, um auf dem Kirchplatz die Schnäbel zu wetzen. Schließlich gab Hochwürden Feltl auf und beschloss im Gegenzug, in der nächsten Predigt auf den Charakterfehler der Ungeduld hinzuweisen.

Nach dem letzten »Amen« sah er kopfschüttelnd zu, wie die Gläubigen eilig nach draußen drängten und sich dabei gegenseitig behinderten. Selbst die Vorfreude auf das Preisschießen vermochte ihm dies nicht zu erklären. So geschah etwas, das in den dreißig Jahren, die Hochwürden Feltl bereits über die Seelen im Kreiental wachte, noch nie vorgekommen war. Kaum hatte er sein Messgewand abgelegt und war in seine Soutane geschlüpft, gesellte er sich zu den Leuten auf dem Kirchplatz und hörte aufmerksam zu.

Was er erfuhr, gefiel ihm wenig. So viel Hader und Streit hatte er unter seinen Schäfchen nicht erwartet. Ihm tat vor allem die Försterin leid, deren Mann, wie es hieß, mit einer anderen Frau durchgebrannt war. Er ging zu ihr hin und bot an, dass sie ihm ihr Herz ausschütten könne, wenn es sie erleichtern würde.

Janette Moser überlegte kurz und nickte.

»Mir wär's schon lieb, wenn ich endlich jemand hätt, mit dem ich reden kann, Hochwürden. Ich hab das Gefühl, als tät sich in mir alles stauen, bis ich irgendwann einmal platze.«

»Das werden wir schon zu verhindern wissen.«

Der Pfarrer lächelte ihr freundlich zu und bot ihr den Arm. Janette ergriff ihn wie einen rettenden Anker. Weil sie mit Feltl auf das Pfarrhaus zuschritt, merkte sie nicht, wie einige der alteingesessenen Bauern einander zunickten. Wie es aussah, war die junge Försterin doch ein Mensch und kein Roboter, denn als solcher hatte sie sich in den letzten zwei Jahren gegeben. Mit einem Menschen aber konnte man reden.

Während sich Janette Mosers Stand in Kreiental durch die Geste des Priesters mit einem Schlag verbesserte, standen Tobias' Chancen äußerst schlecht. Er hatte nur mit Mühe die Messe überstanden und wollte gerade auf Christine zugehen und sie fragen, ob sie diesen Unsinn wirklich glauben würde.

Da bremste ein Auto mit quietschenden Reifen auf dem Kirchplatz, und eine junge Frau rief mit durchdringender Stimme: »Da ist sie!«

Der Fahrer ließ den Wagen vorsichtig auf die Kirchgänger zurollen, um diese dazu zu bringen, ihm Platz zum Parken zu machen. Inzwischen öffnete die Frau, die eben geschrien hatte, die Beifahrertür und eilte auf Christine zu. Ein schmaler, hellblonder junger Mann, der auf dem Rücksitz gesessen hatte, verließ ebenfalls das Auto, bevor es endgültig stand, und lief hinter der Frau her.

Christine, die ihre Münchener Freundin Susi in die Arme schloss, versteifte sich bei seinem Anblick. Tobias sah, wie es in ihrem Gesicht arbeitete und sie Mühe hatte, eine unbeteiligte Miene beizubehalten. Er stand nahe genug, um die nächsten Worte verstehen zu können.

»Christine, ich …, es tut mir leid!«

Der Fremde bemühte sich, zerknirscht dreinzusehen. Gleichzeitig wirkte der Blick, mit dem er Christine musterte, bettelnd wie der eines jungen Hundes, der gestreichelt werden will.

»Jens? Das ist aber eine Überraschung.« Christines Lippen bogen sich bei diesen Worten zu einem bissigen Lächeln.

»Ich muss mit dir reden! Komm, lass uns ein wenig zur Seite gehen.« Jens fasste nach Christines Arm und zog sie mit sich.

Tobias juckte es in den Fäusten, dazwischenzuschlagen. Doch da machte Christine sich frei, verschränkte die Arme vor der Brust und blitzte Jens an.

»Was willst du noch von mir?«

Jens senkte den Kopf, sodass sein schulterlanges Haar nach vorn fiel und sein Gesicht halb verdeckte.

»Ich habe einen fürchterlichen Fehler begangen und will diesen wieder gutmachen.«

»Das wundert mich! Das Letzte, was ich von dir gehört hab, war der Satz, dein größter Fehler sei die Beziehung zu mir gewesen.«

Der Ärger und der Schmerz über das rücksichtslose Verhalten ihres früheren Freundes, den Christine bereits überwunden glaubte, brachen plötzlich wieder hervor. Sie erinnerte sich an die verzweifelten Stunden, nachdem Jens ihr erklärt hatte, dass er seine Freiheit bräuchte.

»Was ist eigentlich mit der Verona? Als du von Freiheit gesprochen hast, hast du wohl sie gemeint.«

Jens' unwillkürliches Nicken bewies Christine, dass sie recht hatte. Ihr Exfreund bemühte sich sofort, die ganze Schuld an seiner Entscheidung Verona in die Schuhe zu schieben. Zuletzt sah er Christine mit bettelnden Augen an.

»Jetzt ist wieder alles gut, nicht wahr?«

Christine begriff erst in diesem Augenblick, dass er zu ihr zurückkommen wollte. Zuerst überwog die Ablehnung. Dann sah sie nicht weit entfernt Tobias stehen und kniff die Lippen zusammen. Diesen Mann hatte sie mehr geliebt als Jens. Er schien sie nur als kurzes Techtelmechtel angesehen zu haben, und dafür war sie sich zu schade. Sollte er doch Sandra heiraten oder eine andere Bauerntochter, die einen großen Hof erbte. Sie war mit ihm fertig. Aus diesem Grund antwortete sie Jens freundlicher, als dieser es in ihren Augen verdiente.

»Bevor alles wieder gut ist, müssen wir zwei uns ein bisschen länger unterhalten. So einfach geht das auch wieder net.«

»Aber es wird wieder gut!«

Das war mehr eine Feststellung als eine Frage. Jens grinste fröhlich und war bereits wieder obenauf.

»Deine Stellung in München hast du Gott sei Dank aufgegeben. Dann kannst du übermorgen mit mir nach Frankreich fahren. Ich habe im Süden einen Traumjob. Dir wird es dort sicher gefallen.«

Eine kleine Falte erschien auf Christines Nasenwurzel.

»So schnell schießen die Preußen auch wieder net, mein Lieber. Ich will erst einmal hören, warum dir die Verona den Laufpass gegeben hat.«

»Sie mir?« Jens tat empört. »Ich hab das Miststück zum Teufel gejagt. Die hat gedacht, mir vorschreiben zu können, wie ich mein Leben gestalten soll.«

Andere Männer lernen durch Erfahrungen, doch Jens hatte sich nicht geändert, fuhr es Christine durch den Kopf. Es musste alles nach seinem Kopf gehen, und wenn es das einmal nicht tat, bockte er wie ein kleiner Bub, dem man das Eis wegnehmen will.

Sie wollte ihm schon sagen, dass er vergebens gekommen sei, da sah sie Tobias flammenden Blick und einen Ausdruck auf seinem Gesicht, der zum Fürchten war.

Das ist genau das, was du verdient hast, du Lump, dachte sie und reichte Jens den Arm.

»Komm mit auf den Festplatz. Reden können wir später.«

Jens wechselte mit Susi einen Blick, als wolle er sagen: Siehst du, es ging genau so, wie ich es wollte!

Dann schritt er mit Christine davon. Susi folgte den beiden, während ihr Bruder Matthias inzwischen den Zorn der Dorfvereine auf sich zog. Sowohl die freiwillige Feuerwehr als auch die Gebirgsschützenkompanie des Kreientales stellten sich zum Umzug zusammen und da war ihnen Matthias' Auto im Weg.

»Ja, Herrgottszeiten, schau, dass du mit deinem Karren verschwindest. Sonst schieben wir dich samt deiner Rostbüchse in den Löschweiher!«

Die Drohung kam von Karl Wirnsberger, der unbedingt jemanden brauchte, an dem er sich abreagieren konnte.

»Siehst du hier etwa ein Parkverbotsschild? Ich nicht!«

Matthias sah die langen Reihen an Autos, die weiter oben am Festplatz standen, und ahnte, dass er keinen Parkplatz mehr bekommen würde. Daher wollte er die in seinen Augen günstige Parkmöglichkeit nicht aufgeben. Karl lief bei seinen Worten rot an und wollte schon auf das Auto zustürmen. Der Kommandant der freiwilligen Feuerwehr kam ihm jedoch zuvor.

»Junger Mann, es geht net darum, ob da ein Schildl ist oder net. Das ist nämlich Privatgrund und gehört der Pfarrei. Da darf net geparkt werden.«

»Aber dort vorn scheint alles zugeparkt zu sein.« Matthias zeigte auf die Autoschlange, doch er stieß auf wenig Mitleid.

»Dann musst du halt ein paar Meter laufen. Das ist gut für die Gesundheit.«

Tobias mischte sich ein und winkte ein paar seiner Freunde heran, als Matthias nicht gleich den Platz räumte. Es kam aber nur Sepp, der die übrigen ziemlich verwundert musterte.

»Deppen!«, meinte er in ihre Richtung und sah dann Tobias an. »Was wollen wir machen?«

»Schauen, ob wir den Karren auf die Seite heben können.« Für vier oder fünf kräftigen Burschen wäre es ein Leichtes gewesen, das Auto anzuheben und bis zur Straße zu tragen, denn es zählte nicht gerade zu den großen Limousinen. Zu zweit war es jedoch ein Kraftakt, den Tobias nur aus Wut und Ärger wagte. Lieber hätte er es noch gesehen, dieser komische Jens wäre am Steuer gesessen. Dann hätte er das Auto allein zum Löschweiher gebracht. Doch auch so ging es ruckzuck.

Ehe Matthias sich versah, war der Wagen hinten hochgewuchtet und wurde trotz eines Tritts auf die Bremse auf die Straße geschoben. Wütend startete er den Wagen und wollte seinen schönen Parkplatz wieder einnehmen. Da legte Tobias die Joppe ab und krempelte mit eisiger Miene die Ärmel hoch. Dieser Anblick war für Matthias zu viel. Er legte krachend den Rückwärtsgang ein und verschwand, so schnell er konnte.

»Feig wär er auch noch.«

Sepp nickte Tobias zu und wies dann auf die Vereine, die bereits in Reih und Glied bereitstanden.

»Auf geht's! Als Erster und Zweiter vom letzten Jahr müssen wir schon mitmarschieren, und zwar schön vorn an der Spitze, während der Karl hintennachlaufen muss.«

5

Obwohl beim Kreientaler Schützenfest das Feiern im Vordergrund stand, nahmen die Mitglieder des Schützenvereins das Preisschießen ernst. Seit Napoleons Zeiten war dieses Fest Brauch, und es war selbst in Kriegs- und Krisenzeiten nie länger als ein paar Jahre ausgefallen. Heuer wurde es zum fünfzigsten Mal ohne Unterbrechung gefeiert, und die Burschen strebten danach, ihren Namen auf der Siegerliste der Jubiläumsfeier zu sehen.

Als die Schützen, von der freiwilligen Feuerwehr flankiert, sich dem Festzelt näherten, neben dem der Schießstand aufgebaut worden war, nahm die Spannung zu. Karl bleckte nervös die Zähne und sah immer wieder zu Tobias nach vorn. Er hoffte, dass dieser durch die Gerüchte so belastet war, dass er versagen würde. Da machte ihm Sepp Schnegg fast mehr Sorgen.

Kaum waren sie unter den Klängen der Festkapelle in das Zelt eingezogen, löste Sepp sich aus der Formation und blieb neben Emerenz stehen, die gerade nach einem freien Platz suchte.

»Dort ist der Tisch, den ich reservieren hab lassen. Setz dich ruhig dazu.«

Emerenz blickte zuerst Sepp an, dann den Tisch, an dem bereits der Knecht und die Stallmagd des Schnegghofes saßen, dann suchte ihr Blick erneut Sepp und zuletzt dessen Mutter. Cäcilie Schnegg sah aus, als würde sie jeden Moment platzen.

»Das Mensch kommt mir net an unseren Tisch!«, schrie sie unbeherrscht.

Sepp zuckte mit den Schultern: »Dann suchen die Emerenz und ich uns halt einen anderen Platz.«

»Du bleibst bei mir!« Die Stimme der Schneggin überschlug sich fast.

»Nur mit der Emerenz«, konterte ihr Sohn gelassen.

Emerenz schüttelte verwirrt den Kopf und zupfte Sepp am Hemdsärmel.

»Was soll das?«

Sepp legte ihr die Hände auf die Schultern und sah sie lächelnd an.

»Ich will etwas klären. Du hast allweil denkt, ich komm bloß zu dir auf die Alm, um ein Gspusi anzufangen. Aber so ist's net. Net, dass ich dich net will, ganz im Gegenteil. Aber net als Liebschaft, sondern auf Dauer!«

Die junge Sennerin keuchte überrascht auf und rieb sich verwirrt über die Stirn.

»Du bist wohl übergeschnappt?«

Etwas Besseres fiel ihr dazu nicht ein.

Sepp lachte nur, fasste sie am Arm und wollte sie zu seinem Tisch führen. Seine Mutter stellte sich ihm in den Weg.

»Fort mit dem Bankert, der net einmal seinen Vater kennt. Es könnt deine Schwester sein, ohne dass du es weißt.«

Dieser wütende Appell rief Magdalena Grünberger auf den Plan. Emerenz' Mutter hatte der Szene verwundert zugesehen und war von Sepps Verhalten nicht weniger überrascht worden als das Mädchen selbst. Sie schob sich nach vorn und sah mit verkniffener Miene auf die um einen halben Kopf kleinere Schneggin herab.

»Dem Sepp seine Schwester ist die Emerenz gewiss net. Dein Mann gehört net zu denen, die mir nachgestiegen sind. Dafür hat er immer viel zu viel Angst vor dir gehabt.«

Die Leute, die sich um die kleine Gruppe versammelt hatten, lachten schallend auf. Sepps Mutter musterte die so überraschend aufgetauchte Gegnerin und wunderte sich; bis zum heutigen Tag hatte Magdalena nie erkennen lassen, dass sie in Emerenz etwas anderes sah als eine ungeliebte Last. Doch mit einem Mal schien sie sich in eine Glucke verwandelt zu haben, die ihr Kücken mit aller Kraft verteidigte.

Den Tränen nahe wandte die Bäuerin sich an ihren Sohn.

»Du hättest die Chance, die Sandra zu heiraten und der größte Bauer im ganzen Gäu zu werden, und dann machst du sowas.«

»Die Liebe lässt sich net befehlen, und sie kümmert sich net um Geld und Gut. Die Emerenz ist die Bäuerin, die ich brauch, und wenn sie mich nimmt, werde ich überglücklich sein. Und was die Sandra angeht: Es tät net gut, die zwei Höf zusammenzulegen, denn dann wär der Loitzlhof im Vergleich zu den beiden anderen Königshöfen zu groß und es tät bloß Streit und Hader geben. Außerdem will ich unseren Namen, den du so lang verteidigt und in Ehren gehalten hast, net aufgeben. Wir sind beim Schnegg, und das werden wir auch bleiben.«

Noch keiner hatte Sepp so fest und resolut erlebt. Emerenz sah ihn bewundernd an.

»Bist du dir wirklich sicher, dass du mich willst?«

»Da bin ich mir ganz sicher. Aber jetzt setzt euch, oder wollt ihr, dass die Leut noch mehr zum Gaffen haben?«

Sepp fasste seine Mutter und Emerenz und zog beide auf den Tisch zu. Zur Verblüffung aller folgte ihm Cäcilie Schnegg. Sie blickte zwar Emerenz nicht an, die auf der anderen Seite von Sepp Platz nahm, aber sie schimpfte wenigstens nicht. Das Gesinde schien dem Frieden nicht so recht zu trauen, denn sie wagten es nicht, das Mädchen anzusprechen. Für einige Zeit herrschte daher Schweigen am Schneggtisch. Schließlich stand Sepp auf und wies nach draußen, wo sich der Schießstand befand.

»Ich werde mein Gewehr holen und ein paar Probeschüsse machen. Versprecht mir, dass ihr euch in der Zwischenzeit vertragt.«

»Ich hab bisher noch keinen gefressen«, schnappte seine Mutter mit einem Gesicht, als würde sie bei Emerenz am liebsten damit anfangen.

Das Mädchen nickte nur und blieb etwas bang zurück, während Sepp mit langen Schritten davonging. Die Schneggin beherrschte sich jedoch und begann ein Gespräch mit der Schusteröderin, die mit ihrer Familie am Nebentisch Platz genommen hatte.

Der Knecht und die Magd des Schnegghofes waren sich selbst überlassen und wurden, als die Bäuerin nicht auf sie achtete, rasch mutiger und bezogen Emerenz in ihr Gespräch mit ein. Immerhin hatten sie von Kati, der Sennerin auf der Schneggalm, nur das Beste über das Mädchen gehört.

6

Nicht nur Sepp, sondern auch die übrigen ortsansässigen Teilnehmer am Wettschießen verließen das Zelt, um ihre Wettkampfwaffen zu holen. Die von außerhalb hatten, wie Xaver, der Älteste der Schusteröderin, ihre Waffen bereits mitgebracht. Xaver durfte heuer das erste Mal mitmachen und war so nervös, dass er fast den Weg zum Schießstand nicht fand. Während sich die Schützen vor dem Festzelt aufstellten und je nach Laune über ihre Chancen sprachen, drehte sich Sandra Loitzl zu Cornelius um, der mit Ferdinand zusammen am Nebentisch saß.

»Warum machst du beim Schießen net mit?«

»Die Bäuerin hat recht. Ein Mannsbild wie du sollt da net zurückstehen.«

Zu Sandras Freude hieb Ferdinand in dieselbe Kerbe. Cornelius verzog für einen Augenblick das Gesicht.

»So ein guter Schütze bin ich net, das ich vorn dabei sein kann. Außerdem hab ich kein eigenes Gewehr, sondern müsst mit einem vom Verein schießen. Die sind aber schlechter als die von Tobias, Karl und den anderen.«

Ferdinand gab seinem Kollegen einen Stoß.

»Es geht ums Mitmachen, net ums Gewinnen. Also schau zu, dass du dich als Teilnehmer eintragen lässt.«

»Quälgeist!«

Cornelius seufzte und wollte gerade aufstehen, als Sandra neben ihn trat.

»Mir fällt was ein! Du könntest das Gewehr von meinem Mann nehmen. Das ist ganz gewiss ein gutes.«

Sowohl Ferdinand wie auch Cornelius sahen sie erstaunt an. Beide kannten den Kult, den sie um die persönlichen Gegenstände ihres Mannes gemacht hatte, und nun wollte sie ausgerechnet das teure Präzisionsgewehr in die Hände eines Knechts legen.

Während Cornelius den Kopf schüttelte, kratzte Ferdinand sich am Kopf. Der Gedanke, der ihm eben gekommen war, erschien ihm zu gewagt. Sandra zählte zu einer Großbauernfamilie und würde jede Heirat mit einem im Ansehen so geringen Mann wie seinem Kollegen sicherlich ablehnen. Im Moment drängte die junge Bäuerin dem Knecht jedoch die Waffe förmlich auf.

»Komm mit zum Hof, damit ich sie dir geben kann.«

»Muss das sein?«, fragte ihr Vater brummig.

Sandra hörte nicht auf ihn, sondern zupfte Cornelius am Ärmel und ging mit schnellen Schritten voraus. Ihr Herz schlug ihr bis zum Hals, und sie spürte einen Klumpen im Magen, dass ihr schier übel wurde. Doch das war die Chance, auf die sie gewartet hatte. Wenn sie erst einmal mit Cornelius allein auf dem Hof war, dann …

Sie brach den Gedankengang ab, denn was folgen würde, war in ihren Augen nicht angenehm, sondern notwendig. Sie hatte ihre Regel genau berechnet und wusste, dass es eine gute Chance gab, schwanger zu werden. Allerdings hatte sie keine Ahnung, wie sie Cornelius dazu bringen konnte, das zu tun, was er tun sollte. Ihr kam allerdings gelegen, dass sie das Gewehr ihres Mannes wie etliche andere Gegenstände aus seinem Besitz in ihrem Schlafzimmer aufbewahrte.

Am Hof angekommen, betrat sie sofort das Schlafzimmer. Cornelius blieb vor der Tür stehen. Sandra gefiel diese Zurückhaltung, auch wenn sie ihr nicht ins Konzept passte. Sie trat an den Schrank, holte das in einem länglichen Kasten verstaute Gewehr heraus und legte es auf das Bett. Während sie tat, als hätte sie Probleme, den Kasten zu öffnen, rief sie nach Cornelius.

»Komm, du musst mir helfen.«

Der Knecht trat in den Raum und wollte sich der Flinte zuwenden. In dem Augenblick sah ihn die junge Bäuerin gleichermaßen ängstlich und fordernd an. Mit klammen Fingern öffnete sie zuerst ihre Miederknöpfe und dann ihre Bluse.

»Bäuerin, was soll das?«

Cornelius wich zurück, obwohl ihn alles drängte, dieses unvermittelte Geschenk anzunehmen.

»Was das soll? Siehst du das net?«

Sandra hatte ihren Oberkörper entblößt und wollte ihren Rock ausziehen. Da griff Cornelius zu und hielt ihre Hände fest.

»Tu des net! Ich bin doch net aus Stein.«

»Das sollst du auch net sein!«

Sandra versuchte ihre Hände zu befreien, und als ihr dies nicht gelang, drängte sie sich an ihn.

»Komm, bringen wir's hinter uns.«

In Cornelius' Kopf schrillte eine Alarmklingel. Wortfetzen, die er gehört und nicht verstanden hatte, ergaben plötzlich einen Sinn.

»Was willst du hinter dich bringen, Bäuerin? Du bist

keine, die aus purer Lust eine Liebschaft mit einem Knecht anfängt. Du hast einen Grund dafür. Willst du ihn mir net sagen?«

Sandra wurde puterrot und schüttelte den Kopf. Cornelius schnaufte einmal kurz durch und wies zur Tür.

»Also gut, dann geh ich. Ich bin net wie der Karl.«

»Das bist du Gott sei Dank net.«

Da Cornelius trotzdem den Raum verlassen wollte, fasste Sandra nach seinen Händen und zog ihn herum.

»Also gut, dann sollst du es erfahren. Ich will ein Kind und hab mir denkt, dass du der beste Vater dafür bist.«

Im ersten Augenblick glaubte Cornelius, sich verhört zu haben. Einerseits fühlte er sich gekränkt, weil die junge Bäuerin in ihm nur einen Samenspender zu sehen schien, andererseits dachte er, dass ihr viele Burschen diesen Gefallen gern getan hätten und sie ausgerechnet ihn ausgewählt hatte. Trotzdem wollte er sie nicht so, wie es ihr vorschwebte.

»Du hast mich wirklich auf dem falschen Fuß erwischt, Bäuerin. Das hätt ich net erwartet. Du solltest dir wirklich überlegen, ob du net lieber einen deiner Verehrer heiraten willst. Eine Liebschaft mit einem Knecht, das wirft kein gutes Licht auf dich.«

Die Worte taten ihm weh, trotzdem war er eher bereit, auf Sandra zu verzichten, als ihren Ruf in den Schmutz gezogen zu sehen. Der jungen Bäuerin rannen die Tränen über die Wangen.

»Verstehst du net? Es muss doch sein! Die Eltern drängen, dass ich wieder heiraten soll, aber ich will's net. Und der Hof braucht einen Erben, und wenn du net ...«

Sie brach ab und barg ihr Gesicht in Händen.

»Warum musst du mich quälen. Ich schäm mich doch so schon genug.«

»Schämen sollten sich die, die dir keine Ruh lassen, Bäuerin. Aber lass gut sein, und zieh dich wieder an. Es ist auch für mich eine Qual, dich so zu sehen und mich beherrschen zu müssen.«

»Mir wär's lieber, du tätest es net.«

Trotz ihrer Worte spürte Sandra, dass Cornelius' bedachtsames Wesen ihr imponierte. Das war kein Vergleich zu Karl, der seinem Trieb freien Lauf lassen wollte.

»Das zeigt mir, dass du der richtige Vater für mein Kind bist, Cornelius. Bitte, hilf mir!«

Der Knecht spürte ihre Verzweiflung, und da er Sandras Eltern kannte, verstand er sie auch. Trotzdem wusste er, dass es nicht jetzt und nicht auf diese Art geschehen durfte.

»Hör mir gut zu, Bäuerin. Es ist net so, dass ich net gern mit dir ins Bett gehen tät, ganz im Gegenteil. Du bist nämlich die schönste Frau, die ich in meinem Leben gesehen hab. Aber es geht net um eine heimliche Liebschaft, sondern um ein Kind, und das will gut bedacht werden. Ich will net, dass du was anfängst und es hinterher bereust.«

»Ich bereu's gewiss net, Cornelius.«

Noch während sie das sagte, ertappte Sandra sich dabei, wie sie ihr Mieder wieder schloss. Sie betrachtete Cornelius und sah das Verlangen in dessen Augen. Gleichzeitig wusste sie, dass er recht hatte. Es war nicht der rechte Zeitpunkt. Doch heute hatte er ihr gezeigt, dass ihre Wahl gut gewesen war.

»Es tut mir leid, dass ich dich so überfallen hab, Cornelius. Aber es ist mir wirklich ernst. Ich will ein Kind von dir.«

Der Knecht wand sich vor Verlegenheit. Gleichzeitig sagte ihm eine innere Stimme, dass er zugreifen musste. Tat er es nicht, würde sie sich einen anderen Burschen suchen, um zu ihrem Ziel zu kommen. Einen Burschen, den sie nicht liebte und der ihrer nicht würdig war. Cornelius spürte die Qualen der Eifersucht allein bei dem Gedanken daran und nickte.

»Also gut, Bäuerin. Lass uns erst einmal in aller Ruhe über alles nachdenken. Wenn du, sagen wir in einem Monat, noch immer der gleichen Meinung bist, dann soll's wegen mir sein. Ich will net, dass du dich noch vor einem anderen Mann demütigen musst.«

»Ein Monat? Gut!«

Sandra war für die Galgenfrist dankbar, außerdem war es sicher besser, vorbereitet an die Sache heranzugehen. Die Idee mit dem Gewehr war ihr zu überraschend gekommen, um ihre eigenen Nerven im Zaum zu halten und gleichzeitig Cornelius in ihr Bett zu bringen.

»Einen Monat, Bäuerin, und denk gut darüber nach.«

Wenn sie dann noch immer wollte, würde er ihr zu Willen sein, setzte Cornelius in Gedanken hinzu und schwor sich, alles zu tun, um Sandras Ruf zu schützen. Wenn sie wirklich sein Kind zur Welt brachte, war er bereit, bis zum Ende seiner Tage als Knecht auf dem Hof zu bleiben und für sie zu arbeiten.

7

Als Sandra und Cornelius zum Festzelt zurückkehrten, gaben die Schützen bereits ihre Probeschüsse ab.

Cornelius trug sich in die Startliste ein und gesellte sich zu den anderen Schützen. Hoffnungen auf einen guten Platz machte er sich keine, dafür war er viel zu aufgewühlt. Sein Blick suchte Sandra, die sich wie viele andere Zuseher hinter der Absperrung aufhielt, um das Wettschießen zu verfolgen. Sie erschien ihm schöner als je zuvor.

Cornelius war nicht der Einzige, dessen Kopf zu voll war, um sich ganz auf den Wettbewerb konzentrieren zu können. Tobias hatte ein paar sehr gute Probeschüsse abgeliefert. Dann entdeckte er ein Stück entfernt Christine und Jens, der eifrig auf das Mädchen einredete, und kämpfte mit dem Wunsch, den anderen Mann mit vorgehaltenem Gewehr aus dem Dorf zu jagen.

Karl knirschte mit den Zähnen, als er Cornelius im Kreis der Teilnehmer sah, und hätte ihm am liebsten den Kolben seines sündteuren Gewehres über den Kopf gezogen.

Sepp achtete mehr darauf, ob seine Mutter und Emerenz Frieden hielten, und war bei den Probeschüssen so schlecht, dass Karl zu lachen begann.

Die Försterin, die nach dem Gespräch mit dem Pfarrer nachdenklich ins Zelt gekommen war, dachte mehr an das, was ihr widerfahren war, als an den Wettbewerb. Sie verfehlte prompt bei ihrem ersten Probeschuss die Scheibe. Karl begann zu grölen, und sie riss sich zusammen.

»Ich glaub net, dass du es heuer zum dritten Mal schaffst!«

Karl versuchte damit Tobias aus dem Konzept zu bringen. Der sah ihn jedoch nur giftig an, riss die Waffe hoch und feuerte, fast ohne zu zielen, auf die Scheibe. Als diese gebracht wurde, befand sich das Loch genau in der Mitte.

»Langt dir das?«, schnauzte er Karl an.

Der Sprecher des Schiedsgerichts enthob diesen einer Antwort. Er trat vor die Schützen und wies sie an, vor ihm Aufstellung zu nehmen.

»Ich will mir launige Worte sparen. Die gibt's nach dem Wettschießen noch genug, wenn im Festzelt alle Ehrengäste begrüßt werden und wer sonst Rang und Namen hat. Bis dahin will ich guten Schießsport sehen und einen würdigen Sieger.«

»Ich hoff, ihr habt meinen Namen schon eingraviert. Ich möcht den Pokal mit heimnehmen und net noch einmal abgeben müssen.«

Sonst waren Tobias' Sprüche munterer und weniger verbissen gekommen. Einige der Zuschauer lachten trotzdem darüber, und sein Vater schien den Streit mit ihm vergessen zu haben. Er drückte ihm beide Daumen.

Unterdessen hatte der Schiedsrichter seinen Platz eingenommen und ging die Liste der Teilnehmer durch. Als Erstes kamen die Schützen an der Reihe, die noch nie mitgemacht hatten, und dann in aufsteigender Rangfolge der Siegerliste die Teilnehmer aus dem vorigen Jahr mit Tobias als Letztem.

Da Cornelius sich erst vor wenigen Minuten angemeldet hatte, kam er als Erster dran. Der Schiedsrichter forderte ihn auf, sich an den Schießstand zu begeben. Da erinnerte er sich, dass er keinen einzigen Probeschuss abgegeben hatte. Dafür war es jetzt zu spät. Er tat dies mit einem Achselzucken ab und legte an.

Das Gewehr fühlte sich gut in seiner Hand an und schmiegte sich fast von allein an seine Wange. Der Schuss krachte, und als der Schiedsrichter die Scheibe entgegennahm, nickte er sichtlich beeindruckt.

»Net schlecht, Cornelius. Der Treffer geht grad noch als Zehner durch.«

»Anfängerglück«, maulte Karl, während Sandra Loitzl plötzlich Stolz empfand. Der Mann, den sie sich als Vater ihres Kindes ausgesucht hatte, verfügte anscheinend über viele Talente.

Die folgenden Schützen fielen gegen Cornelius ab. Erst Xaver Schusteröder schaffte wieder einen Zehner. Nach ihm kam die Försterin an die Reihe. Janettes Hände zitterten ein wenig vor Aufregung, und so konnte sie mit einer Neun zufrieden sein. Karl gab noch einen spöttischen Kommentar ab und verspottete auch die nächsten Schützen. Der Spott verging ihm jedoch, als er selbst antreten musste und nur mit Mühe eine Sieben schaffte.

»Das ist das verdammte Aug, wo ich mich gestoßen hab.«

Außer Sandra und Cornelius wusste bisher nur sein Vater, woher seine Verletzungen stammten. Karl hatte den anderen nämlich erzählt, er wäre in der Scheune gestolpert und gegen einen Balken geknallt.

»Du findest allweil eine Ausred!«

Sepp funkelte Karl verächtlich an und wartete, bis es an ihm war, in den Schießstand zu treten. Er schoss mit sicherer Hand und reihte sich bei den Zehnerschützen mit ein. Auch Tobias traf gut.

In den nächsten Runden trennte sich rasch die Spreu vom Weizen. Schütze um Schütze versagte, und zuletzt blieben nur noch sechs Teilnehmer übrig, die eine Chance auf den Sieg hatten. Bei Tobias wunderte sich keiner, auch nicht bei Sepp. Dafür waren Karl nach seinem schlechten Beginn sowie Janette, Cornelius und der gerade einmal achtzehnjährige Xaver Schusteröder doch eine gelinde Überraschung.

»Noch drei Schüsse für jeden«, kündigte der Schiedsrichter an.

Cornelius trat an den Schießstand, zielte und traf erneut ins Schwarze. Bei dem Versuch, es ihm gleichzutun, versagten Xavers Nerven, und sein Schuss ging fehl.

»Scheibenkleister«, fluchte er und wollte sein Gewehr in die Ecke werfen.

Cornelius hielt ihn auf.

»Soll's vielleicht kaputtgehen? Das Gewehr kann doch nichts dafür, wenn der Schütze patzt.«

Noch während Xaver an dieser Zurechtweisung zu kauen hatte, schoss die Försterin eine Zehn. Karl verzog dabei das Gesicht. Kurz darauf katapultierte er sich mit einer lumpigen Drei aus dem Favoritenkreis heraus. Sepp und Tobias trafen hingegen wie gewünscht und schienen ihr gutes Ergebnis vom letzten Jahr wiederholen zu können.

Die nächste Runde brachte noch keine Entscheidung. Tobias lag einen Ring vor Sepp und zwei vor Janette und

Cornelius. Damit musste der letzte Schuss des Wettbewerbs über Sieg und Niederlage entscheiden.

Zum ersten Mal in diesem Wettbewerb wurde Cornelius nervös. Bislang hatte er das Schießen als Nebensache abgetan. Nun aber erinnerte er sich an das letzte Preisschießen, nach dem Tobias wie ein Nationalheld gefeiert worden war. Plötzlich packte ihn der Wunsch, sich vor Sandra zu beweisen. Er drehte sich kurz zu ihr um und sah, wie sie mit leuchtenden Augen zu ihm herüberblickte und beide Daumen drückte.

»Auf geht's, Cornelius, du bist dran.«

Er überhörte fast die Aufforderung des Schiedsrichters. Mit angespannter Miene trat er an den Schießstand, legte das Gewehr an und bemerkte, wie der Lauf zu zittern begann.

Bittschön net jetzt, flehte er in Gedanken und schloss kurz die Augen, um sich zu beruhigen. Um ihn herum wurde es mucksmäuschenstill, als würden alle den Atem anhalten. Cornelius konzentrierte sich auf Kimme und Korn, doch noch immer schwankte der Lauf leicht hin und her. Mit einem Mal fiel der Schuss. Cornelius war sich nicht einmal bewusst, dass er abgedrückt hatte. Noch während er verdattert auf die rauchende Mündung des Gewehrs starrte, ließ der Schiedsrichter sich die Scheibe bringen.

»Eine glatte Acht. Kein Meisterschuss, aber auch net schlecht«, kommentierte er.

Cornelius ließ den Kopf hängen. Er hatte versagt. Da klopfte ihm jemand auf die Schulter. Er sah auf und erkannte den alten Loitzl, der ihm mit der freien Hand einen vollen Maßkrug hinhielt.

»Du bist mindestens Vierter. Es ist schon über fuchzehn Jahr her, dass das ein Knecht von unserem Hof geschafft hat. Zum Wohl, Cornelius.«

Damit drückte er dem jungen Mann den Krug in die Hand und klopfte ihm noch einmal auf die Schulter.

Unterdessen hatte Janette ihren Schuss abgegeben. Zuerst glaubte sie, die Scheibe verfehlt zu haben, doch dann stieß der Schiedsrichter einen anerkennenden Fluch aus.

»Sakra, sakra, genau ins Schwarze. Einen besseren Zehner hab ich noch nie gesehen.«

Während Janette ungläubig auf die Scheibe starrte, zuckten Sepp und Tobias zusammen. Sepp war an der Reihe und fühlte sich so nervös, als müsste er seiner Mutter beichten, dass er etwas angestellt hatte. Vor lauter Aufregung brachte er zunächst Kimme und Korn nicht übereinander, dann zog er aus Versehen auch noch zu früh ab.

Na ja, bin ich halt Vierter, dachte er mit einer gewissen Wehmut und wollte sich abwenden. Der Schiedsrichter kontrollierte die Scheibe und pfiff erneut durch die Zähne.

»Eine glatte Sieben und damit punktgleich mit dem Feiler Cornelius. Das ist auf alle Fäll der dritte Platz!«

»Der Sieger werd ich!« Tobias hatte noch einmal zu Christine und Jens hinübergesehen und bemerkt, wie nah der Bursche dem Mädchen auf den Leib gerückt war. Er wollte Christine und allen anderen beweisen, dass er der Beste war. Er hob den Kolben seines Gewehres an die Wange, zielte und schoss.

Er hatte sich nie sicherer gefühlt und glaubte schon, gewonnen zu haben. Doch als der Schiedsrichter die Scheibe entgegennahm und sie stirnrunzelnd betrachtete, kamen ihm Zweifel. Er drängte sich zu ihm hin und starrte selbst auf das Blatt mit den Ringen. Es war eine Sieben, genau wie bei Sepp. Zuerst wollte Tobias es nicht glauben, doch als er die Scheibe in die Hand nahm und von vorn und hinten betrachtete, änderte sich die Ringzahl nicht.

»Sacklzement, hat das sein müssen?«, brach es aus ihm heraus.

»Damit steht das Ergebnis fest. Sieger ist zum ersten Mal in der Geschichte der Kreientaler Gebirgsschützen eine Frau, nämlich unsere Försterin Janette Moser. Hoch soll sie leben!« Der Schiedsrichter trat auf Janette zu und reichte ihr die Hand. »Herzlichen Glückwunsch. Da soll einer sagen, dass unsere Försterin nichts von ihrem Geschäft versteht.«

»Bei einer Försterin kommt es net aufs Schießen an, sondern vor allem auf die Zusammenarbeit mit den Waldbauern. Auch wenn's das ein oder andere Mal kracht, so wollen wir doch im Grund alle dasselbe, nämlich einen gesunden und ertragreichen Wald.«

Janette war es peinlich, so mitten im Zentrum des Interesses zu stehen. Anders als ihre Konkurrenten hatte sie den Wettbewerb nicht richtig ernst genommen, sondern nur besser sein wollen als Karl Wirnsberger. Man ließ ihr aber keine Zeit zum Nachdenken. Sepp trat grinsend auf sie zu und reichte ihr die Hand, um ihr zu gratulieren.

»Gut gemacht, Försterin. Ich bin mit meinem dritten Platz sehr zufrieden.«

»Ich auch!«

Cornelius hatte seine Enttäuschung bereits wieder überwunden und konnte aus ehrlichem Herzen gratulieren.

Tobias musste sich hingegen überwinden. Er war sich seines Sieges zu sicher gewesen, um über die Niederlage hinwegsehen zu können. Voller Groll bemerkte er, wie einige seiner Freunde sich grinsend anstießen und spöttische Bemerkungen vom Stapel ließen. Christine hingegen kümmerte sich nicht im Geringsten um das Wettschießen und dessen Ergebnis, sondern saß mit ihren Münchener Bekannten am Rande des Festzeltes und schien sich blendend zu amüsieren.

»Mach kein solches Gesicht, Tobias. Irgendwann wirst du das Preisschießen schon dreimal hintereinander gewinnen.«

Sepp versuchte seinen Freund aufzumuntern, doch Tobias antwortete nur mit einem bellenden Lachen.

»Wenn man mich überhaupt noch einmal mitmachen lässt. Die halten mich doch für einen Staatsverbrecher, weil ich angeblich der Christine den Streich mit den Wegsperren gespielt hab.«

»Nimm die Deppen net ernst!«

Sepp versetzte Tobias einen freundschaftlichen Klaps und forderte ihn auf, zur Preisverleihung mit ins Festzelt zu kommen. Auch wenn er heuer einen Platz schlechter abgeschnitten hatte als im Vorjahr, war Sepp sehr zufrieden. Er hatte Karl erneut weit hinter sich gelassen, und von den übrigen Burschen hatte nur Tobias ihn übertroffen.

8

Nach einer launigen Rede des Oberwirts, der erst vor wenigen Jahren seinen Schwager Wirnsberger als Bürgermeister von Kreiental abgelöst hatte, der Laudatio für die Siegerin durch den Waldbauernvorsitzenden Horngacher und der Preisverleihung an die Schützen ging man endlich zum gemütlichen Teil über.

Cornelius wurde von Rasputin Ferdinand im Triumphzug zum Loitzltisch geführt und dort durch einen warmen Blick Sandras empfangen.

Am Schneggtisch ging es etwas kühler zu. Die Mutter schwieg, und Emerenz wusste zunächst nicht, ob sie Sepp beglückwünschen oder bemitleiden sollte. Sie erkannte aber rasch, dass er mit seinem Ergebnis sehr zufrieden war, und lachte ihn fröhlich an.

»Jetzt soll noch einer sagen, dass dein zweiter Platz im letzten Jahr ein Zufall gewesen wär. Du hast es ihnen allen gezeigt.«

»Ja, das hab ich.«

Sepp klang so selbstsicher, dass seine Mutter erstaunt aufsah. Sie bemerkte die Blicke, die die beiden jungen Menschen wechselten und aus denen eine Liebe sprach, die bereit war, füreinander einzustehen. Cäcilie Schnegg atmete tief durch und spürte plötzlich, dass sie loslassen musste, wenn sie ihren Sohn nicht ganz verlieren wollte.

»Gut hast du es gemacht, Bub!«

Ihr Lob verwirrte Sepp, während Emerenz erfreut in die Hände klatschte.

»Gelt, das sagst du auch, Bäuerin. Übrigens hat Sepp auch seine Wette mit dem Tobias und dem Karl gewonnen. Keiner von den beiden ist der Sieger geworden.«

Sepp schlug sich mit der flachen Hand lachend gegen die Stirn.

»Die Wette hab ich ganz vergessen. Aber so ist's gut. Dann kann ich dir den Rest von dem Hunderter wiedergeben, den du mir geliehen hast.«

»Also, mir pressiert's net.«

Emerenz sah dabei etwas besorgt zu Sepps Mutter hin, die fragte, was es mit dieser Wette auf sich hätte. Sepp erklärte es ihr und verschwieg dabei nicht, dass Emerenz ihn aus einer argen Klemme geholfen hatte.

»Dummer Bub, du hättest doch auch zu mir kommen können.«

Noch während Cäcilie Schnegg das sagte, erinnerte sie sich daran, wie oft sie ihn für solche Sachen gescholten hatte, und schämte sich plötzlich deswegen.

»Vielleicht ist's gar net schlecht, wenn aus der Emerenz und dir was wird. Eine fleißige Hand hat bei einer Bäuerin noch nie geschadet. Ein wengerl ein Geld wär zwar schön gewesen, aber man kann net alles haben.«

»Nein, das kann man net.«

Emerenz senkte bedrückt den Kopf, denn sie glaubte zu spüren, dass Sepps Mutter sie nie als gleichwertig ansehen würde. Da stand mit einem Mal ihre Mutter neben ihr. Magdalena Grünbergers Gesicht wirkte starr und ein wenig verzerrt und ihre Augen glichen dunklen Kohlen.

»Meine Tochter wird net ohne Geld auf deinen Hof gehen, Schneggin. Ihr Vater hat ihr ein bisserl was hinterlassen.«

»Mein Vater? Wer ist mein Vater?«, fragte Emerenz, der an der Lösung dieses Rätsels mehr lag als an Geld und Gut.

Ihre Mutter machte jedoch eine wegwerfende Handbewegung.

»Das ist net wichtig. Auf alle Fäll war's kein Hiesiger. Ich hab damals wirklich geglaubt, er wird mich heiraten. Aber wie ich ihm gesagt hab, dass ich schwanger bin, ist er Hals über Kopf davon und hat nie mehr etwas von sich hören lassen – bis im letzten Jahr ein Brief von seinem Anwalt gekommen ist. Er ist gestorben – Gott sei seiner armen Seele gnädig – und hat zuletzt fürchterliche Gewissensbisse wegen mir und meinem Kind gehabt. Aus dem Grund hat er dreißigtausend Euro für mich und die Emerenz bestimmt. Ich hab das Geld net annehmen wollen, weil ich meine Meinung über den Mann net ändern wollt. Aber um der Emerenz' Willen tu ich's. Sie soll net verachtet werden, wenn sie auf den Schnegghof kommt.«

»Mama!«

Der jungen Sennerin kamen die Tränen. Nie zuvor hatte ihre Mutter sich anmerken lassen, dass sie sie liebte, und doch musste es so sein. Sie fiel ihr um den Hals und weinte hemmungslos. Magdalena Grünberger strich ihr sanft über das Haar und nickte.

»Ist schon gut, Dirndl. Ich freu mich, dass du dein Glück gefunden hast.«

»Das hat sie, Magdalena. Ich versprech's dir!«

Sepp reichte Emerenz' Mutter die Hand und bedeutete seiner eigenen Mutter, auch ein verbindliches Wort zu sagen. Cäcilie Schnegg dachte an die dreißigtausend Euro, die der Hof gut brauchen konnte, und lud Magdalena ein, sich zu ihnen zu setzen. Damit waren die letzten Dämme gebrochen, und kurz darauf wechselten Emerenz und Sepp nach leisem Drängen ihrer Mütter ihren ersten scheuen Kuss.

9

Während weiter vorn im Zelt die junge Försterin gefeiert wurde, saß Karl Wirnsberger an seinem Tisch und ertränkte seinen Frust und seinen Ärger im Alkohol. Dazu schimpfte und maulte er in einer Tour, weil er nicht gewonnen hatte. Zuletzt wurde es sogar seinem Vater zu dumm.

»Halt endlich den Mund! Es ist ja nimmer mit anzuhören. Jedes Jahr reißt du den Mund auf und plärrst herum, dass du der Beste sein wirst. Wenn's dann nichts wird, war alles andere Schuld, bloß du net.«

»Aber wenn meine Rippen net wehgetan hätten und ich besser sehen hätt können, dann …«

Weiter kam Karl nicht, denn sein Vater versetzte ihm einen heftigen Stoß gegen die angeknackste Rippe.

»Schau zu, dass du nach Haus kommst, und schlaf deinen Rausch aus. Wenn du wieder nüchtern bist, wirst du selber merken, was für einen Schmarrn du verzapft hast.«

Karl wollte nach seinem Bierkrug greifen, doch der Vater zog diesen mit einem raschen Griff beiseite.

»Du hast für heut genug gesoffen. Verschwind!«

Karl konnte diesen Ton und wusste, dass Widerspruch sinnlos war. Grollend stand er auf und stampfte davon. Der freigewordene Platz wurde sofort wieder besetzt, denn Hans Horngacher kam herüber, um sich zu seiner Braut zu setzen.

»Der Karl kann wohl genauso schlecht verlieren wie mein Bruder, was?«

»Was ist mit dem Tobias?«, fragte Monika.

Hans deutete mit dem Daumen auf den Tisch, an dem seine Familie saß. Tobias wirkte beinahe wie ein Fremdkörper. Alle waren von ihm abgerückt, und er hatte nur den Maßkrug zur Unterhaltung. Die schien aber sehr intensiv zu sein, wie die Betrachter an seinem roten Gesicht und den glasigen Augen erkennen konnten.

»Ich bin froh, dass er net gewonnen hat«, setzte Hans seine Rede fort. »Die Leut hätten sich das Maul zerrissen, und er wär vor Einbildung schier geplatzt.«

Es lag wenig brüderliche Liebe in seinen Worten. Obwohl Tobias der Jüngere war, hatte er Hans auf fast allen Gebieten in den Schatten gestellt und war bis zum Aufkommen der Gerüchte mit den Wegsperren auch der beliebtere der Brüder gewesen. Jetzt war er beinahe so etwas wie ein Paria, und Hans merkte, dass ihm das gefiel.

Weder am Wirnsberger- noch am Horngachertisch achtete man auf einen ganz speziellen Gast im Festzelt. Es handelte sich um Anton Gotthelf, den Filialleiter des Holzmattinger Supermarkts. Er trug Tracht und fiel den Leuten dadurch nicht auf. Diejenigen, die ihn erkannten, wandten ihm betont den Rücken zu und ließen sich auf kein Gespräch mit ihm ein. Auch der Oberwirt, der sonst immer viel für seine Gastwirtschaft bei ihm besorgt hatte, zeigte ihm die kalte Schulter. Wenn er Bürgermeister bleiben wollte, durfte er es nicht riskieren, den ausgemachten Feind einer beliebten Kreientaler Bürgerin wie Daniela Mergentheim freundlich zu begegnen.

Gotthelf merkte, wie der Hase lief, und bleckte die

Zähne, als die Bedienung ihm die bestellte Maß Bier mit ziemlicher Verspätung und ohne das sonst übliche »Wohl bekommt's« auf den Tisch knallte.

»Macht vier Euro gradaus!«

Gotthelf schob ihr das Geld hin und verzichtete darauf, ihr Trinkgeld zu geben. Er trank den Krug nur an, denn plötzlich sah er, wie Karl Wirnsberger das Zelt durch einen Nebeneingang verließ.

Der Filialleiter war blitzschnell auf den Beinen und folgte dem Burschen ins Freie. Schon nach wenigen Schritten holte er Karl ein.

»Ich muss ein ernstes Wörterl mit dir reden!«

Karl drehte sich um und versuchte, Gotthelf mit seinem Blick zu fixieren.

»Was willst du?«, nuschelte er.

»Dich an unser letztes Gespräch in Holzmatting erinnern. Damals hast du mir versprochen, dass du die Krämer Christine daran hinderst, mit ihrem Dreckskübel durch die Dörfer zu ziehen. Sie tut's aber immer noch und verkauft dabei fast mehr als ich im Supermarkt. Man will mir einen Revisor von der Bezirksleitung auf den Hals hetzen, weil mein Umsatz in letzter Zeit so stark nachgelassen hat. Dafür hab ich dich aber net bezahlt, Bürscherl.«

Karl kniff die Augen zusammen und langte sich an den Kopf.

»Was willst du bezahlt haben?«

Gotthelfs Stirnadern schwollen gefährlich an, und obwohl er der Kleinere und Schwächere war, packte er den anderen bei der Brust.

»Du, ich lasse mich net für dumm verkaufen, hast du mich verstanden? Ich habe dir zweihundert Euro gegeben, damit du die Christine ausschaltest – und das wirst du auch tun.«

»Ich hab getan, was ich können hab.«

Karl wollte weitergehen, doch der Filialleiter hielt ihn eisern fest.

»Du bist wohl schwerhörig, was? Aber ich kann auch anders. Wie es aussiehst, hast du es geschafft, einen anderen als Verantwortlichen für deine Taten anzuschwärzen. Ich kann ins Zelt gehen und den Leuten sagen, wer der wahre Täter ist!«

Die Drohung saß. Karl hätte Gotthelf mit einer Hand verprügeln können, doch er wusste genau, dass dieser dann nicht mehr die geringste Rücksicht auf ihn nehmen würde. Wenn die Leute erfuhren, dass er Christine den Weg verlegt hatte, war es aus. Er dachte daran, wie Tobias von den Leuten geschnitten wurde, und der war vorher recht beliebt gewesen. Karl schauderte es bei dem Gedanken, wie man ihn an dessen Stelle behandeln würde. Er befreite sich von Gotthelf und legte diesem die Hand auf die Schulter.

»Beruhig dich erst einmal wieder. Mir wird schon was einfallen, damit die Christine kein weiteres Mal mehr mit ihrem rollenden Kaufhaus über Land fahren kann.«

Karl überlegte, ob er den Kleinbus nicht mit einer Axt oder einem ähnlichen Werkzeug kurz und klein schlagen sollte. Das würde allerdings viel Lärm machen, und das konnte er sich nicht leisten. Er verfluchte sich, weil er damals auf Gotthelfs Vorschlag eingegangen war. Die paar Euro waren längst ausgegeben, und er hatte eigentlich auch nichts gegen die Krämerin und ihre Nichte. Trotzdem saß er in einer Falle, der er nicht entrinnen konnte.

»Mir wird schon was einfallen«, wiederholte er und ging mit unsicheren Schritten davon.

»Hoffentlich tut's das auch, sonst müsst ich doch mit den Leuten reden.« Gotthelfs warnender Ruf folgte ihm und ließ ihn zusammenzucken.

Keiner der beiden Männer bemerkte, dass das Hannerl vom Schusteröder aus dem Zelt getreten war und ihre Worte gehört hatte. Das Mädchen zog sich sofort hinter die schützende Zeltplane zurück und presste vor Überraschung die Hand auf den Mund.

Auf dem Weg zu ihren Eltern überlegte Hannerl, ob sie Tobias ihre Entdeckung mitteilen sollte. Immerhin ging es ihn als einem der Hauptbetroffenen am meisten an.

Als sie aber an dem Tisch vorbeikam, an dem er saß, war er so betrunken, dass er kein gerades Wort mehr herausbrachte.

Hannerl suchte daraufhin nach Christine, doch diese hatte das Fest inzwischen längst verlassen.

Der Löschweiher

1

Christine starrte über den Rand ihrer Kaffeetasse und ärgerte sich über Jens. Er hatte die Nacht ebenso wie Susi und Matthias in einem der Gästezimmer Tante Danielas verbracht. Nun saßen sie alle beim Frühstück, und er schwang das große Wort.

»Die Villa in Südfrankreich, die ich gemietet habe, wird dir gefallen, Christine. Sie ist ein Traum, sage ich dir, das musst du selber sehen!«

Aber genau das wollte Christine nicht, oder besser gesagt, nicht mehr. Gestern Abend hatte sie für einen kurzen Moment daran gedacht, alles hinter sich zu lassen und mit Jens im Ausland ein neues Leben anzufangen. Ihr Verstand sagte ihr, dass Tobias ein Hallodri war, vielleicht sogar ein Schuft, aber ihr Herz konnte trotzdem nicht von ihm lassen.

Jens schien ihr ein schlechter Ersatz zu sein. Außerdem ärgerte es sie, dass er immer nur von sich und seinen Plänen sprach. Was sie bewegte, interessierte ihn heute ebenso wenig wie früher.

»Ich besorge dir einen Job als Sekretärin in meiner Firma! Ach, das geht nicht, weil du kein Französisch kannst. Aber das lernst du bald. Außerdem hast du im Haus genug zu tun. Ich ...«

Christine klinkte sich aus und trank einen Schluck Kaffee. Dabei streifte ihr Blick ihre Tante, die ganz am Rand des Tisches saß, der von Jens und den beiden anderen Gästen in Beschlag genommen wurde. Sie sah in Danielas Gesicht die Angst, sie zu verlieren, und erinnerte sich daran, dass sie dabei war, sich in Kreiental ihr eigenes Leben aufzubauen.

»Es tut mir leid, Jens, aber ich werd net mit dir nach Frankreich fahren. Siehst du, wie du damals mit der Verona abgehauen bist, hast du mich gezwungen, meinen eigenen Weg zu gehen. Der hat mich hierher geführt. Ich bin Teilhaberin von Tante Danielas Geschäft, und das geb ich net aus einer Laune heraus wieder auf. Ganz ehrlich gesagt, glaub ich auch net daran, dass es mit uns gut gehen tät. Du hättest damals offen und ehrlich zu mir sein sollen, aber net einfach so gehen, wie du es getan hast.«

»Es tut mir doch leid!« Jens hob stöhnend die Arme, während Susi sich halb über den Tisch beugte und Christine wütend anfunkelte.

»Dafür darfst du net dem Jens die Schuld geben, sondern der Verona. Die hat das so wollen. Der Jens hat dir erklärt, dass er alles net so gemeint hat, und damit sollte es gut sein.«

Ist es aber nicht, dachte Christine und schüttelte den Kopf.

»Ich lass meine Tante net im Stich, bloß damit der Jens jemand hat, der ihm seine Traumvilla sauber hält. Dafür kann er sich auch eine Putzfrau holen.«

»Du bist wohl übergeschnappt, was? Da gibt dir der Jens die Riesenchance, und du willst stattdessen Hausiererin spielen?«

Während Susi sich aufplusterte, bedachte sie Jens gleichzeitig mit einem bewundernden Blick. Christine merkte es und verzog spöttisch den Mund.

»Wenn dir so viel an Jens liegt, dann fahr doch du mit ihm nach Frankreich.«

Susis Miene sprach Bände. Auch Jens blickte auf und betrachtete das pummelige Mädchen. Susi war zwar bei Weitem nicht so hübsch wie Christine oder Verona, dafür aber anhänglicher als ein Hund. Da er selbst mit dem Haushalt nicht zurechtkam, brauchte er wieder eine Freundin, und da war Susi vielleicht besser als gar keine.

»Wenn du weiter so dumm daherredest, frage ich wirklich die Susi, ob sie mitkommen will.«

Es war ein letzter Versuch, Christine zu überreden. Doch als diese den Kopf schüttelte, stand Jens auf und stieß Susi und Matthias an.

»Wollten wir nicht mittags wieder in München sein?«

»Doch, das wollten wir.«

Susi nahm den ihr zugespielten Ball auf und schob die noch halb volle Kaffeetasse zurück. Ihr Bruder Matthias zögerte einen Augenblick, dann erinnerte er sich, wie ihn die Dorfburschen am Vortag von seinem Parkplatz verjagt hatten und an die schöne Strecke, die er danach zu Fuß hatte zurücklegen müssen.

»Also, wegen mir können wir. Ciao, Christine, es hat mich gefreut.«

Matthias nickte Tante Daniela zu und holte seine Sachen. Susi und Jens folgten seinem Beispiel und waren fast noch schneller zum Aufbruch bereit als er.

Christine tat es leid, sie so scheiden zu sehen, aber irgendwie war die Freundschaft zu dem Geschwisterpaar durch Jens' unerwartetes Wiederauftauchen in die Brüche gegangen. Susi unterstrich dies dadurch, dass sie sich noch einmal umwandte und Christine wütend anblitzte.

»Du bist fei wirklich eine üble Landpomeranze geworden!«

Danach warf sie den Kopf hoch und ging zum Auto.

2

Nachdem die drei das Haus verlassen hatten, atmete Daniela Mergentheim erst einmal kräftig durch.

»Sind alle deine Münchener Freunde so schrecklich?«, fragte sie.

Christine schüttelte den Kopf.

»Gott sei Dank net. Obwohl ich die Susi bis heute für meine beste Freundin gehalten hab. Aber was soll's! Wegen mir kann sie mit dem Jens glücklich werden oder auch net. Mir ist's wurscht.«

»Mir brauchen die drei nimmer ins Haus kommen! Die haben sich net einmal für die Übernachtung bedankt.«

Christines Tante konnte sich über diese Unhöflichkeit nicht genug ereifern. Als sie weiterreden wollte, schlug die Ladenklingel an.

»Bleib sitzen! Ich geh schon.«

Christine verließ das Esszimmer und trat in den Laden. Es war die Försterin, die sich eben eine Schachtel der teuren Pralinen aus dem Regal nahm.

»Grüß dich, Christine. Wie hast du den gestrigen Abend verbracht? Hoffentlich besser als ich. Zuerst haben mich die Leut herumgereicht wie einen Wanderpokal, bloß weil ich das Schießen gewonnen hat, und danach hab ich mit das Gejammer der Cilly anhören müssen. Stell dir vor, sie glaubt, es wär ihre Schuld, dass mein Mann weg ist. Als ich nach München zu der Tagung gefahren bin, hat er ihr nämlich erklärt, dass er die zwei Tage allein durchkommen würde, und ihr freigegeben. Jetzt sagt sie, wenn sie net darauf eingegangen wär, wär die andere net ins Haus gekommen. Dabei macht's keinen Unterschied, ob der Andreas es mit der anderen im Wald oder im Forsthaus treibt. Naja, a bisserl Unterschied vielleicht schon – es war der berühmte Tropfen, der das Fass zum Überlaufen gebracht hat. Aus dem Grund bin ich der Cilly eher dankbar, dass sie net im Forsthaus war. Da sind mir endlich die Augen aufgegangen.«

Es war eine lange Rede für die ansonsten eher wortkarge Försterin. Christine fand, dass sie ein wenig traurig, aber nicht wirklich unglücklich wirkte, und lächelte.

»Es war auf alle Fäll besser so. Hätt dein Mann dich noch mehr gedemütigt, als er es bereits getan hat, hätt's vielleicht ein Unglück gegeben.«

Ihr Blick streifte dabei die Flinte der Försterin. Diese verstand, was die Krämerin meinte, und senkte den Kopf.

»Ich dank dem Herrgott, dass es net dazu gekommen ist. Aber ich muss weiter, sonst löst sich die Cilly in Tränen auf.«

»Das wollen wir net hoffen.«

Christine kassierte den Preis für die Pralinen und verabschiedete die Försterin. Als sie wieder zu ihrer Tante gehen wollte, blieb sie nach wenigen Schritten stehen und kehrte zu dem Regal mit den Süßigkeiten zurück. Es stand nur noch eine Packung der teuren Pralinen dort. An die Leute in der Gegend würde sie diese wohl kaum verkaufen. Sie fand plötzlich, dass sie ebenfalls Trost benötigte, und nahm die Pralinen an sich.

Bevor sie den Laden verlassen konnte, schlug erneut

die Klingel an. Diesmal war es Sandra, die in einem hellgrünen Dirndlkleid mit roter Schürze hereinkam. Christine fand den Unterschied zu der schwarzen Kleidung, die sie bisher getragen hatte, sehr überraschend.

»Sag, bist du's wirklich?«

»Freilich bin ich's. Kann ich mit dir reden?«

Sandra sagte es so leise, als hätte sie Angst, jemand könnte sie belauschen. Christine wies mit dem Kinn zur Verbindungstür in die Wohnung.

»Komm mit in mein Zimmer und erzähl, was du auf dem Herzen hast.«

Sandra folgte ihr in ihren Wohnraum, setzte sich auf einen der bequemen Sessel und sah sie mit leuchtenden Augen an.

»Es geht um den Cornelius. Christine, du hast recht gehabt. Er ist wirklich die beste Wahl als Vater meines Kindes.«

An diese Angelegenheit hatte Christine wegen ihrer eigenen Probleme gar nicht mehr gedacht. Sie musterte Sandra und fand, dass diese sich sehr zum Besseren gewandelt hatte. Nachdenklich nickte sie.

»Dir gefällt also euer Knecht?«

Sandra nickte heftig.

»Und wie! Weißt du, er sieht gut aus, ist arbeitsam und freundlich und immer beherrscht. Obwohl – wie er mich oben ohne gsehen hat, sind ihm die Glupschäugerl fast aus dem Kopf gefallen. Er hat aber die Gelegenheit net ausgenutzt, sondern gemeint, wenn ich ihn in einem Monat noch immer will, wird er's tun.«

Es klang fast ein wenig enttäuscht, fand Christine, während ihre Freundin weiter von Cornelius schwärmte.

»Weißt du, er hat ein paar Eigenschaften, da wär sogar mein Schorsch net mitgekommen.«

Sandra merkte plötzlich, dass sie ihren verstorbenen Ehemann zu dessen Ungunsten mit Cornelius verglich, und wurde rot dabei.

Christines Lust, sich in die Angelegenheiten anderer Leute zu mischen, war durch die Sache mit Tobias und den Ärger mit ihren Münchner Bekannten ziemlich geschrumpft. Sie spürte aber, dass Sandra noch einen letzten Anstoß brauchte, um aus den vergangenen Entwicklungen die richtigen Schlüsse zu ziehen, und den wollte sie ihr geben.

»Was du mir erzählst, überrascht mich net. Ich hab schon allweil viel vom Cornelius gehalten. Dir aber will ich eine Frage stellen: Wenn er der ideale Mann ist, um dir zu einem Kind zu verhelfen, dann frag ich dich, warum du ihn net als Hochzeiter in Betracht ziehst. Oder willst du zu einer zweiten Schneggin werden, die ihren Buben allein aufzieht und ihn mit ihrer übergroßen Lieb und ebenso übertriebenen Ansprüchen schier erdrückt?«

Sandra zuckte zusammen, als hätte sie eine Ohrfeige erhalten. Für einen Augenblick sah es so aus, als wolle sie aufspringen und gehen. Sie blieb jedoch sitzen, naschte aus der Pralinenschachtel, die Christine auf das Tischchen gestellt hatte, und blickte sinnend in die Ferne.

»Glaubst du wirklich, dass ich so werden könnt?«, fragte sie mit leiser Stimme.

»Erinnere dich an die zwei Jahre, die du um deinen Mann getrauert hast. Du warst in deine Trauer verbohrt. Was meinst du, was du mit deinem Kind machst, wenn du die ganze Liebe, die du aufbringen kannst, allein darauf richtest?«

Christine nahm sich auch eine Praline und beobachtete Sandra dabei genau. Wohin die Waagschale sich senken würde, konnte sie nicht sagen. Sie hoffte aber, dass ihre Freundin genug Verstand besaß, um der Ehe mit einem passenden Mann den Vorzug vor einer ledigen Mutterschaft zu geben.

Sandra dachte nach und nickte unbewusst. Sie war zwar nicht der Meinung, so verschroben wie die Schneggbäuerin zu sein, aber der Gedanke an eine Heirat hatte doch einen gewissen Reiz, vor allem, wenn es um einen so ruhigen und angenehmen Mann wie Cornelius ging. Mit ihm würde sie gewiss über alles reden können, was sie bedrückte, dachte sie und umarmte Christine spontan.

»Du bist wirklich die beste Freundin! Ja, ich werd mit dem Cornelius reden. Vielleicht wird etwas daraus.«

Sie stibitzte noch eine Praline und brach dann so munter und fröhlich auf, dass Christine den Kopf schütteln musste. Es war schon seltsam, wie sehr ein Mann eine Frau beeinflussen konnte. Sie seufzte, denn sie dachte dabei an Tobias.

Warum nur musste er der Sohn eines der ›drei Könige‹ von Kreiental sein? Vielleicht hätte es sonst auch für sie glücklich ausgehen können. So konnte sie nur neidvoll hinter Sandra herblicken. Diese würde schon bald in den Armen des Mannes liegen, den sie liebte. Emerenz hatte ebenfalls mit Sepp genau den Bräutigam gefunden, der zu ihr passte. Nur sie selbst blieb solo, und irgendwie tat das weh.

3

Sandra Loitzl kehrte mit einem eigenartigen Gefühl in der Brust auf den heimatlichen Hof zurück. Bis zu dem Gespräch mit Christine hatte sie den Gedanken an eine zweite Heirat weit von sich gewiesen. Nun sehnte sie sich danach, mit Cornelius zu reden, und zitterte gleichzeitig davor, von ihm zurückgewiesen zu werden. Es wäre das Ende all ihrer Hoffnungen, denn ein weiteres Mal würde sie nicht mehr den Mut für den Versuch aufbringen, einen Mann als Vater für ein Kind oder gar als Ehepartner zu gewinnen.

Cornelius ging gerade zum Stall hinüber, als Sandra auf den Hof kam. Bei ihrem Anblick blieb er einen Moment lang stehen und sah sie mit einem nachdenklichen Lächeln an. Dann schlug er kurz mit der Hand durch die Luft, als müsse er einen aufkommenden Gedanken verscheuchen, und öffnete die Stalltüre. Sandra bog in seine Richtung ab und folgte ihm.

»Cornelius, kann ich mit dir reden?«

Er blieb stehen und nickte.

»Freilich, Bäuerin. Was gibt's?«

Sandra wusste nicht so recht, wie sie beginnen sollte. Ein rascher Blick zeigte ihr, dass sie beide allein im Stall waren, und so wagte sie es, auf ihr Ziel zuzusteuern.

»Du weißt noch, über was wir gestern geredet haben?«

Cornelius blies die Luft hörbar aus den Lungen und nickte erneut.

»Ja, Bäuerin, das weiß ich noch. Aber wenn es dir lieber ist, werd ich's vergessen.«

»Das will ich net.«

Sandra spürte, dass er bereit gewesen wäre, alles tief in sich zu verschließen und nie mehr an die Oberfläche kommen zu lassen. Dafür achtete sie ihn noch mehr als vorher. Sie blickte in sein Gesicht und sah in seine Augen, die sie anbetend betrachteten. Da wusste sie, dass sie sich in ihn verliebt hatte. Sie fasste nach seinen Händen und lächelte.

»Nein Cornelius, ich will net, dass du's vergisst. Ganz im Gegenteil. Weißt du, ich hab mich nach dem Tod meines Mannes wie eine Auster in ihrer Schale verschlossen und nimmer gemerkt, dass die Welt schön sein kann. Erst der Gedanke an dich hat das alles verändert. Ich geb zu, dass ich net von selber draufgekommen bin, sondern einen Schubs in die Richtung gebraucht hab. Die Christine hat mir gesagt, wenn ich ein Kind haben will, soll ich mir den besten Mann dazu aussuchen, und dich vorgeschlagen.«

»Du willst es also immer noch machen.«

Cornelius senkte etwas betroffen den Kopf.

»Natürlich will ich ein Kind von dir haben«, antwortete Sandra lachend. »Aber wenn's geht, soll's anders werden, als ich's gestern vorgeschlagen hab. Weißt du, wie ich über alles nachgedacht hab, hab ich mir denkt, wenn ich dich schon als Vater für mein Kind haben will, könnt vielleicht auch mehr daraus werden.«

Es dauerte einen Moment, bis Cornelius die Tragweite ihrer Worte begriff.

»Du meinst, du willst mich heiraten? Einen Knecht?«

Sandra machte eine wegwerfende Handbewegung.

»Ist es wichtig, was du bist? Für mich zählt bloß, dass mein Herz dich will. Oder bin ich dir vielleicht zuwider?«

»Ganz gewiss net. Ich wüsst net, was ich lieber tät, aber deine Eltern …«

Cornelius beendete den Satz nicht, denn beide konnten sich sehr gut vorstellen, wie diese auf eine solche Nachricht reagieren würden. Sandra versteifte sich und schob die Unterlippe vor.

»Die haben mich lange genug gedrängt, wieder zu heiraten. Also sollen sie froh sein, dass ich's tue. Außerdem wollen sie Enkelkinder. Ich bin sicher, wenn das Erste da ist, werden sie sich mit unserer Heirat schnell ausgesöhnt haben. Oder traust du dir net?«

Cornelius musterte sie von der Seite und begriff, dass sie durchaus störrisch sein konnte. Das tat aber seinen Gefühlen für sie keinen Abbruch. Sie war eine Frau, wie er sie sich nicht einmal erträumt hätte. Wenn er kniff, war er ihrer nicht wert. Er lachte kurz und schlang dann den rechten Arm um ihre Schulter.

»Wenn du mich wirklich willst, können wir zu deinen Eltern gehen. Feig bin ich nämlich net.«

»Sonst tätest du mir auch net so gut gefallen.«

Sandra gab ihm einen Kuss und spürte erfreut, wie sein Griff fester wurde. Auch wenn er sich gestern beherrscht hatte, so reagierte sein Körper doch auf sie und gab ihr das Gefühl, eine begehrenswerte Frau zu sein. Sie fand das angenehm, denn ihr erster Mann hatte eher die Hoferbin in ihr gesehen.

Verwundert, dass sie schon wieder etwas an ihrem verstorbenen Georg zu kritisieren hatte, entschloss sie sich, diesen in Frieden ruhen zu lassen, und forderte Cornelius auf, mit ihr zu kommen.

»Packen wir den Stier bei den Hörnern. Aber wart kurz, ich muss noch rasch auf mein Zimmer.«

Er führte sie aus dem Stall hinaus, ohne die Arbeit getan zu haben, die er sich vorgenommen hatte. Im Flur des Wohnhauses stieg er rasch die Stiege hinauf und trat in sein Zimmer. Fast ebenso schnell kam er wieder zurück und sah etwas angespannt, aber auch kampfbereit aus. Sandra fasste nach seiner Hand und machte die Küchentür auf.

Ihre Mutter stand am Herd und kochte, während der Vater mit einer Flasche Bier in der Hand auf dem Kanapee saß, auf dem Karl Wirnsberger sie vor wenigen Tagen vergewaltigen wollte.

Die Erinnerung an diese demütigende Szene stärkte Sandras Willen, Cornelius gegen alle Widerstände zu heiraten.

»Ich hab euch was zu erzählen«, sprach sie ihre Eltern an.

»Ja, und was?«

Der Vater drehte sich zu ihr um und sah, wie sie Cornelius' Hand in der ihren hielt.

Er zog die Stirn kraus.

Sandra ließ sich davon jedoch nicht einschüchtern.

»Ihr habt die ganze Zeit wollen, dass ich wieder heirat. Ich werd's tun, aber keinen von den Burschen, die mir die ganze Zeit nachgestiegen sind, sondern den Cornelius.«

»Ui, Jeggerl!«, kreischte die Mutter auf.

Sandras Vater hingegen hieb zornig auf den Tisch.

»Den Knecht? Das wär ja noch schöner!«

»Ja, den Knecht. Cornelius ist der einzige Mann, bei dem ich mir vorstellen kann, mit ihm zusammenzuleben.«

Sandra blieb standhaft und begann auch nicht zu weinen, wie sie es sonst getan hatte. Ihr Vater bemerkte es voller Ingrimm und wollte auf Cornelius losgehen. Doch da trat dieser auf das Kanapee zu und hielt ihm ein dünnes Heft hin.

»Bevor du irgendwas sagst, Bauer, schaust du dir erst einmal mein Sparbücherl an. Ich hab zehn Jahr lang eisern gespart, weil ich mir irgendwann einen eigenen Hof zulegen wollt. Es ist zwar net viel Geld, aber als Bettler komm ich auch net!«

Blasius Loitzl starrte zuerst auf das Sparbuch, dann in das ernste und entschlossene Gesicht des Knechtes und nahm fast gegen seien Willen das Heft entgegen. Als er es aufschlug und die Einträge las, kniff er verwundert die Augen zusammen. Cornelius hatte wirklich eisern gespart.

Diese Summe bekam so mancher Bauernsohn nicht von zu Hause mit.

Es passte ihm jedoch gar nicht, dass ein einfacher Knecht sein Nachfolger als Loitzlbauer werden sollte.

Doch plötzlich hielt er inne, musterte Cornelius noch einmal durchdringend und nickte. Er war mit dem Knecht eigentlich immer sehr gut zurechtgekommen und spürte, dass dieser ihm auch in Zukunft die nötige Achtung erweisen würde. Von einem Karl Wirnsberger hätte er dies nicht erwarten können, vielleicht nicht einmal von Tobias.

Beide waren stolze Bauernsöhne und hätten vermutlich auf ihr Anrecht gepocht, als der neue Loitzlbauer zu gelten.

In der Hinsicht war Cornelius gewiss keine schlechte

Wahl, außerdem konnte er mit seinem ruhigen und besonnenen Wesen sicher viel besser auf Sandras Gemütsausbrüche einwirken als die anderen hitzköpfigen Bewerber. Er reichte das Sparbuch zurück und schaffte es sogar, ein wenig zu lächeln.

»Net schlecht! Da kann keiner sagen, dass du ein Hungerleider bist. Außerdem stammst du von einem kleineren Hof aus der Miesbacher Ecke und bist eigentlich auch ein Bauernsohn. Ich glaub, da müssen wir uns net schämen.«

Sandra eilte auf ihren Vater zu und umarmte ihn, während Cornelius erleichtert aufatmete. Er hatte es sich weitaus schwerer vorgestellt, den Bauern zu überzeugen. Sandras Mutter hingegen tippte sich kopfschüttelnd gegen die Stirn.

»Ja, bist du denn närrisch, Blasius? Soll die Sandra sich wirklich an einen Knecht wegwerfen?«

»Er hat so viel auf seinem Sparbücherl, wie der Wirnsberger Karl von daheim mitgekriegt hätt. Und ehrlich gesagt, besser als mit dem kommen wir mit dem Cornelius allweil zurecht.«

Blasius Loitzl klang scharf, denn er war von seiner Frau keine Gegenrede gewohnt. Die Bäuerin beugte sich seinem Willen.

»Na ja, wenn du meinst. So übel ist der Cornelius net. Lieber als der Zornnickel vom Wirnsberger ist er mir allemal. Aber ich hätt halt gern den Tobias als Schwiegersohn gesehen.«

Das war nur noch ein Rückzugsgefecht, denn Sandras Mutter hatte nicht vergessen, dass Tobias' Werbung nicht mit dem Nachdruck vorgetragen worden war, den man bei einem jungen Mann hätte erwarten können.

Sie sah ihre Tochter an, die heute wie ausgewechselt zu sein schien, und schrieb diesen Erfolg Cornelius zu. Das versöhnte sie halbwegs mit dem Gedanken, ihn als Schwiegersohn zu erhalten. Als sie dann auch noch an die Kinder dachte, die vielleicht schon bald auf dem Hof herumlaufen würden, wurde sie fast sentimental.

»Also, ich freu mich auf die Hochzeit. Es ist schön, dass die Sandra ihre Trauer abgelegt hat und wieder das Madl ist, das wir kennen.«

Sie umarmte die Tochter, reichte Cornelius die Hand und dachte dasselbe wie ihr Mann: Dieser Schwiegersohn würde sie in Ehren halten, und das war etwas, das ihr fast genauso gut gefiel wie die Aussicht auf Enkelkinder.

4

Um sich von den Gedanken an Tobias abzulenken, die sie so hartnäckig quälten, entschloss Christine sich, das Lager des Ladens zu inspizieren. Verglichen mit den Vorräten, die sich bei ihrer Ankunft in Kreiental dort gestapelt hatten, wirkte es nun beinahe leer. Sie hatte Sachen verkauft, von denen sie geglaubt hatte, die würden jahrelang liegen bleiben. Wie es aussah, mussten sie wirklich bald eine neue Bestellung aufgeben.

Christine atmete tief durch. Auch wenn ihre Hoffnungen auf Liebe und Glück enttäuscht worden waren, so hatte sie wenigstens geschäftlichen Erfolg aufzuweisen.

Die Ladenklingel riss sie aus ihren Gedanken.

»Christine, kannst du gehen? Ich bin auf der Toilette«, hörte sie ihre Tante rufen.

Mit einem leichten Schnauben legte sie den Block weg, auf dem sie sich die Warenbestände notiert hatte, und ging in den Laden.

Die Horngacherin stand vor den Regalen und begutachtete gerade die Kittelschürzen, die die Bäuerinnen gern bei der Arbeit trugen. Als sie Christine kommen hörte, drehte sie sich zu ihr um.

»Schön, dass ich auf dich treff. Ich wollt nämlich mit dir reden.«

»Mit mir reden? Warum?« Christine sah Tobias' Mutter erstaunt an.

»Wegen meinem Buben«, antwortete diese. »Egal, was die Leut auch sagen mögen, er war gewiss net der Schuft, der dir den Weg verlegt hat. Er kann's gar net gewesen sein, denn für das zweite Mal hat er ein Alibi. Er war nämlich bei uns auf dem Hof. Eine Kuh hat in der Zeit gekalbt, und da war der Tobias dabei.«

Christine schob das Kinn kämpferisch vor und fixierte einen Punkt im Nichts.

»Das mag schon sein, aber er soll einen Gehilfen gehabt haben, der …«

»Den Sepp? Das glaubst du doch selber net!«, fiel ihr die Horngacherin ins Wort. »Nein, Dirndl, es war ein anderer. Irgendwann kriegen wir auch heraus, wer. Mein Bub war's jedenfalls net.«

Das klang so energisch, dass Christine keine Lust hatte, weiter darüber zu sprechen. Sattdessen versuchte sie das Gespräch auf die Kittelschürzen zu lenken.

»Die sind hübsch, net wahr?«

»Ich weiß net, was zwischen dir und meinem Tobias vorgefallen ist. Er war gestern wie von Sinnen und hat gesoffen, dass es auf keine Kuhhaut mehr gepasst hat. Das hat er gewiss net allein deswegen getan, weil er gegen die Försterin verloren hat. Da war mehr dahinter.«

Die Horngacherin sah Christine durchdringend an.

Das Mädchen zuckte mit den Schultern.

»Weiß ich's? Ich hab nichts mit ihm gehabt.«

Es klang so schnappig, dass die Bäuerin erstaunt aufsah. Christinc war wirklich ein hübsches Mädchen, das einem jungen Burschen wie ihrem Sohn ins Auge stechen konnte. Sie erinnerte sich daran, dass man Tobias bei Sandra beinahe wie einen Hund zum Jagen tragen hatte müssen, während er jeden Tag mindestens einmal zum Krämerladen gelaufen war.

Die Horngacherin fand es bedauerlich, dass Christine keine Bauerntochter war. Dann hätte Tobias sie leicht heiraten können. Höfe, die man billig kaufen oder auf Erbpacht erwerben konnte, gab es genug. Sie und ihr Mann hätten die beiden schon versorgt. Doch so war nicht daran zu denken. Blieb die Tatsache, dass Tobias sich gestern so schlecht benommen hatte wie noch nie. Barbara Horngacher schüttelte leicht den Kopf.

»Ich hab meinen Buben nimmer gekannt. Er trinkt doch sonst net viel. Aber gestern hat er gesoffen wie ein Ochs. Er ist heut den ganzen Tag im Bett gelegen und war kaum ansprechbar. Aber wenn du sagst, dass nichts zwischen euch vorgefallen ist, muss ich dir glauben.«

Die Horngacherin entschied sich für eine geblümte Kittelschürze und kaufte ein paar Tafeln von Tobias' Lieblingsschokolade, bevor sie wieder ging. Es war das Einzige, das sie für ihren Sohn tun konnte, und in ihren Augen wenig genug.

Sie ließ Christine nachdenklich zurück. Das Mädchen dachte jedoch weniger über ihre Gefühle für Tobias nach, sondern darüber, ob die Horngacherin nicht recht haben konnte und ihr Sohn tatsächlich unschuldig war. Doch wer könnte versuchen, ihr Schwierigkeiten zu machen? Sepp war es gewiss nicht.

Zuletzt schüttelte sie ihre Gedanken verärgert ab und kehrte ins Lager zurück. Ihr fiel ein, dass sie die Waren in ihr rollendes Kaufhaus laden musste, damit sie am nächsten Morgen wohl versorgt ihre Runde beginnen konnte.

5

Der Tag begann so trüb, wie es Christines Gedanken waren. Sie hatte schlecht geschlafen und in der Nacht geglaubt, ungewohnte Geräusche vor dem Haus zu hören. Doch als sie ans Fenster getreten war, hatte sich draußen nichts gerührt. Trotzdem blieb ein beunruhigendes Gefühl in ihr zurück.

Sie ging morgens als Erstes einmal um ihren Kleinbus herum und erwartete bereits, ihn mit Farbe verschmiert oder anderweitig beschädigt zu sehen. Doch es war nichts zu erkennen. Wahrscheinlich war es nur ein streunender Kater gewesen, den sie gehört hatte, oder gar ein Fuchs, der sich aus dem Wald ins Dorf getraut hatte, um dort in den Mülltonnen nach Beute zu suchen.

Mit einem Achselzucken kehrte sie ins Haus zurück, um zu frühstücken. Danach machte sie sich bereit zu ihrer Tour durch die Dörfer, setzte sich ans Steuer und startete den Wagen.

Sie fuhr los und wollte wie immer auf die Straße einbiegen. Doch als sie auf die Bremse trat, spürte sie keinen Widerstand, und der Schwung trug den Wagen über den Asphalt hinweg in die Wiese. Sie versuchte, das schlingernde Gefährt abzufangen und zurück auf die Straße zu lenken, doch das misslang. Der Transporter nahm auf dem abschüssigen Hang Fahrt auf und raste auf den Löschweiher zu. Obwohl Christine das Lenkrad so weit wie möglich herumriss, gehorchte der Wagen ihr nicht mehr. Sie sah die Wasseroberfläche auf sich zuschießen und griff nach dem Sicherheitsgurt, um rechtzeitig den sinkenden Bus verlassen zu können. Doch während das Wasser um sie aufschäumte, mit ungeheurer Geschwindigkeit die Seitenscheiben durchbrach und von allen Seiten ins Innere quoll, riss und zerrte sie vergeblich am Verschluss. Der Sicherheitsgurt hielt sie gefangen.

Jetzt muss ich sterben, durchfuhr es Christine, als der Wagen nach vorn kippte und sich mit der Schnauze tief in den Schlamm bohrte.

6

Tobias hatte einen Tag hinter sich, wie er ihn nie wieder erleben wollte. Sein Kopf schmerzte und sein Magen nahm ihm die halbe Tasse Kaffee und den Bissen Wurstbrot, die er zu sich genommen hatte, in einer Weise übel, dass er glaubte, erneut erbrechen zu müssen.

Um den spöttischen Blicken von Vater und Bruder zu entkommen, verließ er den Hof und schlenderte ziellos durch den Ort. Unwillkürlich führten seine Schritte ihn in die Nähe des Krämerladens. Er sah, wie Christine in den Wagen stieg und losfuhr. Noch während er bedauerte, ein paar Minuten zu spät gekommen zu sein, um mit ihr reden zu können, nahm das Unglück seinen Lauf.

Im ersten Moment wollte er seinen Augen nicht trauen, doch als er den hellblauen Bus im Wasser versinken sah, kam Leben in ihn. Er sprintete los, riss sich im Laufen die Joppe vom Leib und hechtete in den Teich.

Da der Bus den Schlamm aufgewühlt hatte, konnte Tobias keinen halben Meter weit sehen. Mit zusammengebissenen Zähnen tauchte er in die schlammige Brühe hinein und versuchte, mit seinen Händen das Gefährt zu ertasten. Die Luft wurde knapp, und er spürte, wie es in seinen Ohren zu rauschen begann. Gerade in dem Moment, wo er wieder nach oben wollte, um Atem zu schöpfen, fühlte er das kühle Blech des Kleinbusses unter seinen Händen.

Mit eiserner Energie zog er sich vorwärts und erreichte kurz darauf die Fahrertür. Er riss sie auf, griff hinein und bekam Christines Arm zu fassen. Er wollte sie aus dem Wagen zerren, doch sie saß auf ihren Sitz, als wäre sie dort festgeklebt.

Christine war noch bei Bewusstsein, denn sie fasste nach seiner Hand und zog sie an ihre Brust. Er ertastete einen erstaunlich gut geformten Hügel und wunderte sich schon, was das zu bedeuten hatte. Dann spürte er den straffen Gurt und begriff. Den Verschluss zu suchen, der sich wohl nicht lösen ließ, war Zeitverschwendung.

Also zog er mit der freien Hand sein Taschenmesser aus der Hosentasche, klemmte den Griff zwischen die Zähne, um es zu öffnen, und begann, den Gurt durchzuschneiden.

Es hätte keinen Augenblick später geschehen dürfen, denn vor seinen Augen tanzten schon Sterne und Christine begann krampfartig mit den Armen zu rudern.

Mit einem letzten energischen Ruck durchtrennte er den Gurt, ließ sein Messer fahren und packte Christine bei den Armen. Er wusste später nicht mehr, wie es ihm gelungen war, sie aus dem Innern des Wagens zu ziehen und mit ihr auf trockenen Boden zurückzukehren. Er kam erst wieder zu sich, als ihm jemand kräftig auf den Rücken klopfte und dafür sorgte, dass er das Wasser, das er während seiner Rettungsaktion geschluckt hatte, aus dem Leib brachte.

»Hör auf, mir ist schlecht genug«, stöhnte er.

»Er lebt und ist wieder bei Bewusstsein!« Der erleichterte Ausruf konnte nur von Sepp kommen.

Tobias öffnete die Augen und blinzelte seinen Freund an.

»Was ist mit Christine?«

»Um die kümmern sich die Emerenz und die Daniela. Aber wie's aussieht, ist sie zäh wie Unkraut. Das vergeht nämlich auch net.«

Sepp lachte, obwohl ihm der Schreck ganz schön in die Knochen gefahren war, als er das Unglück von ferne mitbekommen hatte und gerade noch rechtzeitig am Teich war, um Tobias mit der bewusstlosen Christine auftauchen zu sehen und ihnen aus dem Wasser zu helfen.

»Was ist eigentlich geschehen?«, fragte er.

Tobias gab keine Antwort, sondern rollte sich um seine Achse, bis er Christine sehen konnte. Sie war ebenfalls wieder bei Bewusstsein und starrte mit großen, erschrockenen Augen auf das Wasser.

»Jetzt hab ich dich aus dem Teich geholt!«

Es klang, als hätte er eben eine alte Schuld getilgt.

Christine fasste nach seiner Hand und bedachte ihn mit einem seltsamen Blick.

»Was ist passiert?«

»Das wollt ich dich fragen. Du bist einfach, ohne zu bremsen, auf den Weiher zugefahren und darin versunken.«

Tobias sah, wie sie nachdachte und verwundert den Kopf schüttelte.

»Die Bremse ist net gegangen, und dann hat auch noch der verdammte Sicherheitsgurt geklemmt. Wenn du net gekommen wärst, wär's aus mit mir gewesen.«

Das Entsetzen über das eben Erlebte schwang in ihr nach und machte es ihr unmöglich, an etwas anderes zu denken, als dass sie im letzten Moment dem Tod entronnen war.

Tobias' Gedanken gingen bereits weiter. Er starrte auf das braune, aufgewühlte Wasser des Teiches, als wolle er all seine Geheimnisse erforschen, und wandte sich dann mit einer heftigen Bewegung an Sepp.

»Hol die Feuerwehr, damit sie den Wagen aus dem Wasser zieht, – und die Polizei.«

»Die Polizei, wieso?«, fragte Christine verwundert.

»Das war ein Unfall, und den muss sie aufnehmen. Außerdem glaub ich net, dass die Bremsen von selber versagt haben.«

Tobias zitterte vor Wut bei dem Gedanken, dass Christine beinahe durch einen Schurkenstreich umgekommen wäre. Sepp war wohl derselben Überzeugung, denn er rannte sofort los und rief zuerst die Polizei an, bevor er die Feuerwehr alarmierte.

7

Eine halbe Stunde später stand der Kleinbus schmutzig und halb voll Schlamm auf festem Land. Die Feuerwehrleute, die ihn mithilfe mehrerer Traktoren aus dem Teich gezogen hatten, ließen sich das Bier schmecken, das Tante Daniela ihnen reichte.

Die beiden Polizeibeamten untersuchten unterdessen den verunglückten Wagen. Einer kroch unter das Gefährt, beseitigte an einigen Stellen den Schmutz und fluchte dann lautstark.

»Sakra noch einmal! Da hat einer die Bremsleitungen durchgezwickt.«

Sein Kollege zuckte wie elektrisiert zusammen.

»Was sagst du da?«

»Das war Absicht! Irgendeiner hat wollen, dass das Auto verunglückt.«

Der Polizeibeamte kroch wieder unter dem Wagen hervor und sah Christine forschend an.

»Haben Sie irgendwelche persönlichen Feindschaften, die einen Menschen dazu bringen könnten, so was zu tun?«

Christine schüttelte den Kopf.

»Net dass ich wüsste.«

»Privat net, aber geschäftlich. Dem Filialleiter Gotthelf vom Holzmattinger Supermarkt passt's net, dass meine Nichte mit ihrem Bus übers Land gefahren ist und die Leut versorgt hat.«

Daniela Mergentheim bebte vor Empörung, denn in ihren Augen konnte nur der missgünstige Konkurrent der Schuldige sein. Sepp und einige andere Dörfler, die inzwischen zusammengelaufen waren, bestätigten die Worte der Krämerin und wiesen darauf hin, dass Christine bereits zweimal bei ihren Fahrten behindert worden war.

Die beiden Polizisten notierten sich alles genau und erklärten, dass sie auf dem Rückweg in Holzmatting anhalten würden, um mit Gotthelf zu reden. Nachdem sie sich verabschiedet hatten und losgefahren waren, ging das Gerede erst richtig los.

Die Leute scharten sich um Christine und Tobias, die sich inzwischen umgezogen hatten. Allerdings sah der junge Bursche in den Hosen und einem Hemd von Danielas verstorbenen Ehemann ein wenig lächerlich aus, denn Alfred Mergentheim war fast zwanzig Zentimeter kleiner und um einiges beleibter gewesen.

»Da kann bloß der Gotthelf dahinterstecken!«, erklärte Emerenz giftig.

»Wenn das so ist, dann muss Gott ihm wirklich helfen. Sonst kann er was erleben.«

Tobias ballte die Faust und stellte sich vor, wie sie mit Nachdruck im Gesicht des Filialleiters landen würde.

»Ich weiß, wer es gewesen ist!«

Diese Worte vom Schusteröder Hannerl ließen alle herumfahren. Nachdem Christine nicht zu der gewohnten Zeit auf dem Hof erschienen war, hatte die Bäuerin ihre Tochter losgeschickt, um nachzusehen, ob der Weg schon wieder versperrt worden war. Das Mädchen hatte nichts entdeckt und war bis zum Dorf weitergefahren.

Zuerst hatte Hannerl stumm den Reden der Leute zugehört, doch jetzt sah sie die Gelegenheit, ihr Wissen preiszugeben.

»Sag, wer war der Schuft?«

Tobias' Stimme ließ für den Betreffenden nichts Gutes erwarten. Hannerl wies auf die Stelle, an der noch immer das Festzelt stand.

»Dort hab ich den Gotthelf mit einem reden sehen und das eine oder andere aufgeschnappt. Eigentlich wollt ich's dir noch an demselben Abend sagen, aber du warst besoffen, und die Christine hab ich nimmer gefunden. Danach hab ich nimmer dran denkt, aber jetzt …«

»Red net um den Brei herum, Dirndl, sondern sag klipp und klar, wer's war!«

Tobias wurde ungeduldig und fasste die Kleine bei der Schulter. Hannerl genoss das Aufsehen, das sie erregt hatte, spürte aber, dass sie ihre Rolle nicht weiter ausmalen konnte, ohne die anderen zu verärgern. Daher nannte sie den Namen.

»Der Wirnsberger Karl war's!«

»Das glaub ich net!«

Hans Horngacher, der inzwischen auch aufgetaucht war, schüttelte den Kopf. Einige Burschen der freiwilligen Feuerwehr sahen einander hingegen nachdenklich an.

»Wenn ich's recht bedenk, war's der Karl, der aufgebracht hat, dass der Tobias und der Sepp diejenigen sein sollen, die die Waldwege versperren«, meinte einer.

»Ich war's bestimmt net!«, erklärte Tobias grimmig.

»Und ich auch net!«

Sepp ballte die Fäuste vor Wut, als er an die Verleumdungen dachte.

»Übrigens hat der Karl letztens einmal mit einem Zweihunderter beim Wirt bezahlt«, warf einer der anderen Burschen ein. »So ein Schein ist selten bei uns. Ich hab noch keinen gehabt.«

»Das war wahrscheinlich das Taschengeld, das ihm der Vater so gegeben hat.«

Hans Horngacher verteidigte seinen zukünftigen Schwager noch immer.

Doch wie es meistens geschah, hörten die Leute weniger auf ihn als auf seinen Bruder. Tobias erinnerte sich an die Wette, die Karl so großkotzig angeboten hatte, und auch daran, mit welchem Nachdruck dieser Sandra den Hof gemacht hatte.

»Ich glaub, ihm ist's weniger um die Christine gegangen als darum, den Sepp und mich im Dorf unmöglich zu machen. Er wollt unbedingt die Sandra heiraten.«

»Und das auf eine Weis, dass der Cornelius ihm ein blaues Aug verpassen hat müssen.«

Ferdinand Rapseder war zwar nicht Zeuge gewesen, hatte sich aber die Vorfälle zusammenreimen können, die nicht unbedingt zu Karls Gunsten sprachen.

Hans Horngacher hob ärgerlich die Arme und versuchte, die Leute zu beschwichtigen.

»Jetzt verurteilt den Karl doch net wegen eines bloßen Verdachts!«

Bei seinem Bruder kam er damit schlecht an.

»Mich haben die Leut aber verurteilen dürfen, weil der Lump seine Lügen in die Welt gesetzt hat.«

Für einen Augenblick sah es so aus, als würde es zwischen den beiden Horngachersöhnen zu einer Rauferei kommen.

Hans bemerkte die grimmige Entschlossenheit in Tobias und trat den Rückzug an.

»Frag den Karl doch selber, oder bist du zu feig dazu?«

Froh, den Zorn seines Bruders auf einen anderen gelenkt zu haben, wandte er sich um und kehrte auf den väterlichen Hof zurück.

Als er dort aber seine Ansicht von Karls Unschuld zum Besten gab, hatte er einen heftigen Auftritt mit seinem Vater.

»Bist du ein Horngacher oder ein Wirnsberger, weil du deinen Bruder schlechtmachst und dem Zornnickel die Stange hältst? Da ist's ja wirklich kein Wunder, dass der Tobias sich denkt, dass ihn unser Hof nichts mehr angeht.«

Hans schluckte mühsam seine Wut hinunter. Wenn Tobias unschuldig war, gab es keinen Grund mehr für Sandra, ihn nicht zu heiraten, und dann würde sein Bruder ihn in Kreiental zeit seines Lebens in den Schatten stellen. Er wusste jedoch, dass er seinem Vater mit solchen Gedanken erst gar nicht kommen durfte.

»Na ja, dann wird der Tobias halt die Sandra heiraten«, meinte er brummig.

Seine Mutter, die dazugekommen war, schüttelte den Kopf. »Dazu kommt's net. Wie mir die Loitzlin erzählt hat, will die Sandra ihren Knecht, den Cornelius, heiraten.«

Hans' Augen leuchteten erfreut auf.

»Was du net sagst! Dann bleibt dem Tobias nichts anderes übrig, als die Ödenstockacher Kreszentia zu heiraten. Die passt zu ihm!«

Barbara Horngacher sah ihren Ältesten vorwurfsvoll

an. »An dir ist wirklich ein Kain verloren gegangen! Aber zum Glück hast du dem Tobias nichts zum sagen.«

Bei sich überlegte die Bäuerin, ob Tobias wirklich so auf einen Bauernhof versessen war, dass er deswegen ein solches Monstrum wie Kreszentia Ödenstockacher heiraten würde. Sie dachte an Christine und schüttelte den Kopf.

Nein, ein Bursche, der ein solches Mädchen liebte, würde sich gewiss nicht auf diese Weise opfern. In gewisser Weise war sie sogar froh darüber. Sie hatte Kreszentia und deren Vater erlebt und sehnte sich nicht gerade nach einer näheren Verwandtschaft mit diesen Leuten.

Ihrem Mann das beizubringen würde jedoch schwer genug sein.

Sie bezweifelte, dass das Tobias überhaupt gelingen würde.

8

Auf dem Weg zum Wirnsbergerhof verrauchte Tobias' Wut und machte kühler Überlegung Platz. Er wusste, dass er geschickt sein musste, um Karl zum Reden zu bringen, denn der würde wohl alles ableugnen. Aber das, was der Kerl Christine angetan hatte, war zu schwerwiegend, um einfach darüber hinwegzusehen.

Mit dem Vorsatz, Nägel mit Köpfen zu machen, trat Tobias an der Spitze einer ganzen Schar von Leuten in das Wohnhaus des Anwesens ein und öffnete die Küchentür.

Beim Wirnsberger hatte man von der Aufregung im Dorf zwar etwas gemerkt, aber bisher nicht viel darauf gegeben. Der Einzige, der ahnte, worum es ging, war Karl. Er saß mit bleichem Gesicht am Tisch. Die Hand, in der er die Bierflasche hielt, zitterte. Als er Christine erkannte, die an Tobias vorbeischlüpfte und in die Küche trat, zuckte er sichtlich zusammen.

»Grüß Gott miteinander. Ich hätt gern mit dem Karl geredet.«

Christine kam auf den Burschen zu und sah aus, als wolle sie ihm am liebsten mit den Fingernägeln durchs Gesicht fahren. Tobias, der sich nicht so einfach beiseiteschieben ließ, trat neben sie. Karl bemerkte seine eigenartige Kleidung und versuchte ihn lächerlich zu machen.

»Ist heut Fasching, weil du so daherkommst?«

»Ich bin noch net dazu gekommen, mich richtig umzuziehen. Mein eigenes Gewand ist nass. Ich hab nämlich die Christine aus dem Löschweiher geholt, in dem sie fast ertrunken wär.«

Der Tonfall von Tobias' Stimme ließ den alten Wirnsberger aufhorchen. Sein Blick wanderte zu Karl, der mit schuldbewusstem Gesicht auf seinem Platz hockte und die Bierflasche kaum mehr festhalten konnte.

»Man hat dich gesehen, wie du mit dem Gotthelf vom Supermarkt geredet hast. Dabei ist auch gehört worden, dass du etwas gegen die Christine unternehmen willst.«

Tobias sagte das, als wäre er selbst Zeuge des Gespräches gewesen. Gleichzeitig erinnerte er sich, dass er damit eigentlich nur wiederholte, was Karl über ihn und Sepp gesagt hatte.

Im ersten Augenblick wollte Karl die Begegnung mit Gotthelf abstreiten und hätte das sicher getan, wenn er gewusst hätte, dass nur ein Kind ihn gesehen hatte. Doch die Angst, von mehreren Zeugen entlarvt zu werden, war zu groß. Daher flüchtete er sich in Großmäuligkeit.

»Ich darf wohl noch reden mit wem ich will!«

»Aber du musst dir hinterher auch Fragen gefallen lassen. An Christines Bus sind die Bremsleitungen durchgezwickt worden. Sowas könnt man einen Mordversuch nennen. Die Polizei wird da ganz genau suchen, darauf kannst du dich verlassen.«

Tobias trieb Karl in die Enge. Der schluckte und setzte mehrmals zum Reden an, brach aber nach dem ersten Wort wieder ab.

»Es stimmt also«, schloss Tobias daraus.

»Ist das wirklich so gewesen?«

Die Stimme des alten Wirnsberger hörte sich bedrohlich an. Er funkelte seinen Sohn grimmig an, packte ihn bei den Schultern und schüttelte ihn.

»Red, sonst erlebst du was!«

Der Angriff von zwei Seiten brach Karls Widerstand. Er senkte den Kopf und schniefte.

»Er hat mich gezwungen, es zu tun.«

»Wer?«

Die Frage kam von Wirnsberger und Tobias fast gleichzeitig.

»Der Gotthelf! Ich war so deppert und bin ihm auf den Leim gegangen. Darum hab ich der Christine auch den Weg verlegt. Ich hätt nichts mehr getan, gewiss net. Aber dann hat der Gotthelf mich erpresst. Und ein Mordversuch war's gleich gar net, weil die Christine schwimmen kann wie ein Fisch. Die wär schon aus dem Wasser herausgekommen. Außerdem hab ich net denkt, dass sie ausgerechnet in den Weiher hineinfährt.«

Es klang so jämmerlich und selbstmitleidig, dass Tobias am liebsten vor Karl ausgespuckt hätte. Eines begriff er aber: Der andere hatte sich nicht die geringsten Gedanken über die Folgen seiner Tat gemacht. Er konnte nur noch hoffen, dass der Richter gnädig war und ihm nur Bewährung aufbrummte. Wahrscheinlicher kam er aber ins Gefängnis.

Karls Vater schien zu dem gleichen Ergebnis zu kommen, denn er schlug mit der Faust auf den Tisch und fluchte unbeherrscht vor sich hin. Dann aber fuhr er mit einer heftigen Bewegung herum.

»Bis zum heutigen Tag ist noch kein Wirnsberger ins Zuchthaus gekommen, und das wird auch so net geschehen. Eher schwör ich jeden Meineid der Welt, dass der Bub es net getan haben kann.«

Zu seiner eigenen Verwunderung verspürte Tobias Mitleid mit dem alten, starrsinnigen Bauern. Dann dachte er daran, dass sein Bruder bald Karls Schwester heiraten würde. Wenn Karl ins Gefängnis kam, war dies dem verwandtschaftlichen Verhältnis nicht gerade zuträglich. Einige Augenblicke kaute er an diesem Problem, dann nickte er plötzlich und begann zu grinsen.

»Wir Kreientaler haben eigentlich allweil zusammengehalten und keinen verraten, der einmal einen Hirsch aus dem Staatsforst geschossen oder eine Kleinigkeit angestellt hat.«

»Das mit meinem Bus war keine Kleinigkeit«, fuhr Christine dazwischen.

Tobias winkte ihr beschwichtigend zu.

»Darüber reden wir gleich. Eins glaub ich dem Karl: Er hat gewiss net wollen, dass du zu Schaden kommst, und er hat's aus Angst vor dem Gotthelf getan. Dass es eine Dummheit war, wird er aber zugeben müssen.«

Karl nickte unwillkürlich, brachte aber vor Angst und Scham kein Wort heraus. Tobias kümmerte sich nicht weiter um ihn, sondern sah den alten Wirnsberger lächelnd an.

»Der Schaden, den Christine erlitten hat, muss wieder gutgemacht werden, samt einem Schmerzensgeld für den ausgestandenen Schrecken.

»Das wird er!«

Der Bauer knirschte mit den Zähnen und ließ sich deutlich anmerken, dass er die Summe von Karls Erbteil abziehen würde. Tobias war noch nicht fertig.

»Zum andern wird der Karl den Ödenstockacher von Ödenstockach anrufen und ihm sagen, dass er ihn heut noch besuchen will. Dort wird er sich mit allem Nachdruck um die Kreszentia bemühen und sich innerhalb einer Woche mit ihr verloben. Da sie ihn gern heiraten wird, wär's seine Schuld, wenn's net dazu käm, und wir müssten bedauerlicherweise die Polizei informieren, dass jemand Karl und Gotthelf bei der Planung dieses Schurkenstücks belauscht hat.«

Karl sah im Geist die vierschrötige Gestalt Kreszentias vor sich und schüttelte sich. Dem Blick nach, den sein Vater ihm zuwarf, hatte er jedoch weder etwas mitzureden, noch konnte er dagegen protestieren. Mehr als vor einer Heirat mit der Hoferbin graute ihm vor dem Gefängnis. Aus dieser Angst heraus wagte er einen Einwand.

»Aber was ist, wenn der Gotthelf der Polizei sagt, dass ich derjenige gewesen bin?«

»Dann wär er ein sauberer Depp, denn damit tät er sich selber als Anstifter zu erkennen geben und käm auf jeden Fall ins Gefängnis. Du hingegen kannst sagen, dass du nichts gemacht hast, und deine Leut können dir das entsprechende Alibi geben.«

Tobias' Worte leuchteten ein. Nur Christine schmollte. In der Stadt aufgewachsen, verstand sie die Verbundenheit nicht, die trotz aller Probleme zwischen den alteingesessenen Kreientalern herrschte. Tobias konnte sicher sein, dass keiner von denen, die Hannerls Worte gehört hatten, den Mund aufmachen würden.

Trotz allem gehörte Karl zu ihnen und wurde in ihren Augen durch eine Heirat mit Kreszentia Ödenstockacher genug bestraft.

»Also, ich begreif's net.«

Christine zog eine Schnute, doch Tobias drehte sie zu sich herum und zwinkerte ihr grinsend zu.

»Darüber reden wir gleich, wenn wir allein sind.«

Christine versteifte sich bei seinen Worten. So sehr sie sich nach seiner Nähe sehnte, so sehr fürchtete sie sich auch davor. Sie schämte sich, weil sie auf Karls Lügen hereingefallen war und Tobias für ihren unsichtbaren Feind gehalten hatte. Gleichzeitig hatte sie Angst, ihm zu viel von den Gefühlen zu zeigen, die sie beherrschten.

Tobias hatte ihr beredtes Mienenspiel und ihre Blicke bereits durchschaut.

Durch eine beiläufige Bemerkung seiner Mutter wusste er auch, dass der Städter, der am Festtag um Christine herumscharwenzelt war, Kreiental mitsamt seinen Begleitern bereits gestern Morgen verlassen hatte.

Christine mit dem andern Mann zu sehen hatte ihm die Augen geöffnet. Er liebte sie und wusste, dass sie das einzige Mädchen war, das er haben wollte. Für einen Augenblick dachte er an seinen Vater, der gewiss nicht erbaut sein würde, doch dann schob er diesen Gedanken mit einer lässigen Handbewegung fort.

»Also, Wirnsberger, wir haben so weit alles besprochen. Du schaust zu, dass die Absprachen eingehalten werden. Damit erst einmal: Pfüat Gott.«

Tobias reichte dem Bauern die Hand und gab Karl einen leichten Stoß vor die Brust.

»Streng dich fei an, sonst könnt ich mich an die Lügen erinnern, die du über mich und den Sepp erzählt hast. Dann brauchst du einen verdammt guten Zahnarzt.«

Mit diesem gut gemeinten Rat ergriff er Christines Arm

und zog sie mit sich. Das Mädchen war so verblüfft, dass es ihm zunächst widerstandslos folgte. Draußen auf dem Weg blieb Christine jedoch stehen und machte sich mit einem Ruck frei.

»Ich mag's net, wenn jemand so über meinen Kopf hinweg entscheidet.«

Tobias sah sie mit erstaunten Augen an.

»Über dich haben wir doch gar net entschieden, sondern über den Karl. Der wird's jetzt eilig haben, mit der Kreszentia einig zu werden. Wenn der wüsst, welchen Gefallen er mir damit tut.«

»Dir?« Christines Gesicht war ein einziges Fragezeichen.

»Freilich. Was meinst du, wie mein Vater und mein Bruder mich sonst bedrängt hätten, die Kreszentia zu heiraten. Aber die könnt halb Oberbayern erben, ich tät sie net nehmen.«

»Dein Vater und der Hans werden schon eine andere Hoftochter für dich finden«, antwortete Christine spitz.

»Gut, dass du mich warnst! Also werde ich was unternehmen müssen.«

Bevor Christine sich versah, hatte Tobias sie in die Arme genommen und an sich gezogen. Zuerst war sie zu verblüfft, um darauf zu reagieren. Sie wollte sich schon gegen ihn stemmen und sich befreien, da merkte sie, wie sie sich stattdessen enger an ihn drängte und seine Küsse nicht nur über sich ergehen ließ, sondern sie mit einem Feuer erwiderte, das sie selbst erschreckte.

»Das war net recht von dir«, sagte sie eine ganze Weile später, als Tobias sie wieder freigegeben hatte.

»Ganz im Gegenteil, das war das einzig Richtige, was

ich tun hab können. Weißt du, ich hab dich Frechdachs allweil gern gehabt, aber mir früher nichts dabei denkt. Aber als du wieder nach Kreiental zurückgekommen bist, hab ich gewusst, dass du das einzige Madl bist, das mir gefallen könnt.«

»Dafür bist du der Sandra aber noch kräftig nachgestiegen.«

Ein Hauch von Eifersucht schwang in Christines Stimme mit. Tobias hörte es und lachte.

»Wenn das kräftig Nachsteigen sein soll, dann ist der Sepp direkt ein Casanova gegen mich. Der ist nämlich der Emerenz nachgestiegen. Ich hab mich bloß bei der Sandra sehen lassen, wenn meine Leut mich mit der Geißel hinübergetrieben haben. Wenn ich dir sag, wie mich der Hans deswegen ausgeschimpft hat, redest du kein Wort mehr mit ihm.«

»Ich rede auch so kaum mit ihm.«

Christine ließ sich deutlich anmerken, dass sie Tobias' Bruder nicht mochte. Tobias seufzte ergeben und hob die Hände.

»Seine Verwandtschaft kann man sich halt net aussuchen, und *Grüß Gott* wirst du zu deinem Schwager wohl sagen können.«

»Meinem Schwager?« Christine starrte Tobias mit großen Augen an.

»Genau das!«, antwortete dieser ernsthaft. »Weißt du, ich hab mir denkt, dass wir zwei eigentlich heiraten könnten. Wir haben so oft miteinander im Löschweiher gebadet, dass es den Leuten auffallen muss. Übrigens bist diesmal du mir ein Eis schuldig. Ich hab mich deinetwegen zum Affen gemacht, weil ich so daherkomm.«

Tobias zeigte dabei auf seine Kleidung, die viel zu kurz und um einiges zu weit für ihn war, und grinste dabei wie ein kleiner Junge, dem ein besonders guter Scherz gelungen war.

Christine sah ihn kopfschüttelnd an und meinte: »Du bist wirklich unmöglich!«

Es klang jedoch alles andere als böse.

9

Da Tobias die Reaktion seines Vaters zu kennen glaubte, wollte er Christine nicht dessen Zorn aussetzen und lieferte sie bei ihrer Tante ab, bevor er zum Horngacherhof weiterging. Sein Bruder hatte ihn bereits entdeckt und kam sichtlich besorgt auf ihn zu.

»Und, was wird jetzt mit dem Karl?«

Tobias sah ihn feixend an.

»Nix, wenn er tut, was sein Vater von ihm will.«

»Und was will der Wirnsberger?«, bohrte Hans nach.

»Ja, der Karl muss der Christine und der Krämerin den Schaden zahlen, den er angerichtet hat, und dann die Ödenstockacher Kreszentia heiraten. Dafür kriegt er jedes Alibi, das er braucht.«

Tobias' Feixen verstärkte sich.

Hans atmete im ersten Augenblick auf, dann kniff er die Augen zusammen und betrachtete seinen Bruder misstrauisch.

»Das mit der Ödenstockacher Kreszentia ist auf deinem Mist gewachsen, weil du sie selber net willst. Aber das wird dir auch nichts helfen. Die Monika und ich sind uns gestern einig geworden, dass wir in einem Monat heiraten werden. Bis dahin bist du vom Hof.«

Es klang so giftig, dass der Vater der beiden, der eben dazugekommen war, eingriff.

»Wer vom Hof muss, bestimm allweil noch ich, verstanden! Außerdem gibt's andere Hoftöchter, die der Tobias heiraten kann. Der Ödenstockacher ist mir nämlich net so sympathisch, dass ich gern mit ihm verwandt sein will. Ich schau mich in den nächsten Tagen einmal um.«

»Das brauchst du net, Vater. Ich hab das Madl, das ich heiraten werd, bereits gefunden.«

Tobias verschränkte die Arme vor der Brust und machte sich auf eine heftige Auseinandersetzung gefasst. Sein Vater sah ihn zuerst verwirrt an und schüttelte ungläubig den Kopf.

»Und wer wär das nachher?«

»Die Christine!« Nun war es heraus. Während Hans ganz verdattert dastand, tippte der Horngacher sich an die Stirn.

»Du spinnst wohl. Das ist keine Bauerntochter, und einen Hof hat sie auch net.«

»Ich brauch net unbedingt einen Bauernhof, um glücklich zu sein, Vater. Außerdem bin ich jung genug, um etwas anderes anfangen zu können.«

Tobias wollte noch mehr sagen, doch sein Vater fuhr ihm heftig über den Mund.

»Ja, Mehl- und Zuckerschachteln umeinandertragen und bei den Bauern auf Tagelohn gehen. Aber net mit mir, sag ich. Ein Horngacher macht so was net.«

»Wenn das mein Leben sein soll, dann tu ich's mit Freuden.«

Bislang hatte Tobias immer vor seinem Vater gekuscht, doch in diesem Moment wirkte er trotz des Lächelns auf seinen Lippen unverrückbar in seiner Meinung.

Hans beneidete ihn unwillkürlich, denn er selbst würde noch Jahre unter der Fuchtel des Vaters stehen.

Im Grunde war er auch der Meinung, dass ein Horngacher nur unter seinesgleichen heiraten sollte. Doch wenn er den Bruder loswerden wollte, blieb ihm gar nichts anderes übrig, als Tobias zu unterstützen. Er hob die Hand wie ein Schüler, der den Lehrer auf sich aufmerksam machen wollte, und sprach den Vater an.

»So schlimm find ich dem Tobias seine Entscheidung net. Außerdem haben wir ihn selber dazu gedrängt, sich eine Braut zu suchen. Die Sandra hat ihn net mögen, und er mag die Kreszentia net, was ich durchaus versteh. Warum soll er also net die Christine heiraten? So unpassend ist sie nicht, denn sie wird immerhin einmal das Haus ihrer Tante erben, und wie man sieht, geht der Krämerladen gut. Der ernährt seinen Mann.«

Im ersten Augenblick war Tobias über diese Schützenhilfe verblüfft, dann erkannte er die Beweggründe seines Bruders und musste sich das Lachen verkneifen. Wohl zum ersten Mal in seinem Leben hatte Hans ihm bei einer Sache geholfen, die ihm wirklich etwas bedeutete.

Der Horngacher musterte Tobias mit einem verächtlichen Blick, sah dann seinen Ältesten an, der sich in den letzten Monaten sehr bemüht hatte, dem Bruder das Leben auf dem Hof zu verleiden, und nickte unwillkürlich.

Es war unangenehm, dass Christine ausgerechnet in dieser Zeit nach Kreiental kommen musste, doch sie war ein hübsches und fröhliches Mädchen und eine fesche Schwiegertochter.

Eine Heirat mit Kreszentia hingegen hätte Tobias als gefühlskalten Mitgiftjäger hingestellt. Wenn er es genau nahm, wäre er damit nicht besonders glücklich geworden.

»Also gut, ich werde mir das Madl einmal anschauen. Aber gewiss ist noch nichts, verstanden!«

Er sagte es in einem Ton, als läge es noch immer in seiner eigenen Hand, zu entscheiden, was mit Tobias zu geschehen hatte. Der war über das unerwartete Einlenken des Vaters so dankbar, dass er ihn umarmte. Danach brachte er es sogar noch fertig, Hans auf die Schulter zu schlagen.

»Eine Doppelhochzeit wird's aber net, damit du's weißt!«

Hans war darüber mehr als froh. Bei seiner Hochzeit mit Monika wollte er nicht in Christines und Tobias' Schatten stehen.

10

Es gab trotzdem eine Doppelhochzeit. Das andere Paar neben Hans und Monika waren Karl und Kreszentia. Im Schatten des allgemeinen Interesses stand Hans außerdem, denn die Neugier der Leute richtete sich in erster Linie auf Kreszentia und Karl. Dass ein so fescher Bursche diesen weiblichen Panzer heiraten konnte, ging so manchem romantisch angehauchten Hochzeitsgast nicht ein.

Franz Horngacher hörte einige höhnische Bemerkungen und war froh, dass Tobias sich nicht zu einer Heirat mit Kreszentia zwingen hatte lassen. Er suchte seinen Sohn, entdeckte aber nur Christine und deren Tante, die ebenfalls nach Tobias suchten. Dieser erschien so kurz vor dem Beginn des Traugottesdienstes, dass keine Unterhaltung mehr möglich war. Sein Gesicht zeigte aber deutlich, dass er Neuigkeiten brachte.

Christine hätte ihn am liebsten noch in der Kirche danach gefragt, doch sie besaß genug Selbstbeherrschung, um Hochwürden Feltls Hochzeitsmesse nicht zu stören. Kaum hatte der Pfarrer die beiden Paare gesegnet und seine Gemeinde entlassen, eilte sie auf den Kirchplatz und zupfte Tobias am Ärmel.

»Red schon! Was ist los?«

Tobias ließ seinen Blick gemächlich über die Hochzeitsgäste schweifen, die sich für das obligate Foto bereit machten, und grinste.

»So eine Doppelhochzeit hat was für sich. Ich hab mir schon denkt, ich frag den Sepp, ob er mitmacht. Dann aber hab ich mir denkt, an so einem Tag sollten wir zwei allein im Mittelpunkt stehen, und die Idee wieder aufgegeben.«

»Am liebsten tät ich's wie die Sandra und der Cornelius machen. Am Vormittag wegfahren, in irgendeiner schönen Kirche heiraten und ohne Aufsehen wieder zurückkommen.«

Für einen Augenblick war es Tobias gelungen, Christine abzulenken. Sie kam jedoch sofort wieder auf ihre Frage zurück.

»Du weißt was! Also spann mich net auf die Folter.«

»So eine heimliche Hochzeit könntest du der Daniela net antun. Als Geschäftsfrau muss sie schon etwas darstellen, und da führt nichts an einer großen Hochzeit vorbei.«

Tobias tat so, als hätte er ihre letzte Bemerkung nicht gehört. Da wurde es Christine zu bunt, und sie versetzte ihm einen spielerischen Hieb gegen die Brust.

»Du bist ein Schuft! Wenn du so weitermachst, muss ich's mir wirklich überlegen, ob ich so einen wie dich überhaupt heiraten soll.«

Tobias hob lachend die Hände über den Kopf.

»Ui, Jeggerl, wenn du solche Geschütze auffährst, muss ich nachgeben. Also, ich war grad in Holzmatting. Du weißt, dass der Gotthelf damals vehement abgestritten hat, etwas mit den Anschlägen auf dich zu tun zu haben. Da ihm die Polizei nichts beweisen hat können, ist der Fall mit einer Anzeige gegen Unbekannt zu den Akten gelegt worden.«

»Das weiß ich alles. Du warst dir damals auch sicher, dass der Gotthelf sich nimmer trauen wird, nochmal was gegen uns zu tun.«

Nun wurde Christine doch ein wenig ärgerlich. Tobias nahm sie in die Arme, küsste sie und zwinkerte ihr dann fröhlich zu.

»Um den Gotthelf brauchst du dich nimmer zu sorgen. Dem hat sein Konzern einen Revisor auf den Hals geschickt, und der hat einiges über Gotthelfs Methoden erfahren, was ihm net gefallen hat. Kurz und gut, der Gotthelf ist, soweit ich's mitbekommen hab, nach Frankfurt am Main versetzt worden, allerdings nimmer als Filialleiter, sondern als einfacher Angestellter. Der Supermarkt in Holzmatting wird überdies geschlossen, weil er sich nimmer rentiert. Die Holzmattinger haben schon gesagt, dass sie zu uns zum Einkaufen kommen werden, weil's erstens näher ist und zweitens auch net teurer als in Rottach-Egern oder Miesbach.«

Christine sah ihn ungläubig an.

»Und das stimmt wirklich?«

Tobias nickte eifrig.

»Ich hab's grad vorhin erfahren. In das Gebäude des Supermarkts soll ein Baugeschäft kommen, und das ist gewiss keine Konkurrenz für uns.«

»Nein, das ist's net. Damit haben wir's geschafft. Nun können wir Tante Danielas Laden richtig ausbauen. Vielleicht kaufen wir uns sogar einen größeren Bus. Du weißt ja, wenn der Kunde net zum Geschäft kommt, muss das Geschäft zum Kunden kommen.«

Christine sah mit leuchtenden Augen zu Tobias auf. Den interessierte im Augenblick nicht der Laden. Er wollte nur noch Christine in den Arm nehmen und küssen.

Die Tante stand daneben und sah mit leuchtenden Augen zu.

Jetzt, so wusste sie, würde ihre Nichte immer bei ihr in Kreiental bleiben.